MEXICAN 墨西哥哥特 GOTHIC

[加拿大] 西尔维娅·莫雷诺-加西亚/著　王予润/译

Mexican Gothic by Silvia Moreno-Garcia
Copyright © 2020 by Silvia Moreno-Garcia All rights reserved.
Published in the United States by Del Rey, an imprint of Random House,
a division of Penguin Random House LLC, New York.
This translation published by arrangement with Del Rey, an imprint of Random House,
a division of Penguin Random House LLC
Through BIG APPLE AGENCY, INC., LABUAN, MALAYSIA
Simplified Chinese edition copyright: © 2023 Chongqing Publishing House.
All rights reserved.

版贸核渝字(2021)第012号

图书在版编目(CIP)数据

墨西哥哥特 / (加)西尔维娅·莫雷诺-加西亚著；王予润译. —重庆：重庆出版社，2023.10
ISBN 978-7-229-17188-9

Ⅰ.①墨… Ⅱ.①西… ②王… Ⅲ.①长篇小说—加拿大—现代 Ⅳ.①I711.45

中国版本图书馆CIP数据核字(2022)第198089号

墨西哥哥特
MOXIGE GETE

[加拿大] 西尔维娅·莫雷诺-加西亚 著
王予润 译

责任编辑：邹 禾　唐弋淄　王靓婷
装帧设计：谢颖设计工作室
封面图案设计：罗 烜
责任校对：朱彦谚
排版设计：池胜祥

重庆出版集团 出版
重庆出版社

重庆市南岸区南滨路162号1幢　邮政编码：400061　http://www.cqph.com
重庆出版社艺术设计有限公司 制版
重庆豪森印务有限公司 印刷
重庆出版集团图书发行有限公司 发行
E-MAIL:fxchu@cqph.com　邮购电话：023-61520646
全国新华书店经销

开本：890mm×1230mm　1/32　印张：12.5　字数：296千
2023年10月第1版　2023年10月第1次印刷
ISBN 978-7-229-17188-9
定价：76.00元

如有印装质量问题，请向本集团发行有限公司调换：023-61520678

版权所有　侵权必究

献给母亲

1
CHAPTER ONE

墨西哥哥特

图农家的晚宴总是结束得特别迟,这家的主人们又特别喜欢变装舞会,因此见到穿传统裙装、头上系丝带的普埃布拉中国女孩①与小丑或牛仔相携出现,也不是什么非同寻常的事。宾客们的司机不愿在图农家门外干等,夜间也总有安排。他们会去街角的大排档吃玉米卷,或去拜访附近某家的女仆,展开一段堪比维多利亚时代情景剧般的精致求爱。另有一些司机会聚在一起,分享香烟,说些传闻故事。还有人会打个盹儿。毕竟,他们都很清楚,在凌晨一点之前,没有人会放弃舞会。

于是当两人在夜间十点踏出舞会,便打破了惯例。更糟的是,男人的司机离开吃饭去了,根本找不着人。这个年轻男子看起来很紧张,不知该如何是好。为了参加舞会,他戴了一个纸糊的马头,这个选择让他此时十分困扰,因为他们不得不带着这个累赘的道具穿过整座城市。娜奥米此前提醒过他,说自己想在变装比赛上拔得头筹,赢过劳拉·奎泽达和她那些拥趸,为此他努力了一番,只是如今看来这番气力用错了地方,因为他的同伴根本没有按照说的那么穿。

娜奥米·塔波阿达号称会租赛马骑师的装备,一整套,带马鞭。这本是个聪明的选择,还带点儿暧昧的意味,因为她听说劳拉准备打扮成夏娃,甚至会在头颈盘一条蛇。不过最后娜奥米改了主意。骑师的服装看上去挺丑,又蹭得她皮肤难受。于是她改穿了有白色贴花的绿色长袍,却懒得将这一改动告知她的约会对象。

---

① 传说普埃布拉中国女孩是 17 世纪时的一位亚洲出身、在普埃布拉居住的女奴,她创制的传统服饰是一种色彩艳丽的钟形长裙,19 世纪前半时在墨西哥中部地区极为流行,到 20 世纪后逐渐退出了日常生活,但至今依然是墨西哥各种节庆时的代表服饰之一。

MEXICAN
GOTHIC

"现在怎么办?"

"三个街区外有条大街。我们可以在那儿叫辆出租车,"她对雨果说道,"好啦,你有烟吗?"

"香烟?我都不知道自己把钱包放哪儿了,"雨果说着单手拍外套,"再说了,你的包里不总是有烟的吗?要不是我了解你,甚至会以为你这是小气的表现,自己买不起香烟。"

"让绅士给女士敬烟可不是更有趣。"

"今晚我连薄荷糖都敬不起。你觉得我是不是把钱包落在那间屋子里了?"

她没有回答。雨果将马头夹在腋下,艰难地走了一段。当他们抵达大街时,他差点就要把它扔掉了。娜奥米抬起纤细的胳膊,叫了一辆出租车。他们一进入车内,雨果便将马头放在了座位上。

"你明明可以提前告诉我,那我根本不用带这玩意儿。"他低声说着,注意到司机的脸上露出了微笑,估计是被他这倒霉事逗乐了。

"你发怒的样子真可爱。"她回答,同时打开手提袋,找到了烟。

雨果看起来也有些像年轻时的佩德罗·因凡特[①],这是他的一大魅力来源。至于其余部分,比如人格、社会地位、智慧等等,娜奥米压根懒得多想。如果她想要某样东西,那很简单,她就只是想要它,而最近这段时间里她想要的是雨果,不过既然现在他的注意力已经集中在她身上,那她也就没那么上心了。

[①] 佩德罗·因凡特(Pedro Infante,1917—1957),墨西哥最受欢迎的演员和歌手,在16年间拍摄过53部影片,是墨西哥电影黄金时代的象征,《寻梦环游记》中歌神德拉库斯的原型。

他们到她家门口时,雨果抓住了她的手。

"给我一个晚安吻吧。"

"我累了,不过还是能让你尝点儿我的口红。"她取下香烟,将烟嘴塞进他的嘴里,回答道。

雨果将身子探出车窗外,皱眉望着娜奥米匆匆进入家中,穿过内庭,直接走向她父亲的办公室。就像这幢屋子的其余部分一样,他的办公室也以现代风格作为装饰,这似乎正彰显了户主所赚之钱的簇新程度。娜奥米的父亲从未经受过贫穷,不过他将一门小小的化工染料生意经营成了一笔巨大的财富。他知道自己喜欢什么,也不惧于将其显露在外:粗野的色彩和清晰的线条。他的椅子都装上了鲜红的垫子,每一个房间都用繁茂的植物装点着绿色。

办公室的门开着,娜奥米懒得敲门,快步走了进去,高跟鞋在硬木地板上踩得哒哒作响。她用指尖拂开发丝上的一朵兰花,在她父亲书桌前的椅子上坐下,大声地叹了口气,将手包扔在地板上。她也很清楚她自己喜欢什么,而且她一点也不喜欢早早地就被叫回家。

她进门时,父亲朝她挥了挥手——她的高跟鞋踩出的动静之大,与任何打招呼的语言无异,完全能清楚地作为她到来的标志——但没有抬头看她,因为他正忙于检查一份文件。

"我真没法相信,你竟然会打电话去图农家叫我,"她说着扯下白手套,"我知道你不怎么高兴,因为雨果——"

"此事与雨果无关。"父亲打断了她的话头。

娜奥米皱起眉头。右手握着一只手套。"不是吗?"

她提前问过父亲,得到了参加舞会的许可,不过她没有特意指出自己会和雨果·杜阿尔特一起去,她知道父亲对他有想法。

父亲担心的是雨果可能会向她求婚,而她会接受。娜奥米并不想嫁给雨果,也向父母说过这一点,只是父亲不相信她。

与每一位优秀的社会名流一样,娜奥米在"铁皇宫"① 购物,用伊丽莎白·雅顿的口红,拥有两件上好的皮草,能娴熟使用英语,由蒙塞拉特——自然,这是一所私立学校——的嬷嬷们教养长大,本该将她的时间花在娱乐与寻觅良婿这两大追求上。因此,在她的父亲看来,任何休闲活动都该同样具备寻觅配偶的目的。也就是说,她永远都不该为开心而寻开心,只能将此作为获得丈夫的途径。假如父亲确实喜欢雨果,那这思路倒也还不错,然而雨果不过只是初级建筑师,娜奥米应该有更高的追求。

"不,不过我们晚点儿也得谈谈这事。"父亲这么说道,娜奥米一头雾水。

当时她正在跳慢舞,一名仆人过来拍了拍她的肩膀,问她是否愿意去工作间里接个电话,与塔波阿达先生谈谈,这便毁了她的整个夜晚。她本来很确信,觉得是父亲发现自己与雨果一起外出,想将他从她的怀里挖出来,于是给她送来了这番告诫。但假如这不是他的目的,那这般大惊小怪又是为了什么?

"没发生什么坏事,对吧?"她问道,语调出现了变化。生气的时候她的音调会变高,听起来更像少女,与她近年来熟练掌握的调整过的音调并不相同。

"我不知道。接下来我要告诉你的事,你不能向其他人重复。不能告诉你母亲,不能告诉你哥哥,不能告诉任何朋友,明白了吗?"她的父亲边说边盯着她,直到娜奥米点了点头。

他向后靠上椅背,双手捂住脸,最后也朝她点了点头。

---

① 墨西哥最大的高档连锁百货商店。

墨西哥哥特

"几周前,我收到了你的堂姐卡塔莉娜写来的一封信。她在信中说了不少与她丈夫有关的疯话。于是我给弗吉尔写信,想弄明白这到底是怎么回事。

"弗吉尔回信说,这段时间以来卡塔莉娜一直行为古怪,叫人烦恼,不过他觉得她正在好转。我们来回通了几封信,我坚持表示,如果卡塔莉娜真如他所说,表现得叫人烦恼,那最好带她到墨西哥城来,让专家看看。他回说这么做毫无必要。"

娜奥米脱下了另一只手套,将它放在膝头。

"我们僵持不下。我本来觉得他不会改变想法,不过今天晚上我接到了一份电报。就是这个,你自己读。"

她的父亲抓起书桌上的一张纸,递给娜奥米。那是封邀请函,请她前去拜访卡塔莉娜。火车不是每天都会经过他们镇子,不过周一会去,他们会在火车到达之时派一名司机去火车站接她。

"我希望你去,娜奥米。弗吉尔说她一直想见你。另外,我觉得这事儿最好由女人来处理。可能最后会发现,不过是夸大其词了的夫妻婚姻问题。毕竟你的堂姐一直有点情绪化。可能只是场为了引人关注而起的闹剧。"

"如果是这样,那卡塔莉娜的婚姻问题或她是不是情绪化,又和我们有什么关系?"她问道,尽管她觉得父亲认为卡塔莉娜情绪化的说法并不公平。卡塔莉娜幼时便失去了双亲。你完全可以想象,自此之后她的生活又发生过多少动荡。

"卡塔莉娜的信很古怪。她声称她的丈夫对她下毒,她说她看到了幻象。我不是说自己是个医学专家,但这已足够让我去向镇上的好精神科医生们打听了。"

"你还有那封信吗?"

MEXICAN GOTHIC

"有，给你。"

娜奥米读得很艰难，要弄懂句子的含义更艰难。信上的字迹似乎带着颤抖，写得十分潦草。

……他正在尝试对我下毒。这座屋子病了，它在腐烂，带着朽败的臭味，充盈着邪恶和残酷的情绪。我已试过坚守自己的神志以驱离这种邪秽，但我做不到，我发现自己正在丧失时间和思维的概念。求求你。求求你。他们残忍、苛刻，而且不会放过我。我用棒子抵住了门，但他们依然能进来，夜复一夜他们不停低语，我害怕这些躁动不休的死者，这些幽灵，这些没有血肉的东西。衔尾蛇，我们脚下污秽的土地，错误的脸孔和错误的口音，蜘蛛行经时会让丝线随之而颤抖的网。我是卡塔莉娜，卡塔莉娜·塔波阿达。卡塔莉娜。卡塔，卡塔登台表演。我想念娜奥米。我祈祷自己能再见到你。你得来找我，娜奥米。你得救我。我没法像我希望的那样拯救我自己，我被关了起来，铁一般的线穿过我的头脑、我的皮肤，而它在这儿。在墙里。它没有松开我，所以我必须请求你放我出来，从我身上切断它，现在来阻止它们。看在上帝的分上……

快来，
卡塔莉娜

在这封信的空白处，她的堂姐还潦草地填上了更多字句和数字，画了好几个圈。看起来令人不安。

娜奥米上一次和卡塔莉娜说话是在什么时候？一定已经有好几个月了，可能接近一年。那对夫妻在帕丘卡度的蜜月，卡塔莉

墨西哥哥特

娜给她打了电话,又寄来一些明信片,但在此之后就没什么消息了,只有电报会适时抵达,祝家庭成员生日快乐。她肯定还寄过圣诞节的信,因为他们收到了圣诞节礼物。不过也有可能,其实是弗吉尔写了圣诞信?不管怎么说,那只是一封平淡的格式信函罢了。

原本他们都以为卡塔莉娜正在享受新婚时光,不乐意多写。另外她的新家没有电话,这在乡间也不是什么非同寻常的事,而且卡塔莉娜本来就不太爱写信。娜奥米则忙于她的社交义务和学业,只觉得卡塔莉娜和她的丈夫迟早会来墨西哥城拜访。

也正因此,她手上拿着的这封信便与她能想到的任何一点卡塔莉娜的特征都不吻合。这是一封手写的信件,而卡塔莉娜更偏爱打字机;信上的字迹潦草,卡塔莉娜在书写时却总是很简洁。

"非常古怪。"娜奥米承认。原本她以为她的父亲在夸大其词,要不就是想让她将注意力从杜阿尔特身上转开,顺手利用了这个事件,但现在看来,这两种猜测似乎都不成立。

"至少可以这么说。你看到它,应该就能明白我为什么会给弗吉尔写信,叫他说明清楚。而当他立刻控诉我、说我制造了麻烦时,我又是多么惊讶。"

"你具体给他写了什么?"她问道,她担心父亲表现得太过粗野失礼。他是个严肃的人,可能会因为他那无意为之的唐突之举而与人产生不该有的摩擦。

"你得明白,我并不乐于把我的侄女送进卡斯达聂达这样的地方——"

"你是这么说的吗?说你要送她进精神病院?"

"我只是提出了这么一种可能性而已。"她的父亲回答,同时伸出一只手。娜奥米将信还给他。"也不是只有这么一种选择,不过我认得卡斯达聂达那里的人。她可能需要专业的护理,那可是她在乡下得不到的。另外,我恐怕我们才是会尽可能地保证她的利益的人。"

"你不信任弗吉尔。"

她的父亲干巴巴地轻笑一声。"你的堂姐这婚结得太快了,娜奥米,而且,我们可以说,结得有欠考虑。现在,我会先承认弗吉尔·多伊尔似乎确实富有魅力,但谁知道他到底靠不靠得住呢。"

他说的自有道理。卡塔莉娜订婚的过程仓促得几乎难称体面,他们也没有得到什么与新郎说话的机会。娜奥米甚至不清楚这对夫妻是怎么相遇的,只知道没过几周卡塔莉娜便送出了婚礼邀请函。在那之前,娜奥米甚至都不知道她的堂姐有了意中人。要不是娜奥米受邀去民事法庭做见证人,她怀疑自己甚至根本不会知道卡塔莉娜结了婚。

如此保密匆忙,自然让娜奥米的父亲很不高兴。他给这对新人举办了婚礼早餐会,但娜奥米知道,卡塔莉娜的行为让他自觉受到了冒犯。而这又是另一个理由,让娜奥米为卡塔莉娜甚少联络家里而担心。他们之间的关系在当时有些降温。不过娜奥米本来觉得,情况过几个月就会缓和,到十一月,卡塔莉娜或许便会带着圣诞节的购物计划抵达墨西哥城,然后大家都会开心。时间,不过只是时间的问题。

"你一定觉得她说的是真话,而他虐待了她。"她总结道,同时设法回忆自己对那位新郎的印象。英俊,彬彬有礼,她的脑海中跳出来的是这两个词,但随后能想起来的就不过只是一两句话而已了。

"在那封信里,她不仅声称他给她下毒,还说有鬼魂穿墙而过。告诉我,这听起来像是精神正常的人说的话吗?"

她的父亲站起身,走到窗边,双手抱胸,看向窗外。从办公室能看到她母亲那宝贵的九重葛树林,但此时,花朵的艳丽色彩隐匿在了黑暗之中。

"她状态不好,我知道的是这一点。我还知道,如果弗吉尔和卡塔莉娜离婚,那他将身无分文。很清楚的是,他俩结婚时他家的钱已经用光了。但只要他们还是夫妻,他便有权使用她的银行存款。能让卡塔莉娜一直留在家中对他有利,哪怕她可能最好还是进城里去,或是和我们一起住。"

"你觉得他是图财?将财产问题看得重于妻子的幸福?"

"我不了解他,娜奥米。我们没有一个人了解他。这就是问题所在。他是个陌生人。他说她得到了精心照顾,正在康复,但我只知道卡塔莉娜正被绑在床上,以稀粥为食。"

"那你还说她情绪化?"娜奥米问道,她检查着胸前的兰花装饰,叹了口气。

"我知道生病的亲戚会表现成什么样。我自己的母亲得过中风,在床上困了好些年。我也时不时会听说有些家庭没能处理好这样的事。"

"那么,你要我做什么?"她优雅地将双手摆在膝头,问道。

"评估形势。确定她是否真的应该被送到城里,如果确实如此,那就说服弗吉尔这是最好的选择。"

"我怎么能做得到这样的事?"

她的父亲笑了起来。从这得意的笑容,还有两双聪明的深色眼睛里,可以看到孩子和她的父亲彼此之间极为相似。"你心性不定。对所有事,任何事,总是主意改变个不停。一开始你想研究历史,接着是戏剧,现在则是人类学。你在所有你能想得到的运动上兜兜转转,最后没有一种坚持下来。你和一个男孩约会两次,到第三次就再也不给他回电话了。"

"这和我的问题没有任何关系。"

"我正要说到这一点。你心性不定,但你对所有错误的事都表现得很顽固。现在,是时候用你的顽固和精力来完成一项有用的任务了。目前为止,除了钢琴课之外,还没有任何事能让你尽心尽力去做呢。"

"还有英语课。"娜奥米回嘴说,但她没有否认这些责备中的其余部分,因为她确实常常周旋在不同的追求者之间,还完全能在一天里换四套衣装。

但这不等于你必须在二十二岁的年纪下定决心去做所有事,她想。不过将这想法告诉父亲毫无意义。父亲接管家族生意时十九岁。按照他的标准,她正以缓慢的速度向着一事无成而去。娜奥米的父亲严厉地看了她一眼,她叹了口气。"好吧,我愿意在几周内就去拜访——"

"周一,娜奥米。所以我才会从舞会半途把你叫回来。我们需要做些安排,好让你能搭上周一早上去埃尔特里温弗的头班火车。"

"但独奏会就要开了。"她回答说。

这是个薄弱无力的借口,他俩都知道这一点。她从七岁开始上钢琴课,每年都会举办两次小型独奏会。如今可不是娜奥米母亲那时代了,社会名流已不再必须能演奏乐器,不过,在她的社交圈子里,这仍是个会受到欣赏的美好小兴趣之一。此外,她也喜欢钢琴。

"独奏会。更像是你已经计划好了要和雨果·杜阿尔特一起出席,好让他别和其他女人约会,要么就是你不想放弃穿一套新

墨西哥哥特

裙子的机会。这不好，我们这边的事更重要。"

"我会让你知道的，我根本就没有买新裙子。我要穿的是我之前去参加格雷塔家鸡尾酒会的那条，"娜奥米说道，这话半真半假，因为她确实计划和雨果一起出席，"这么说吧，实际上我主要关心的不是独奏会。几天后我就得开始上课了，我不能就这么离开。他们会对我失望的。"她补充了一句。

"那就让他们对你失望。你可以下次再去上课。"

她正准备出声反对这种轻巧的说法，她的父亲转过身来，盯着她。

"娜奥米，你一直吵着要去国立自治大学。如果你干这事，我就允许你去报名。"

娜奥米的双亲同意让她去上墨西哥城的女子大学，但当她表示自己想在毕业后继续深造时，他们却反对了。她想获得人类学的硕士学位，这需要她去国立自治大学报名。她的父亲觉得这既浪费时间又不合适，那儿的所有年轻男子都无所事事，只会往女士们的脑袋里塞些傻气又下流的念头。

娜奥米的父亲同样对她那些现代的观念没有兴趣。女孩就应该遵循简单的生活轨迹，进入上流社交界，结婚生子。继续深造意味着将延迟这一轨迹，始终只做个茧子里的蝶蛹。为此他们争执过五六次，她的母亲狡猾地表示，得由娜奥米的父亲来做最后的决定，而她的父亲则似乎完全不准备这么做。

也正因此，她父亲的这句话让她震惊，给了她一个意料之外的机会。"你是认真的？"娜奥米小心地问道。

"是的。这是件严肃的事。我不希望报纸上刊登出他们离婚的消息，但我同样不能允许有人利用我们的家庭。而且，我们正在谈的是卡塔莉娜，"她的父亲说着，和缓了语气，"她已受够了不幸，可能极需要看到支持她的人。也可能，到最后，我们会发现她需要的就只是这一点。"

卡塔莉娜已深深受到多次不幸的伤害。首先是她父亲去世，接着是母亲再嫁，继父常让她流泪不止。卡塔莉娜的母亲在两年后去世，这个女孩住到了娜奥米家里，此时她的继父已经离开了她。尽管有塔波阿达一家人的温暖拥抱，亲人的死亡仍深深地影响了她。在此之后她还有过一段失败的婚约，这也产生了许多争吵，伤害了大家的感情。

有个相当愚蠢的年轻男子曾经向卡塔莉娜献过好几个月的殷勤，她似乎相当喜欢这家伙。但娜奥米的父亲不为所动，把他赶走了。在这段无疾而终的恋情之后，卡塔莉娜一定学到了教训，因为她和弗吉尔·多伊尔的关系便堪称谨慎的典范。也或许，更狡猾的人是弗吉尔，是他一直劝卡塔莉娜对两人的关系保持沉默，一直拖到再也没有任何事能破坏这次结合。

"我想我能告诉别人，接下来我会出几天门。"她说。

"可以。我们会给弗吉尔回电报，让他们知道你上路了。小心谨慎，我需要的是这些。毕竟他是卡塔莉娜的丈夫，有权为了她好而做出决定，但假如他不管不顾，我们也不能放任不管。"

"我觉得应该让你写下来，关于上大学的那点事。"

她的父亲坐回了桌子后面。"说得好像我会说话不作数似的。现在，把你头上的花摘下来，去准备行装。我知道要你决定穿什么简直得等到天荒地老。顺便问，你今天这是打扮成了谁？"她的父亲问道，显然对她裙子的剪裁，还有她露在外面的肩膀很不满意。

"我扮的是春神。"她回答道。

"那儿很冷。如果你打算穿得像这样在那儿四处走，最好带件毛衣。"他干巴巴地说道。

通常她会回上两句俏皮的反击,不过这次,她保持了不同寻常的沉默。在答应了这场冒险旅行之后,娜奥米想到,她对自己即将前去的地方及她将遇到的人,都知之甚少。这可不是一趟愉快的度假之旅。但她很快又让自己放心下来,父亲已经选择了她来执行这项任务,而她也将顺利完成。心性不定?呸。她会向父亲展示他想在她身上看到的倾尽全力。或许,在她成功之后——这么说是因为她完全没法想象自己失败的场景——父亲会认为她比他印象中的更值得托付,也更成熟。

2
CHAPTER TWO

墨西哥哥特

娜奥米还是个小女孩时,卡塔莉娜曾给她读过一些童话故事,它们常常会提起"森林",在那里,汉塞尔和葛丽特撒下面包屑,小红帽遇到大灰狼。但娜奥米在大城市里居住,因此很久之后她才意识到,森林其实是真实存在的,在地图上就能找得到。她的家人在韦拉克鲁斯度假时,住的也是她祖母的海边别墅,看不到高大的树木。甚至到她长大成人之后,森林在她的脑海中的印象依然是她孩提时在故事书里瞥见的一张画,它有着木炭笔画的轮廓,明亮的色彩洒在画面正中。

因此,此时她花了好一阵才意识到自己正在进入一座森林,这是因为埃尔特里温弗就位于陡峭的高山之间,山上满是五彩斑斓的野花和浓密的松树和橡树。娜奥米看到绵羊慢悠悠地四处乱转,山羊勇敢地冲向岩墙,而后转向。银矿给了这片地区财富,但还需要从这些动物身上提取的油脂来照亮矿坑,并且它们的数量众多。一切看来十分美好。

不过,当火车往更高处去,越接近埃尔特里温弗,这些田园牧歌式的风景便改变得越多,娜奥米也改变了对它的看法。土地上满是深深的沟壑,崎岖的山脊在车窗外若隐若现。原本迷人的小溪变成了汹涌而喷薄的大河,任何落入洪流的人,都注定在劫难逃。山脚下的农民们照料的是果园和苜蓿田,但到这里后再没有任何这样的作物,只有山羊在岩间上下跳跃。土地将它的财富隐匿在黑暗之中,没有任何果树能生根发芽。

随着火车一路奋力攀登,空气逐渐稀薄,直到最后,火车突突作响地停了下来。

娜奥米抓起她的手提箱。她带了两只箱子,本来还打算带上她最喜欢的那只行李箱,不过最后还是认为它太笨重了。尽管做出了这样的让步,她随身携带的手提箱也依然很大很沉。

MEXICAN
GOTHIC

　　火车站并不繁忙,甚至很难被称为车站,不过是一座孤零零的方形建筑,以及一个在售票处后半睡半醒的女人。三个小男孩绕着这座车站你追我赶,玩着捉人游戏,她给了他们几枚硬币,让他们帮她把手提箱拖到车站外。他们愉快地照做了。他们看起来营养不良,如今矿场已经关闭,仅有山羊能提供些许贸易的机会,她不知道这座镇子上的居民要如何维生。

　　娜奥米为山间的严寒做好了准备,因此那天下午迎接她的薄雾便成了意料之外的元素。她好奇地看着这场雾,调整了她那顶装饰着黄色长羽毛的蓝绿色无边圆顶帽,又看向街上那辆接她的车。她几乎不可能认错,因为车站前只停了一辆汽车。那是一辆大得荒唐的车,让她想起二三十年前流行的默片明星——就是那种她的父亲年轻时可能会开出来炫耀财富的老式轿车。

　　但她面前的这辆汽车肮脏陈旧,需要重新上漆,因此并不真是当年的电影明星开过的汽车,而更像是遗物,曾被随意地丢弃积灰,如今又被拖回街上。

　　她本以为司机应该和这辆车一个样,原想方向盘后或许是个老头,结果车上走下来的却是个和她差不多年纪的年轻人。他身穿灯芯绒外套,发色很浅,皮肤苍白——她从未见过任何人能苍白到这种程度;天哪,他是从没在阳光下散过步吗?——他的双眼游移不定,他的嘴竭力挤出了微笑或致意的表情。

　　娜奥米给替她拖行李的男孩付了钱,向前走出几步,伸出一只手。

　　"我是娜奥米·塔波阿达,是多伊尔先生派你来的吗?"她问。

　　"是的,霍华德叔祖父让我来接你,"他回答道,有气无力地与她握了一下手,"我是弗朗西斯。旅途可还愉快?这都是你的

墨西哥哥特

东西吗,塔波阿达小姐?要我帮忙搬它们吗?"他迅速问出一连串问题,给人的感觉就像他更喜欢让所有句子都以问号结束,而不是说出明确的陈述句。

"你可以叫我娜奥米,塔波阿达小姐这叫法听起来太讲究了。这里就是我的所有行李,另外,没错,我很乐意有人帮我。"

他提起她的两只手提箱,将它们放上后备箱,接着绕过车子,替她开了门。透过前窗她看到这座镇子上满是蜿蜒的街道,有窗口摆着花钵的彩色屋子,一扇扇坚实的木门,长长的阶梯,一座教堂,以及在任何一本旅游指南里通常都会被评价为"古雅"的一切细节。

尽管如此,可以肯定的是,埃尔特里温弗不在任何一本旅游指南里。空气中有一股衰败之地的霉味。屋子是彩色的,没错,但色彩已从绝大部分墙上剥落,一些大门上有污损,花钵中的花朵一半已经枯萎,整个镇子鲜有人活动的迹象。

这倒没什么不同寻常。独立战争爆发后,不少在过去殖民时期采集金银的兴旺矿区立刻停止了活动。后来,在平静的波菲里奥时期,英国人和法国人受到欢迎,他们的口袋都因丰富的矿产而鼓胀。但革命结束了这第二次繁荣[①]。在不少埃尔特里温弗这样的小村里,你都可以瞥见钱财与人口富集时建造的精美小礼拜堂,但在这样的地方,大地母亲的子宫再也不会流溢出财富。

然而在其他许多人早已离开的时候,多伊尔家还徘徊在这片

[①] 墨西哥独立战争爆发于1810年,是墨西哥人民与西班牙殖民当局之间的一系列武装冲突,直到1821年阿古斯汀·德·伊图尔维德与各派系结成紧密联盟,宣布墨西哥独立。波菲里奥时期指墨西哥总统波菲里奥·迪亚斯统治的时期,具体为1876—1911年间,迪亚斯推行现代化项目,引进外国的先进技术和大量外国资金,兴建铁路,开设工厂,但长期独裁仍引起人民不满,最终引发了墨西哥革命(1910—1920)。

土地上。她想，或许他们已经学会了如何去爱它，尽管它没能给她留下多少好印象，因为这不过就只是一片陡峭而唐突的风景罢了。它看起来不像她童年故事书中的任何一座高山，在那些书里，树木似乎都很可爱，花朵会在路边生长；它也与卡塔莉娜描述中的她即将生活的迷人地方全然不同。就像那辆来接娜奥米的老爷车，这座镇子紧紧攥住不放的是往日荣光的渣滓。

弗朗西斯沿着一条狭窄的道路向群山更深处攀登，空气变得更为粗粝，雾气则更为浓厚。她搓了搓双手。

"还很远吗？"她问。

他又露出了不确定的表情。"也没有那么远，"弗朗西斯慢慢说道，语气仿佛在讨论一桩需要慎重考量的重大事务，"路不好，不然我还能开得再快点儿。以前挺好的，很早以前，当时矿场还开着，这附近的路都状况良好，就是在上高地附近也一样。"

"上高地？"

"那是我们的叫法，就是指我们住的屋子。我们家屋子后面，是英国公墓。"

"真的很英国风吗？"她说着，露出微笑。

"是的。"他说话的同时双手紧握方向盘，他握手时有气无力，她很难想象他究竟是从哪儿来的这股力气。

"哦？"她等待着下文。

"你会亲眼看到的。一切都很英国风。嗯，这就是霍华德叔祖父想要的，一小片英国的飞地。他甚至还把欧洲的泥土带到这儿来。"

"你觉得他有很强烈的乡愁？"

"没错。我还可以告诉你，我们在上高地不说西班牙语。我的伯公一个西班牙字也不识，弗吉尔只会一点，我的母亲则完全拼不出完整的句子。你……你的英语好吗?"

"从六岁开始每天上课,"她说着,从西班牙语换到了英语,"我相信自己没问题。"

树林更为浓密,它们的枝丫下阴暗沉郁。她不是个热爱自然的人,至少不爱真正的自然。上一次她到勉强算是森林的地方,还是在一场去洛斯莱昂斯狮子沙漠的短途旅行中,当时他们骑着马,她的哥哥和她的朋友们想拿锡铁罐练习射击。那已经是两年前,或许是三年前的事了。这地方与那儿完全不能比。这里要更蛮荒得多。

她发现自己警惕地估算着树木的高度和峡谷的深度。二者都相当可观。迷雾浓重,这让她有些畏惧,唯恐他们转错了弯儿,便会半途落下山里。有多少热切地掘取金银的矿工曾摔下悬崖?群山提供矿产财富,也提供利落的死亡。不过弗朗西斯似乎对自己的开车技术很有信心,尽管他说话时有些支支吾吾。总体来说,她不喜欢害羞的男人——他们让她心烦——但这有什么关系呢。她既不是来见他,也不是来见这个家族里的任何一名其他成员的。

"总之,你是谁?"她想让自己的思绪从这峡谷以及汽车可能会撞上看不见的树木上移开,便问道。

"弗朗西斯。"

"好吧,是,但你是弗吉尔的侄子吗?他是你失散已久的叔叔?又一个我得了解的家族败类?"

她用了她喜欢的取笑口气,那是她在鸡尾酒会上常用的,它似乎总能让她与人拉近关系,正如她所料,他回答时,脸上就带了一点点微笑。

"我和他差一辈,他是我的堂舅舅。他的年纪比我稍大一点。"

"我从来弄不明白这一套。一辈,两辈,三辈。到底是谁一直在记录这样的事?我始终觉得,会来参加我生日会的人一定是我的亲戚,就这样,根本不需要掏出家谱。"

"那一定很方便。"他说。此时他的微笑开始发自内心了。

"你算是好堂兄吗?我小时候可恨我的堂兄弟了。他们老在我的生日会上把我的脑袋按进蛋糕里,即使我根本就不想接受贿赂。"

"贿赂?"

"对。本来在切蛋糕之前,你能先拿到一小块的,但总有人会把你的脑袋推进蛋糕里。我猜你们在上高地不用忍受这种事。"

"上高地没办过多少舞会。"

"那儿一定地如其名。"她喃喃道,因为他们还在继续向上。这条路是没有尽头吗?车轮嘎吱嘎吱地碾过了一根又一根倒在地上的树杈。

"是的。"

"我还从没进过任何一栋有自己名字的屋子。如今还有谁会这么做?"

"我们比较传统。"他咕哝道。

娜奥米怀疑地看了这个年轻人一眼。她的母亲会说他需要补铁,还得好好吃肉。从他那细瘦的手指看,他就像是靠吃露水和花蜜过活的,他说话的声音也总是轻如耳语。在她的印象里,弗吉尔看起来比这个小伙子健康许多,也更现代。另外,正如弗朗西斯所说,弗吉尔的年纪更大。他三十好几了,但她忘了他的确切年龄。

他们撞上了路中间的一块石头,要不就是别的什么隆起的东

墨西哥哥特

西。娜奥米发出了一声不快的"哎哟"。

"抱歉。"弗朗西斯说道。

"我觉得这不是你的错。这里一直这样吗?"她问,"感觉就像在装满牛奶的碗里开车。"

"这算不上什么。"他说着咯咯笑了一声。好吧,至少他现在放松下来了。

接着,突然之间,他们到了,进入一片空地,那座屋子从迷雾之中蹦了出来,展开渴望的双臂迎接了他们。这实在是个古怪的地方!它看起来完全像是一座维多利亚时代的建筑,破碎的木瓦,煞费苦心的装饰,肮脏的凸窗。她从未亲眼见过这样的东西,它与她家时髦的大宅、她朋友的公寓,或是有着红色特宗特尔岩石[①]外立面的殖民时代房屋都截然不同。

这座屋子在他们头顶耸然出现,仿佛一只巨大而沉静的石像鬼。它原本可能会是个不祥之兆,让人想起鬼魂和闹鬼之地,但实际上它看起来却如此疲惫,几扇百叶窗缺了百叶,当他们踏上通往大门的阶梯时,乌木门廊嘎吱作响。大门上装有一个银质门环,它的形状如同挂在圈上的拳头。

这就是个废弃了的蜗牛壳,她心里想着。说到蜗牛,她联想到了童年时在院子里玩耍的事,她会将一盆盆植物搬开,看着那些胖乎乎的软体动物匆忙蠕动,四处躲藏。她会不顾母亲的警告,拿方糖喂蚂蚁。还有那只温和的虎斑猫,它总是睡在九重葛下,任孩子们抚摸个不停。但她没法想象他们在这座屋子里养猫的情景,就算是她平时会在晨间喂食的金丝雀也不会在笼子里愉

[①] 一种火山的火成岩,海绵状,多孔,重量轻而耐腐蚀,在墨西哥东西部都有广泛分布,因此自玛雅文明和阿兹特克文明时期便广泛用于建筑。由于含有二氧化铁而微微发红。

MEXICAN GOTHIC

快地啁鸣。

弗朗西斯拿出一把钥匙，打开了沉重的大门。娜奥米走进门厅，一眼看到一道由桃花心木和橡木建成的巨大楼梯，还有二楼楼梯平台上的一扇圆形彩色玻璃窗。那扇窗子往一块褪色的绿色地毯上投下红、蓝、黄的阴影，两座宁芙仙女的雕像静静地守着这座屋子，一座摆在这螺旋楼梯底部的中柱旁，另一座则位于窗边。入口墙上曾经悬挂过一张画，或是一面镜子，墙纸上仍然能看出它的椭圆形轮廓，就像一个残留在犯罪现场的孤零零的指纹。他们头顶上悬挂着一盏九臂枝形吊灯，它的水晶已因为年代久远而浑浊。

一个女人从楼梯上走了下来，她的左手滑下栏杆。她有些许白发，不过不算上了年纪，她那笔直的脊梁和敏捷的身姿不属于年迈之人。但她的穿着又很严肃，双目中带有严厉的神色，这给她增添了几分不属于她这个年纪的老气。

"母亲，这位是娜奥米·塔波阿达。"弗朗西斯说着，拿起娜奥米的手提箱走上楼梯。

娜奥米跟着他，面带微笑向这位女性伸出手，后者看着她的表情就像她手里拿着一条死了一个礼拜的鱼。女人没有与她握手，反而转身向楼梯上方走去。

"很高兴见到你，"女人背对娜奥米说道，"我是弗洛伦丝，多伊尔先生的侄女。"

娜奥米想出声嘲讽，却忍住了，只是快步走到弗洛伦丝身旁，与她保持了同样的速度。

"谢谢您。"

"我负责照管上高地，因此，你有任何需要都应该来找我。在这里我们有固定的行事方式，我们希望你能守规矩。"

墨西哥哥特

"什么规矩?"她问。

他们经过了那扇彩色玻璃窗,娜奥米注意到它呈现出明亮的、非写实风格的花朵图案。花瓣的蓝色靠氧化钴呈现。她了解这些事。就像她父亲一样,颜料生意让她知道了各种化学现象,尽管大部分她都会无视,然而它们还是会自动跃入她的脑海,就像一首恼人的歌。

"最重要的规矩在于,我们是安静而注重隐私的群体,"弗洛伦丝说道,"我的叔叔霍华德·多伊尔年事已高,大部分时间都待在自己的卧室里。你不能去打扰他。其次,现在负责看护你堂姐的人是我。她现在需要大量时间来休养,因此如非必要,你也不能打扰她。不要独自离开屋子瞎转悠,很容易迷路,而且这片地区有很多山谷。"

"还有吗?"

"我们不常去镇上。如果你有事要去那儿,一定要来找我,我会让查理开车带你去。"

"查理是谁?"

"我们雇用的仆人之一。近来我们雇的人很少了,只有三名。他们已为这个家服务了很多年。"

他们沿着一条铺有地毯的走廊前进,墙上装饰着椭圆框和长方框的油画肖像。早已故去的多伊尔家家族成员的脸隔着时空凝视娜奥米。女人们头戴软帽,身穿沉重的裙子,男人们则头戴高顶大礼帽,配手套,表情阴沉。是那种会自称有权获得家族纹章的人。皮肤苍白,发色暗淡,就像弗朗西斯和他的母亲。那一张张面孔混杂在一起。即使凑近了看,她也没法分别认出这些人。

"这里是你的房间,"他们来到一扇饰有水晶门把手的门前,弗洛伦丝立刻说道,"我要提醒你,在这栋屋子里禁止吸烟,假使你有这种恶习的话。"她补充了一句,眼睛看着娜奥米时尚的手提包,仿佛她的视线能穿透它,看到娜奥米放在里面的那包烟。

恶习,娜奥米想,她回想起了监督她受教育的嬷嬷们。她就是在喃喃念诵玫瑰经的过程中学会了叛逆的。

娜奥米步入卧室,凝视古老的四柱床,它看起来就像是从哥特小说里蹦出来的;它甚至还有幕帘,你可以把它们放下来,将自己包裹成茧,远离这个世界。弗朗西斯将手提箱放在一扇窄窗旁——这扇窗没有颜色,夸张奢侈的彩色玻璃窗没有延伸到私人的生活区域中——弗洛伦丝则指着大衣橱和里面存放的多余的毯子。

"我们在山上高处。这儿很冷,"她说,"我希望你带了毛衣。"

"我有一条雷博佐披肩①。"

女人打开床脚的小柜子,拿出一些蜡烛和一个娜奥米毕生所见最丑的枝形大烛台,它通体银质,底部雕刻了一个向上伸出双手的小天使。接着她关上柜门,将这些找出来的东西放在了柜子顶上。

"1909年时我们这儿安装了照明电气,就在革命前,但自此之后的四十年里没有太多改善。我们有台发电机,能够制造足够的电力来使用电冰箱,或是点亮几个小灯泡。但它完全没法给整座屋子照明。因此,我们依靠的是蜡烛和油灯。"

"我都不知道你们是怎么用油灯的,"娜奥米说着咯咯笑了一

---

① 雷博佐是墨西哥女性传统服饰,通常是一块介于披风和披肩之间的布,用以包裹头部和肩部,可御寒、遮挡阳光,特征为复杂的编织流苏。

声,"露营的时候我都没法得心应手地使用它。"

"就算是傻子都能明白最基本的原理,"弗洛伦丝说道,而后她继续说了下去,没有给娜奥米回嘴的机会,"热水锅炉有时候会有些小问题,但不管怎么说年轻人不该用太烫的水洗澡;温水正适合你。这个房间里没有壁炉,不过楼下有一个大壁炉。我还有什么遗漏的吗,弗朗西斯?没有,很好。"

女人看着她的儿子,但同样没有给他任何回答的机会。娜奥米怀疑在她身边有多少人能有机会说上一个字。

"我想和卡塔莉娜说话。"娜奥米说道。

想必弗洛伦丝本以为谈话结束了,此时她已将一只手放在门把手上。

"今天?"女人问道。

"对。"

"已经快到她吃药的时间了。她吃完后就要睡了。"

"我只想和她待几分钟。"

"母亲,她大老远来的。"弗朗西斯说道。

他突然插嘴似乎让这女人有些措手不及。她朝这年轻男子挑起一边的眉毛,而后双手合握。

"好吧,我猜你们大城市来的人时间观念和我们不一样,你们总是东忙西忙地赶时间,"她说,"如果你一定要立刻见到她,那最好和我一起来。弗朗西斯,你为什么不去问问霍华德叔父,他今晚是否会和我们一起用晚餐呢?我可不希望碰上意外。"

弗洛伦丝领着娜奥米走上另一条长长的走廊,来到一个房间里,那儿同样也有一张四柱床,还有一张带三折镜面的梳妆台,以及一只大到足以容纳小型军队的大衣柜。这里的墙纸是浅蓝色的,带有花卉图案。墙上装饰着小小的风景画,有高耸悬崖和无人海滩的沿海景色，但没有本地的风光。这些很有可能是用油画和银画框保存下来的英格兰。

窗边摆着一把椅子，卡塔莉娜坐在上面。她正望着窗外，两个女人踏入房内也没能惊动她。她那头茶褐色的头发束在后颈。娜奥米原本已经硬起心肠来面对一个备受疾病折磨的陌生人，但此时看来，卡塔莉娜似乎与她在墨西哥城生活时没什么两样。或许周遭的装饰放大了她那种梦幻的特质，但她身上的改变也就仅此而已。

"五分钟后她就该吃药了。"弗洛伦丝说着，看了一眼腕表确认。

"那这五分钟归我。"

年长的女人似乎并不高兴，不过她还是离开了。娜奥米靠近了她的堂姐。年轻的女人仍未看她一眼，她沉静得古怪。

"卡塔莉娜？是我，娜奥米。"

她伸出一只手轻轻地放在堂姐的肩头，直到此时，卡塔莉娜才看向娜奥米。她慢慢露出微笑。

"娜奥米，你来了。"

她站在卡塔莉娜身前点了点头。"是的，父亲派我来看看你的情况。你现在觉得怎么样？有什么不舒服的吗？"

"坏透了。我得了一场热病，娜奥米。肺结核让我病得很重，但现在已经好多了。"

"你给我们写了一封信，你还记得吗？你在信上说了些奇怪的话。"

"我记不清自己写的那些话了，"卡塔莉娜说道，"我当时烧得厉害。"

卡塔莉娜比娜奥米年长五岁。这不算太大的年龄差，但已足

墨西哥哥特

以让卡塔莉娜在两人幼时承担母亲般的角色。娜奥米还记得她与卡塔莉娜一起度过的许多个午后,她俩一起做小手工,给纸娃娃剪裙子,看电影,听她编童话。而现在,看到她这样无精打采的,要依靠从前曾依赖她的他人生活,这种感觉实在有些奇怪。娜奥米一点也不喜欢这样。

"那封信让我父亲紧张极了。"娜奥米说道。

"我真的很抱歉,亲爱的。我不该写信的。你本来在城里可能有好多事要做。你的朋友们,你要上的课,但现在你出现在这儿,就因为我随手写了一页没头没脑的话。"

"别担心了,是我自己想来看你的。我们已经很久没见了。老实说,我本来以为现在这会儿你该来拜访我们了。"

"是的,"卡塔莉娜说道,"是的,我原本也这么想。但要离开这座屋子是不可能的。"

卡塔莉娜陷入沉思。她的双眼如同两摊褐色的死水,在此时变得更为迟钝,她张开了嘴,像是准备要说什么,却没有说出一个字。相反她吸了一口气,屏住,而后转过头,咳嗽起来。

"卡塔莉娜?"

"你该吃药了。"弗洛伦丝说着走进房间,手中拿着一只放有汤匙的玻璃碗。"现在喝。"

卡塔莉娜顺服地喝下一汤匙药水,接着弗洛伦丝扶她躺到床上,将被子拉到她的下巴。

"我们走吧,"弗洛伦丝说道,"她需要休息。你们可以明天再谈。"

卡塔莉娜点点头。弗洛伦丝带着娜奥米走回她的房间,一路上给她简单描述了这座屋子——厨房在那个方向,书房在另一边——并告诉她,他们会在七点接她用晚餐。娜奥米拿出行李,

MEXICAN
GOTHIC

把衣服放进大衣柜，接着去洗手间梳洗。洗手间里有一只古老的浴缸，一个浴室柜，天花板上有发霉的痕迹。浴缸周围的不少瓷砖龟裂了，不过三角凳上摆了干净的毛巾，挂在钩子上的浴袍看起来也是干净的。

她试了试墙上的电灯开关，照明设备没有反应。回到房间里，娜奥米根本找不到任何一盏装有电灯泡的电灯，尽管确实有一个电器插座。弗洛伦丝说他们靠蜡烛和油灯，她估计这不是玩笑。

她打开手提包，翻找了一番，直到找到香烟。床头柜上有个以半裸的丘比特为装饰的小杯子，正好充作临时烟灰缸。吸了几口后，她漫步到窗前，以防弗洛伦丝抱怨有烟味。但窗户根本打不开。

她站着，看向窗外的迷雾。

3
CHAPTER THREE

墨西哥哥特

刚到七点,弗洛伦丝就回来接她了,手里还拿着油灯照路。她们走下楼梯来到餐厅,那儿的天花板下吊着一个巨大而笨重的枝形吊灯,它和门廊里的吊灯很相似,只是后者一直没有点燃。餐厅里的桌子大得足以容纳一打人用餐,配有相衬的白色锦缎桌布。桌上摆着枝状大烛台。白色的锥形长蜡烛让娜奥米想到了教堂。

贴墙摆着一排瓷器柜,里面放了蕾丝花布和瓷器,但绝大多数还是银器。杯子和盘子上都突出地带有它们主人姓氏的首字母——带着炫耀意味的、风格化的 D,代表着多伊尔家——但曾经或许在蜡烛的辉光下熠熠发亮过的托盘和空瓶子,如今看起来已失去了光泽,色彩暗淡了。

弗洛伦丝指着一把椅子,娜奥米坐了下来。弗朗西斯已在她对面就座,弗洛伦丝则在他身旁坐下。一名头发灰白的女仆走了进来,将盛着稀汤的碗放在他们面前。弗洛伦丝和弗朗西斯开始用餐。

"还有人来吗?"她问。

"你的堂姐已经睡了。霍华德叔叔和弗吉尔堂弟可能会下楼,或许要晚些时候。"弗洛伦丝说道。

娜奥米将餐巾垫在膝盖上。她喝了些汤,但只尝了一点儿。她不习惯在这个时间用餐。晚上没时间吃大餐,在家里时他们都是吃甜点,配加牛奶的咖啡。她不知道自己要如何适应这样截然不同的时间安排。À l'anglaise,他们的法语老师以前是这么说的。La panure à l'anglaise[①],跟我念。他们会在下午四点用茶点吗,还是在五点?

[①] 法语,英国式,英式面包。

碟子被静静地撤下餐桌，接着又在一片寂静中上了主食，是添加了蘑菇的鸡肉，浇了让人毫无食欲的白色奶油汁。他们给她倒的葡萄酒颜色很深，口味极甜。她不喜欢。

娜奥米用叉子将盘里的蘑菇挑到一边，同时想看清她对面昏暗的柜子里摆了什么。

"那里面绝大多数是银器，对吧？"她问，"它们是不是都从你们的矿场里来的？"

弗朗西斯点点头。"都是从前的事了。"

"矿场为什么会关闭？"

"发生了罢工，后来——"弗朗西斯刚开始说，他的母亲立刻抬起头，盯着娜奥米。

"我们不在用餐时交谈。"

"连'替我递一下盐'也不说？"娜奥米轻声问道，手里叉子捻动。

"我可以看得出来，你自以为风趣幽默。但我们不在用餐时交谈。就是这样。在这栋屋子里，我们欣赏的是沉默。"

"好啦，弗洛伦丝，我们当然还是能有点交流的。为了我们的客人。"一名身穿深色套装的男子靠在弗吉尔身上走进房间，同时说道。

要形容他，年老这个词不够精确。他已年迈，脸上满是沟壑，脑壳上只剩零星几丝顽固残存的头发。他的皮肤也极为苍白，看上去像个地底生物。又或许可说像鼻涕虫。他的血管则与惨白截然相反，是紫色与蓝色形成的蛛网般的细线。

娜奥米眼看他拖着脚走到桌前上座，坐了下来。弗吉尔也坐下了，就在他父亲的右边，他的椅子拉开的角度，让他的半个身体都被阴影笼罩住了。

女仆一盘食物也没有给老人送上,只给了一杯颜色暗沉的葡萄酒。或许他已经用过餐了,只是为了她而冒险下楼的。

"先生,我是娜奥米·塔波阿达。很高兴见到您。"她说。

"我是霍华德·多伊尔,弗吉尔的父亲。不过我想你已经猜到了。"

老人戴着一个老式领结,他的脖子隐藏在一大堆布料后,在那上面有一只圆形的银领针装饰,他的食指上则戴有一只巨大的琥珀戒指。他紧盯着她。他身体的其余部分都像是被漂白了,只有那双眼睛蓝得惊人,并未受到白内障的困扰,也没有因为年龄而黯淡。他的眼睛在老迈的脸上冷酷地燃烧,吸引着她的注意,视线更仿佛在将这个年轻女人活体解剖。

"你比你的堂姐黑多了,塔波阿达小姐。"霍华德检视完她后说道。

"你说什么?"她以为自己听错了,说道。

他指着她。"你的肤色和发色。它们比卡塔莉娜的深多了。我想它们反映了你的印第安血统,而不是法国血统。你确实有些印第安人的血缘,对吧?就像这里的绝大多数麦士蒂索人[①]一样。"

"卡塔莉娜的母亲是法国人。我的父亲来自韦拉克鲁斯,我的母亲则出身于瓦哈卡州。我们的本地血统是从她那儿继承来的。你想说什么?"她直接地问道。

老人微笑了。那是个紧闭嘴巴的笑容,看不到牙齿。她可以想象得出他的牙长什么样,一定又烂又黄。

弗吉尔对女仆做了个手势,接着一杯葡萄酒摆在他的面前。

[①] 欧洲人与美洲原住民的混血儿。

其他人则静静用餐。因此,这便是两个人之间的交流。

"不过是些观察罢了。现在来告诉我,塔波阿达小姐,你是否像巴斯孔塞洛斯先生一样,相信墨西哥的人民有义务,不,应该说是命中注定,要融合出一种包含所有种族的全新种族?一种'宇宙'种族?青铜种人?完全无视达文波特和斯特格达的研究[1]?"

"你是说他们在牙买加做的研究?"

"漂亮,卡塔莉娜说得对。你确实对人类学有兴趣。"

"是的。"除了这两个字外,她完全不想再多说一句。

"你对优等和劣等人种的混血怎么看?"他无视了她的不适,继续问道。

娜奥米感觉到所有家庭成员的视线都落在她身上。她的存在对他们常规的生活方式而言极为新鲜,是一种改变。她是进入了无菌环境中的有机体。他们等待着她即将吐露的话,并分析它。好吧,那就让他们好好瞧瞧,她能做到镇定自若。

对于叫人恼火的男性,她有不少处理的经验。他们不会让她紧张。在鸡尾酒会和饭店饭桌上操纵谈话的经验让她早就知道,对他们粗鲁的言辞做出任何反应,都只会让他们变得更粗鲁大胆。

---

[1] 约瑟·巴斯孔塞洛斯(José Vasconcelos, 1882—1959),墨西哥革命时期的文化领袖,在此之前波菲里奥时期尊崇白种人,希望打造由白人领导的现代化墨西哥,革命时期的文化精英则希望能借由混血主义来重新塑造墨西哥的国家与民族认同,巴斯孔塞洛斯由此提出"宇宙种族"的思想,认为未来的世界将由"宇宙种族"这种混血种族主宰。查尔斯·达文波特(Charles Davenport, 1866—1944),美国生物学家,最早提倡优生学运动的人之一,主张是借孟德尔定律来建立优秀的人类品种,掌控人类进化的方向。1929 年达文波特发表了《牙买加的种族杂交》(*Race Crossing in Jamaica*)一书,该书主要由其当时的助手莫里斯·斯特格达(Morris Steggerda, 1900—1950)撰写,宣扬优生学理论。

墨西哥哥特

"我读过一篇加米欧①的论文,在其中他表示,严酷的自然选择让这片大陆上的原住民得以存活,而欧洲人能从与之混血中获益,"她说着,手指抚摸叉子,感受着指尖下冰冷的金属,"这种想法彻底反转了整个优等和劣等人种的说法,不是吗?"她问道,这个问题听起来一派天真无辜,但又有一点尖酸刻薄。

老多伊尔似乎对这个回答很满意,他的脸散发出生气。"别对我失望,塔波阿达小姐。我不是要侮辱您。您的同胞巴斯孔塞洛斯提到过神秘的'审美品位',它将有助于塑造青铜种人,而我觉得,您正是这一类人的优良典范。"

"哪一类人?"

他再次微笑,这一次可以看到牙齿,嘴唇也咧开了。他的牙齿不像她想象的那样发黄,而是瓷器般洁白,齐齐整整。不过她也能清晰地看到,他的牙床呈现出病态的深紫色。

"一类全新的美人,塔波阿达小姐。巴斯孔塞洛斯阐释得很清楚,丑陋之物将无法繁殖再生。美与美互相吸引,而后又产生了美。这也是一种选择的方式。您看,我这是在恭维您。"

"这可真是种古怪的恭维。"她勉力咽下厌恶之情,说道。

"您该接受的,塔波阿达小姐。我轻易不会这么说。好啦,我累了。我先去休息了,不过不用怀疑,这确实是一场叫人振奋的谈话。弗朗西斯,帮我站起来。"

年轻人帮了这老蜡像一把,他们离开了房间。弗洛伦丝喝着葡萄酒,她小心地举起纤细的酒杯,将它贴在双唇上。压抑的寂静再次笼罩了他们。娜奥米觉得,如果她注意听,甚至可能听到

---

① 曼纽尔·加米欧(Manuel Gamio, 1883—1960),人类学家,毕业于美国哥伦比亚大学,被誉为现代墨西哥人类学之父。他最著名的主张是墨西哥原住民主义,以关注拉丁美洲原住民为核心,倡导以印第安人为根源的国家认同和美学。

每个人的心跳声。

她不知道卡塔莉娜到底如何忍辱负重，才能在这地方生活。卡塔莉娜曾经总是很亲切，一直是个照管小辈的看护者，她的脸上总有微笑。他们是否真的强迫她待在这彻底的寂静中，坐在这张桌子后，拉下窗帘，就靠蜡烛放射的一点贫瘠的光来照明？那个老头让她参与这种令人不快的谈话了吗？卡塔莉娜是否因此而流下泪水？在墨西哥城他们的餐厅里，她的父亲总爱讲些谜语，还会给抢答出正确答案的孩子提供奖励。

女仆来取走了碟子。此前尚未正式与娜奥米打招呼的弗吉尔终于看向她，他们的视线交汇了。"我想你有不少问题要问我。"

"是的。"她说。

"那我们去起居室。"

他拿起桌上的一座枝状大烛台，带她沿走廊来到一个大房间，那儿同样有巨大的壁炉和黑色胡桃木壁炉架，后者雕刻了花的图案。壁炉上方悬挂了一张水果、玫瑰和漂亮花瓶的静物写生画。在两张黑檀木桌上各摆了一盏煤油灯，给了这房间更多照明的光线。

一对褪了色的绿色丝绒沙发摆放在房间的一侧，在它们边上有三把套了椅罩的椅子。白色的花瓶满布尘埃，说明这个地方曾经被用于接待客人，用于嬉戏。

弗吉尔打开一只配银铰链的大理石面餐具柜的柜门，拿出一只酒壶，它的塞子十分古怪，形状如同一朵花。他倒了两杯酒，将其中一杯递给她。接着他在壁炉旁一只庄严而坚硬的金色锦缎扶手椅上坐下。她也照做了。

这个房间的照明不错，她由此看清了这个男人的样貌。两人曾在卡塔莉娜的婚礼上见过面，但当时照面非常快，而且也已是

墨西哥哥特

一年前的事了。她甚至没法记起他当时的模样。他的发色很浅，有着和他父亲一样的蓝色眼睛，线条明晰而冷酷的脸上闪动着专横的光。他的双排扣便装西服相当整洁，木炭黑的底色上有人字纹路，很得体，却没有搭配领带，衬衫最上方的纽扣也没有系上，给人的感觉像是在模仿一种他其实不可能拥有的漫不经心。

她不知道该如何与他交谈。要让与她同龄的男孩高兴起来并非难事，但他比她的年纪要大。她得更严肃认真，控制轻浮的天性，以免他觉得她傻里傻气。他在此处有其权威，但她同样也有权威。她是一名信使。

忽必烈将他的信使派往帝国全境，他们身上带着有他印章的石头，无论是谁亏负了这些信使都会被处死。卡塔莉娜给娜奥米讲述传说与历史时，曾经给她讲过这个故事。

那么，就让弗吉尔明白，她的口袋里放着看不见的石头。

"你能那么快就赶来真是太好了。"弗吉尔开口道，他的语调干巴巴的。礼貌，但不热情。

"我必须如此。"

"真的吗？"

"我的父亲很关心这件事。"她说。这就是她的石头，即使这间屋子及其物品上满是他的家族纹章，环绕着他，但娜奥米可是塔波阿达家的成员，由莱奥卡迪奥·塔波阿达本人派遣。

"我本想让他明白，不需要紧张。"

"卡塔莉娜说她得了肺结核。但我不认为这能完全解释她的那封信。"

"你看了信？那里面具体到底说了什么？"他问道，身体前倾。他的语调依然平淡，但整个人看起来有些警觉。

"我记不确切了。但已足够让他派我来拜访你们。"

"我明白了。"

他换了只手拿葡萄酒,壁炉的火让它闪烁着光泽,微微发亮。他又向后将身子靠在椅背上。他是个英俊的男人,仿若雕塑,他的脸可能并非由皮肤与骨骼组成,而是一张死亡面具。

"那时候卡塔莉娜的情况不好,她烧得很厉害。她在病痛中寄出了那封信。"

"谁在给她治病?"

"什么?"他回道。

"肯定有个谁在给她治病。是弗洛伦丝吗,你的堂姐?"

"是的。"

"这么说吧,你的堂姐弗洛伦丝是把药给她的人。还得有个医生。"

他站起身,拿起壁炉拨火棍,翻了翻燃烧的木柴。一颗火星飞了出来,落在一块因为年代久远而脏污的瓷砖上,那瓷砖正中有一道裂痕。

"确实有个医生。他的名字叫亚瑟·卡明斯。他已经给我们家做了许多年的家庭医生了,我们完全信赖卡明斯医生。"

"他难道不觉得她的行为不同寻常吗,即使她当时得了肺结核?"

弗吉尔假笑着。"不同寻常。你有医学知识?"

"没有。但如果我的父亲觉得一切都和平常一样,就不会派我来这儿了。"

"不,你的父亲写了些有机会就要去看精神病医生之类的话。这才是他写的,一遍又一遍。"弗吉尔语带轻蔑。他用这样的口气说起她的父亲,仿佛他很不公正,又令人讨厌,这激怒了她。

"我要和卡塔莉娜的医生谈谈。"娜奥米回道。或许她的口气过于生硬,他立刻将拨火棍摆回支架,手臂动作迅速而严厉。

"这是要求,是吗?"

"准确地说,我不会称之为要求。更像是'重视'。"她回答道,同时小心地露出微笑,让他看到这其实是个小问题,可以轻松解决,而且,一定会在他点头同意后才进行。

"亚瑟每周都会来访。周四他会来看卡塔莉娜和我的父亲。"

"你父亲也生病了吗?"

"我父亲上了年纪,他患的是时间施与每个人的病痛。如果你能等到那时候,或许就可以和亚瑟谈谈。"

"目前我还没有离开的打算。"

"告诉我,你打算和我们在一起住多久?"

"我希望不用太久,足以判断出卡塔莉娜是否需要我就够了。如果我太打扰,那我相信自己能在镇上找到住处。"

"这是个很小的镇子。没有旅馆,甚至连招待所都没有。不用,你可以和我们一起住。我没有想赶你走的意思。我想,我只是希望你能因为其他原因来这里。"

她本就不觉得那镇子上有旅馆,虽然如果她能找到,一定会很高兴。这座屋子阴郁沉闷,屋里的每一个人也是如此。她完全相信,一个女人住在这样的地方,很快就会生病。

她抿了口葡萄酒。这正是她在餐厅里用过的那种深色陈酒,口味甜腻而浓烈。

"你对你的房间满意吗?"弗吉尔问道,他的语调热切,更增添了几分热情。或许,她不是他的敌人。

"很好。没有电有点奇怪,不过,我猜至少目前为止还没有人会因为缺少电灯泡而死。"

"卡塔莉娜认为烛光很浪漫。"

娜奥米觉得她确实会。这正是她可以想象得出能打动她堂姐的那一类事物：山巅的旧屋，迷雾与月光，如同哥特小说中配的蚀刻版画。《呼啸山庄》和《简·爱》，都是卡塔莉娜偏爱的书。沼泽和蛛网。还有城堡，逼迫公主吃下毒苹果的坏心眼后母，诅咒了少女的坏仙子，以及将英俊的领主变成野兽的巫师。但周末时娜奥米更喜欢从一个舞会跳去另一个舞会，或者就开敞篷车去兜风。

如此说来，归根结底，或许这座屋子确实与卡塔莉娜十分相配。是否有可能，她当时只是有点发烧？娜奥米双手握着玻璃杯，用大拇指沿杯沿转圈。

"我再给你倒一杯吧。"弗吉尔说着，担负起了体贴的主人之责。

这种酒，它能影响你。此时的她已被它拉进了半梦半醒之间，他说话时，她就只能眨眼。他做了倒酒的动作，手擦过了她，但她摇摇头。她知道自己的极限，绝不越界。

"不用了，谢谢。"她说着，将酒杯放到一边，同时站起身，这把椅子比她想象的更舒适。

"我觉得你还可以。"

娜奥米优雅地摇了摇头，用她这个久经考验的小花招来表达了拒绝。"老天，真不行了。我只能谢绝，用毯子裹着身子上床去。"

他的表情依旧疏离，但此时当他细细审视她时，似乎又多了几分生气。他的眼中闪动着火星。他找到了某个有趣的地方，她的某个姿势，又或是什么话，让他感到新奇。娜奥米觉得是她拒绝的话逗乐了他。有可能他不习惯被人拒绝。不过话又说回来，许多男人都这样。

墨西哥哥特

"我可以送你回房间。"他优雅而殷勤地提议道。

他们走上楼梯,弗吉尔的手里拿着一只带手绘葡萄藤蔓的油灯,这种花纹让油灯里散发出的光带上了祖母绿,也给四壁浸泡上了奇异的色彩:它将天鹅绒窗帘染成了绿色。在卡塔莉娜的某个故事里,她曾告诉过娜奥米,忽必烈汗杀死敌人时,总是用天鹅绒枕头让他们窒息而死,这样便不会有血流出来。她想,这座屋子,这屋子里的所有织物、地毯和流苏,足以让一整支军队窒息。

4
CHAPTER FOUR

墨西哥哥特

早餐是摆在托盘上送到她面前来的。感谢上帝,这个早上她不需要下楼去餐厅坐下,和那一大家子一起用餐,虽然晚餐时会怎样她还完全不知道。避不见人的机会带来的早餐是粥和烤面包,还有多少让她增加了一点食欲的果酱。她能得到的饮料是茶,但她不喜欢。她更偏好咖啡,尤其是黑咖啡,而这杯茶里有一种虽然微弱却很清晰的水果味。

淋浴过后,娜奥米涂上口红,又用一根小小的黑色眼线笔画上了眼线。她知道她那双深色的大眼睛和丰厚的唇是她最大的资本,她能将它们发挥出最大的效用。她用了点时间翻检衣服,最后穿上了一件色丁塔夫绸裙子,配一条打褶的宽下摆伞裙。作为日常穿着来说,这一套有些太好了——她上一次穿与这类似的一身是在1950年,八个月前——不过这会儿她更乐意奢华一把。此外,她也想挑衅笼罩她的幽暗。她决心要以更愉快的方式来探索这座屋子。

这里确实有许多幽暗之处。阳光未能改善上高地的状况。当她在底层走动,打开一扇扇吱嘎作响的大门,便无可避免地遇到了白布覆盖家具,帷幔紧紧拉上的可怕景象。无论在哪儿,当零星几丝阳光滑入一个房间,你就能看到尘土的微粒在空气中舞动。走廊上,本该配有电灯泡的壁灯有三个已没了灯泡。很显然,这间屋子的绝大部分都没有投付使用。

她本来很确信多伊尔家有钢琴,尽管可能会走调,但事实上没有,她也没找到收音机,连老式的留声机都没看到。而她是那么热爱音乐,从拉腊①到拉威尔,她都喜欢。还有跳舞。她得在

---

① 奥古斯丁·拉腊(Agustín Lara, 1897—1970),墨西哥著名歌手、演员和作曲家,创作歌曲超700首,是当时代墨西哥最受欢迎的作曲家。

这没有音乐的地方待着，真是可惜。

她慢悠悠地走进了一间书房。房间的墙壁上装饰着一圈狭窄的木质横饰带，它重复着茛苕叶形的装饰纹案，由一个个壁柱隔开，墙壁里内嵌一排排高高的书架，架子上塞满皮面装订的卷册。她伸手随意地取出一本书，打开后发现它已发霉损坏，散发出腐烂导致的甜味。她合上书，将它放回了原处。

书架上也有一些旧杂志，其中包括《优生学：人种改良杂志》和《美国优生学》。

真合适，她想，随后她又回忆起霍华德·多伊尔提的那些愚蠢的问题。她怀疑他是否留着一对用来测量客人颅围的卡尺。

在角落里孤零零地摆着一个地球仪，上面的国家名字都已过时，窗边则摆有一尊莎士比亚的大理石半身像。房间正中有一块圆形大地毯，她低头细看才发现它深红底色上的黑蛇衔尾图案，周围还有小小的花朵和葡萄藤蔓。

这可能是整座屋子保存最完好的房间——从没什么灰尘这一点来看，显然现在也依然常被使用——但它看起来依然有些破旧，窗帘也已褪成了丑陋的绿色，不少书都因为发霉而枯黄。

书房另一端有一扇门，通往一间大办公室。这屋子的一面墙上挂着三头牡鹿的脑袋。角落里摆放着一个带雕花玻璃门的步枪展览柜，里面没有枪。曾经有人狩猎，之后又放弃了这个习惯。在一张黑色胡桃木桌上，她发现了更多优生学研究相关的杂志。其中有一份的某一页被折了起来。她读了一读。

有观点认为，墨西哥的麦士蒂索人混血儿继承了他们祖先最糟糕的特性，但这一看法并不正确。如果劣等种族的印记折磨着他们，那也是因为缺乏适当的社会模式。他们的冲动性情需要从小约束。不管怎么说,麦士蒂索人具备不少杰出的天性,身体强健便是其中之一……

她已不再怀疑霍华德·多伊尔有卡尺了,她现在想知道的是他到底有多少个卡尺。或许它们就放在她身后的某个高柜里,与这个家族的家谱摆在一起。书桌旁有一只垃圾桶,娜奥米将她读过的这份杂志扔了进去。

前一天弗洛伦丝告诉过娜奥米厨房的所在地,她去探查了一番。厨房的采光很差,它的窗子窄小,墙上的涂料也已剥落。一男一女坐在一张长椅上,女人满脸皱纹,男子虽然明显比她年轻,却也已有了斑斑白发。他应该五十来岁,而她则可能将近七十岁。他们正在用圆刷子清理蘑菇上的脏污。娜奥米走进厨房时,他们抬起头来,却没有向她致意。

"早上好,"她说,"昨天我们没能好好打招呼。我是娜奥米。"

两人都默不作声地盯着她。门开了,又进来一个同样头发花白的女人,她提着一只水桶。娜奥米认出这是前一天晚餐时服侍他们的女仆,她的年龄与男仆相当。女仆也没有和娜奥米说话,只是朝她点点头,接着坐在长椅上的两人也朝她点了头,随后他们便将注意力又放回工作上。是上高地的每一个人都在遵守这沉默的规矩吗?

"我——"

"我们正在工作。"男仆说道。

三名仆人都低下头,他们苍白的脸庞对这位华丽的社会名流无动于衷。或许弗吉尔或弗洛伦丝知会过他们,说娜奥米根本无足轻重,不必在她身上费心。

娜奥米咬着嘴唇，从女仆打开的后门离开了这座屋子。与前日一样，屋外大雾弥漫，空气清冷。她开始后悔没有穿一件更舒适的外套，以及有口袋可以放香烟和打火机的裙子。娜奥米调整了肩上的红色雷博佐披肩。

"你的早餐用得好吗？"弗朗西斯问道，她转过身看向他。他也从那扇厨房门出来，身上穿着舒适的毛衣。

"挺好的，早餐不错。你今天过得好吗？"

"都挺好。"

"那里是什么？"她指向附近一个木制结构的建筑，在雾气笼罩下看不清它。

"那是我们放冰箱和食物的棚屋。你想走近看看它吗？或许还有墓园？"

"当然。"

马车房看起来像是藏了一辆灵车和两匹黑马的地方，不过里面停放的是两辆汽车。其中一辆正是弗朗西斯开过的豪华旧车；另一辆则新一点，外观简朴许多。一条小道绕马车房外蜿蜒蛇行，他们沿着它穿过树林和薄雾，最后来到两扇铁门前，门上装饰的衔尾蛇图案正与她在书房中所见的相同。

他们沿一条昏暗的小径前行，两旁的树木挤挤挨挨，只容一丁点光亮穿透树梢。她可以想象出这一座墓园在很久很久以前更整洁时的景象，当时尚有精心料理的灌木丛和花床，但现在，它已完全成了杂草和高茎草的地盘，植被几乎吞噬整片土地。墓石被苔藓覆盖，坟墓旁生出蘑菇。这完全是一幅令人心生忧郁的画面。甚至连树木似乎也郁郁寡欢，尽管娜奥米说不上来为什么会这么想。树木不过就只是树木而已。

她觉得，英国墓园看起来如此哀伤是因为它的整体，而非某

墨西哥哥特

一个单独的部分。疏于照料是一方面,但疏于照料加上树木和早晨的阴影、墓石旁丛生的野草,阴冷的空气,它们整体合力,将原本不过是植被和墓石的普通集合转变成了一种让人极不愉快的景象。

她替埋葬在这里的每一位死者难过,就像她为居住在上高地的每一个活人难过一样。娜奥米弯下腰去,看向一块墓石,又看另一块,随后皱起眉头。

"为什么都是 1888 年以后出生的人?"她问。

"附近的矿场在墨西哥独立前一直由西班牙佬经营,后来的几十年里再没人管,因为没人相信还能从这儿提炼出多少银子来。但我的叔祖父霍华德与其他人的想法不同,"弗朗西斯解释道,"他带来了英国的现代机器和一大群英国人来干这活。他成功了,但在矿场重开的两年后,就发生了一场瘟疫。它杀死了绝大多数英国人,他们就被埋在这里。"

"然后呢?后来他怎么做?从英国派来更多的工人吗?"

"啊……不,不需要……他也一直雇用墨西哥工人,一大群……不过这些人不是都埋在这里。我想他们埋在埃尔特里温弗。霍华德叔祖父对这些事更了解。"

如此说来,这算是个专门为英国人留的地方,不过娜奥米觉得这样安排是最好的。本地矿工的家人可能会想去为他们的挚爱之人扫墓,在这些人的墓前留下花束,而在这与镇子隔绝的地方,做不到这一点。

他们继续向前走,直到娜奥米在一座带基座的大理石女性雕像前停下,雕像的发丝中缠绕着花朵。这雕像从侧面守着一个入口,右手指着它的通道,它通往有山字形门道的大型陵墓。这个入口上方以大写字母刻着多伊尔这个姓,另有一排拉丁文短语:

MEXICAN
GOTHIC

Et Verbum caro factum est[①]。

"这是谁?"

"这应该是我的姨祖母阿格尼丝的雕像,她也死于那场瘟疫。至于这里,这是所有多伊尔家族成员埋葬的地方:我的姨祖母、祖父和祖母、堂兄弟姐妹……"他说着,声音减弱,最后只剩下令人不适的静默。

这种静默,不仅仅只是在墓园里,还有那整座屋子的静默,都让娜奥米焦虑不安。她习惯了电车和汽车的喧嚣,百灵鸟在家中内院的喷泉边啾鸣,狗的吠叫,还有厨子在炉火旁哼哼时收音机里播放的旋律。

"这里太安静了,"她说着摇了摇头,"我不喜欢。"

"那你喜欢什么?"他好奇地问道。

"中美洲的手工艺品,人心果口味的冰激凌,佩德罗·因凡特的电影,音乐、跳舞和开车。"她边列举边掰着手指数数。她也喜欢开玩笑,不过她很确定,这一点不用她说,他也能看得出来。

"恐怕这方面我没办法帮上太多忙。你喜欢开哪种车?"

"你能见到的最漂亮的别克车。当然,得是敞篷的。"

"当然?"

"敞篷车开起来更有趣。它能让你的发型完美得像个电影明星。另外,它也能启发你的灵感,让你有更好的思路。"她说着,开玩笑地用手穿过波涛般的秀发。娜奥米的父亲说过,她对自己的外貌和舞会太过在意,这会妨碍她认真上学,说得好像女人没

---

① 道成肉身。见《圣经新约·约翰福音》1:14:"道成了肉身,住在我们中间,充充满满地有恩典,有真理。"

法同时做好两件事似的。

"是哪一类事的思路？"

"如果我需要写论文，那就是论文的思路，"她说，"周末该干什么的思路，什么都有，真的。开车时我会竭尽全力思考。"

之前弗朗西斯一直看着她，但此时他垂下了眼睛。"你和你的堂姐真的很不一样。"他对她说。

"你是不是也打算告诉我，我更接近于一种'更黑的'类型，我的发色和肤色都是？"

"不，"他说，"我指的不是这些身体上的特征。"

"那是什么？"

"我觉得你很有魅力。"他的脸因为恐慌而扭曲。"不是说你的堂姐缺乏魅力。只是你的魅力和她不一样。"他迅速补充道。

那是你没见过卡塔莉娜以前的模样，她想。若他见过她在城里穿着漂亮丝绒裙子，从一个房间走到另一个房间，嘴边挂着轻柔的微笑，眼中闪动星光。但在这里，在那发霉的房间里，那双眼睛晦暗了，身体也被那不知是什么的病掌控了……但话说回来，情况或许也没那么糟。可能在生病前，卡塔莉娜还是会带着她那种甜美的微笑，牵着她丈夫的手，引他去户外数星星。

"你这么说是因为你没有见到我母亲，"她不想提卡塔莉娜，于是淡淡回答道，"她是地球上最有魅力的女人。有她在场，我只觉得自己平凡俗气。"

他点点头。"我明白这种感受。就像弗吉尔是这个家族的继承人，多伊尔家闪闪发光的未来。"

"你嫉妒他？"她问。

弗朗西斯很瘦，他的脸仿佛圣徒石膏像，因为即将殉道而心事重重。他眼下有着浓浓的黑眼圈，在苍白的肤色映衬下近似挫伤，让她怀疑他身有隐疾。弗吉尔·多伊尔则是另一种大理石雕像：在弗朗西斯表现出虚弱的地方，他散发出力量，弗吉尔的五官——眉毛、颧骨、丰满的嘴唇——更醒目，整体上更有吸引力。

假如弗朗西斯希望得到与弗吉尔相同的生命力，她也没法觉得他的想法有问题。

"我嫉妒的不是他能说会道，他的外貌，或是他的地位，我嫉妒的是他能四处走动。我到过最远的地方是埃尔特里温弗。就这样。他已经旅游过几次了。虽然他离开的时间不会很久，总是很快就会回来，但这依然是种缓解。"

弗朗西斯的话中没有痛苦的成分，只有厌倦的顺从，他继续说道："我父亲还在世时曾带我去镇上，当时我一直盯着火车站看。我偷偷溜进去，看过火车离开的景象。"

娜奥米整了整雷博佐披肩，想将它折得更温暖些，但墓园里委实潮冷不堪；她简直可以发誓说他们踏入这儿之后，气温就往下跌了好几度。她打了个哆嗦，他注意到了。

"我太傻了，"弗朗西斯说着，脱下毛衣，"给你，穿上。"

"我没事。真的，我不能让你为我而受冻。或许我们往回走我就会好点儿了。"

"好吧，行，不过还是请你穿上它。我发誓我不冷。"

她套上毛衣，将雷博佐披肩包在头上。她本以为既然她穿走了他的毛衣，他就该加快脚步，但他没有急着回家。可能他已经习惯了这雾和林间阴郁的寒意。

"昨天你问到了屋里的银器。你说得对，它们是从我们的矿上造出来的。"他告诉她。

"它已经关闭很久了，对吧？"

墨西哥哥特

卡塔莉娜曾经说过一些与此相关的话,这也是娜奥米的父亲不看好这桩婚事的原因。在他看来,弗吉尔是个陌生人,或许还是个想借婚姻发财的人。娜奥米怀疑他之所以同意卡塔莉娜与弗吉尔结婚,只因为他心怀愧疚,觉得不该赶走她的上一个追求者:卡塔莉娜真心爱过那个人。

"那是革命期间的事了。当时发生了许多事,一件接一件,采矿也中止了。弗吉尔出生的那一年,1915 年,它彻底结束了。矿上发了大水。"

"那他现在三十五岁,"她说,"而你比他小很多。"

"小十岁,"弗朗西斯说着点了点头,"有一点年龄差,不过他是我童年唯一的朋友。"

"但你最后肯定还是去上了学。"

"我们在上高地接受的教育。"

娜奥米试着想象那座屋子里充满孩童的嬉笑喧闹,孩子们玩捉迷藏,孩子们抽陀螺或是双手拿着球。但她想不出来。那座屋子绝对不允许发生这样的事。那屋子会要求他们呱呱坠地后直接成年。

"我能问你一个问题吗?"他们绕过马车房,上高地近在眼前,迷雾形成的幕帘也徐徐拉开时,她说,"为什么要在餐桌上保持沉默?"

"我的叔祖父霍华德,他年纪很大了,身体虚弱,对声音很敏感。而且这屋子隔音不好。"

"他的房间在楼上吧?他肯定不可能听得到人们在餐厅里谈话的声音。"

"可以听到响声,"弗朗西斯说道,他的神情严肃,双眼紧盯着那座旧屋,"不管怎么说,那是他的家,他定规矩。"

"而你们绝不会放宽规则。"

他低头看向娜奥米,表情有些迷茫,仿佛直到此刻之前他都从未想过也可以这样做。娜奥米很肯定他从不纵酒,不会彻夜不归,也不会在家庭成员面前脱口说出错误的观点。

"不会。"他说,那种顺从的口气再次出现在他的声音里。

当他们踏入厨房,她脱下毛衣还给他。此时厨房里只有一名女仆,是那位年纪稍轻的,正坐在炉子旁。她忙于杂务,甚至吝于瞥他们一眼。

"不用,你该留着它,"弗朗西斯说道,依旧彬彬有礼,"屋子里很暖和。"

"我不能要你的衣服。"

"我还有别的毛衣。"他说。

"那谢谢了。"

他朝她微笑。弗洛伦丝走入厨房,再次身穿深蓝色的裙子,她的面容严肃,望向弗朗西斯,接着又看向娜奥米,仿佛他们是小孩,而她则在判断他们是否偷吃了一盒禁止他们吃的糖果。"你们是否要和我一起来用午餐?"她说。

这一次桌边有三个人;老人没有现身,弗吉尔也没有。这顿饭吃得很快,碟子撤下后,娜奥米回到了她的房间。晚饭是他们用托盘带上来的,因此她估计餐厅只为第一天的晚餐所用,第二天的午饭也不是常态。除了托盘之外,他们还给她带来了一盏油灯,她将它摆在床头。她拿出随身带来的《阿赞德人的巫术、神谕和魔法》,想读上几页,却一直分心。当她的注意力被地板的嘎吱声吸引时,她想,隔音确实不太好。

在她房间的一角,墙纸上有一块霉斑引起了她的注意。她想到这种深受维多利亚时代的人喜爱的绿色墙纸里含有砒霜。即所谓的巴黎绿和谢勒绿。她不是在一本书里读到过,真菌可以对纸上的染料发生作用,并形成砷烷,令屋内的人生病?

她很确定自己知道,那些最文明的维多利亚时代的人如何以这种方式杀死了自己,黏糊在墙上的真菌制造了看不见的化学反应。她记不起来犯下此等罪行的真菌具体的名字——拉丁文已经就在她舌尖上了,*brevicaule*——但她觉得她掌握了真相。她的祖父是化学家,她父亲的事业则是颜料和染料的产物,因此她知道,如果想制造立德粉,就要将硫化锌和硫酸钡混合在一起,还有诸如此类的其他信息。

好吧,原来墙纸不是绿色的。甚至都不算接近绿色,它是淡粉红色的,是褪色的玫瑰的颜色,上面有丑陋的黄色圆雕饰。可能是圆雕饰,也可能只是些圈,凑近了看,可能会觉得它们是花冠。真是可怕,当她闭上双眼,那些黄色的圈在她眼睑后跳动,在黑底上闪烁不停。

CHAPTER FIVE

墨西哥哥特

这天早上,卡塔莉娜再次坐到了窗边。她似乎很疏远,就像娜奥米最后一次见到她时一样。娜奥米想起以前悬挂在他们家里的一张奥菲利亚的画。奥菲利亚被水流拖曳,在水草下若隐若现。那便是这天早晨的卡塔莉娜。但能见到她,能与她坐在一起,让她的堂姐知道墨西哥城里的新人新事,依然是好的。娜奥米详细说了三周前看的一场展览,这是因为知道卡塔莉娜会对这类事感兴趣,接着又模仿了她们的两位朋友,她模仿得活灵活现,让她堂姐的唇角露出微笑,卡塔莉娜笑了。

"你真的很擅长模仿他人。告诉我,你还在专心上戏剧课吗?"卡塔莉娜问道。

"没有了。我在考虑的是人类学,取得硕士学位。听起来难道不有趣吗?"

"你总有新念头,娜奥米。总有新追求。"

过去她常常听到这样的话,不断重复。她想,她的家人用怀疑的眼光看待她的大学研究也有道理,毕竟他们眼睁睁看着她改了两次自己的兴趣,但她很明白,自己想用一辈子做某件特别的事。她尚未确切明白这件事是什么,但在她看来,人类学比她之前的探索更有前途。

不管怎么说,如果是卡塔莉娜说出了这样的话,娜奥米不会介意,因为卡塔莉娜永远不会像她父母那般带着责备说话。像卡塔莉娜这样的存在,她的叹息和短句都仿若蕾丝。卡塔莉娜是个梦想家,因此她会相信娜奥米能梦想成真。

"那你呢,你在做什么?别觉得我没发现你不怎么写东西了。你是在假装自己居住在有风的沼泽旁吗,就像《呼啸山庄》里一样?"娜奥米问道。卡塔莉娜早把这本书读烂了。

"没有。是这屋子。这屋子占据了我绝大多数的时间。"卡塔莉娜说着，伸出手来触摸天鹅绒的帷幔。

"你是打算翻新它吗？就算你要把它整个夷为平地，再建一座新的，我也不会责备你。这地方太阴森了，不是吗？还冷得要命。"

"潮湿。这里有湿气。"

"昨晚我净想着冷得要死的事了，没注意到湿气。"

"黑暗和潮湿。这里总是又潮又黑，还非常冷。"

说这番话的时候，卡塔莉娜嘴边的微笑消失了。她那双之前显得疏离的眼睛，突然如刀刃般锐利地盯着娜奥米。她攥紧娜奥米的双手，身体前倾，低声开口。

"我需要你替我做件事，但你不能告诉任何人。你必须答应我，不会说出去。答应吗？"

"我答应。"

"镇上有个女人，名叫玛塔·杜瓦。她给我做过一批药，但我现在吃完了。你得去找她，再要点儿来。明白吗？"

"明白，当然。是哪种药？"

"这不重要。重要的是你要去做这件事。你会吗？请告诉我你会去，还有记得别说给任何人听。"

"会的，如果你希望的话。"

卡塔莉娜点点头。她将娜奥米的双手攥得极紧，指甲都掐进了娜奥米手腕上柔嫩的肉里。

"卡塔莉娜，我会去找她谈——"

"嘘，它们能听见你说话。"卡塔莉娜说完后静下来，双眼如抛光过的石头般闪亮。

"谁能听到我说话？"娜奥米慢慢问道，而她的堂姐那双眼睛，一眨不眨地紧紧盯着她。

卡塔莉娜慢慢靠近她,在她耳边低语。"它在墙里。"她说。

"它是什么?"这个问题完全出自条件反射,这是因为她发现,当她的堂姐那双黝黑的眼睛看着她时,她很难思考要问什么问题。那双眼睛,似乎根本什么也没有看见,就像你正望着一张梦游者的脸。

"墙壁会对我说话。它们告诉我秘密。别听它们的,用双手把耳朵捂住,娜奥米。这儿有幽灵。它们真实存在。你最终会见到它们的。"

卡塔莉娜突然放开她的堂妹,站起身,用右手攥住窗帘,望着窗外。娜奥米想让她解释一下,但此时弗洛伦丝走了进来。

"卡明斯医生来了。他需要替卡塔莉娜做一番检查,然后再与你在起居室见面。"这女人说道。

"我不介意留在这里。"娜奥米回答。

"但他会介意。"弗洛伦丝斩钉截铁地结束了这番对话。娜奥米可以坚持自己的观点,但她选择离开,而不是引起争论。她知道该在什么时候让步,她也可以感觉到,假如此刻她继续坚持,便会导致对方怀有敌意地拒绝。如果她小题大做,他们甚至可能会让她卷起铺盖回去。她确实是客人,但她也知道,自己给他们带来了麻烦。

在白天,当她将窗帘拉开,起居室便不再像夜间那么舒适了。首先这儿很冷,前一夜曾经温暖了整个房间的壁炉火已燃成灰烬,而且日光照射进窗户后,这儿的每一个瑕疵都变得更加明显。褪色的天鹅绒靠背沙发呈现出一种叫人恶心的绿,近乎苦胆色,装饰着壁炉的珐琅彩瓷砖上也有不少裂痕。有一张小小的油画,画的是各个不同角度的蘑菇,它讽刺地遭到了霉菌的袭击,小小的黑色斑点污损了它的色彩,破坏了这幅画。她的堂姐说这儿潮湿一点没错。

娜奥米擦了擦手腕,看向卡塔莉娜将指甲掐进她皮肤的地方,等待医生下楼。他没有急着赶来,而且踏入起居室时,他也不是孤身一人。弗吉尔和他在一起。娜奥米坐在一张绿色靠背沙发上,医生坐了另一张,将黑色皮包放在身旁。弗吉尔依然站着。

"我是亚瑟·卡明斯,"医生说道,"您一定就是娜奥米·塔波阿达小姐了。"

医生身上的衣服剪裁得体,却是一二十年前流行的旧款式。就好像来拜访上高地的所有人都被时间凝固了,但话说回来,她觉得在这么小的镇子上,也不需要人天天置办新行头。不过,弗吉尔的服饰看起来还是很时髦。要么是他上次去墨西哥城时给自己置办了一套新的,要么就是他觉得自己高人一等,他的行装也值得花费更多。或许正是因为有了他妻子的钱,他才能如此大手大脚。

"是的。谢谢您愿意花时间来与我谈话。"娜奥米说道。

"我很乐意。现在,弗吉尔说您有些问题想要问我。"

"是的。他们告诉我说,我的堂姐得了肺结核。"

还没等她继续往下说,医生便点点头,开了口:"没错。没什么可担心的。她正在服用链霉素治疗这种疾病,不过'休息'疗法仍然有效。大量睡眠、大量放松、精良的食谱才是这种疾病真正的解药。"

医生取下眼镜,拿出一块手帕,边擦镜片边说道:"在额头放一块冰袋,或是用酒精涂擦身体,就是这样。这病情会过去的。不久她就会十分健康了。现在,如果您不介意,我——"

医生将眼镜塞进外套胸口的口袋里,无疑打算就这样结束这场交谈，但现在轮到娜奥米来打断他的话了。

"不，我还没问完。卡塔莉娜的情况不对劲。我记得自己还是个小女孩时，我的姑妈布丽吉达得过肺结核，她表现得和卡塔莉娜完全不一样。"

"每个病人的症状各有不同。"

"她给我父亲写了一封完全不像出自她手的信，而且她现在看来也和平时不一样。"娜奥米边说边设法将自己的印象转化为语言，"她变了。"

"肺结核不会改变一个人，它不过是强化了病人本就拥有的特质。"

"好吧，那么，卡塔莉娜身上一定有什么不对劲的地方，因为她以前从未如此无精打采。她现在的外表也古怪极了。"

医生拿出眼镜，又戴上了它。他一定对他看到的事物有所不满，皱起了眉头。

"你没让我说完，"医生咕哝着，听起来有些暴躁。他的眼神冷酷。娜奥米抿紧嘴唇。"你的堂姐是个很焦虑的姑娘，相当忧郁，疾病强化的是这一点。"

"卡塔莉娜不焦虑。"

"你否认她有抑郁的倾向？"

娜奥米回忆起在墨西哥城时她父亲说的话。他曾经说过，她很情绪化。但情绪化和焦虑完全是两码事，卡塔莉娜在墨西哥城绝不会幻听，脸上也从未有过那种奇异的表情。

"什么抑郁的倾向？"娜奥米问道。

"她母亲死时，她变得沉默寡言，"弗吉尔说道，"她度过了一段极为忧郁的时间，在房间里放声痛哭，说胡话。现在情况变得更糟了。"

在此之前他一直没有开口,而现在,他选择提出这件事,而且不只是提起它,更用了一种刻意的超然语气,仿佛他在描述的是个陌生人,而不是他的妻子。

"确有此事,但正如你所说,当时她母亲死了,"娜奥米回道,"而且那是很多很多年以前的事了,当时她还是个小姑娘。"

"或许你会发现同样的事又发生了。"他说。

"尽管得了肺结核很难算得上必死无疑,但它依然能让病人心烦意乱,"医生解释道,"与他人隔绝,加上身体的诸多症状。你的堂姐深受寒冷和夜晚盗汗所苦;我可以向你保证,她每个晚上都睡得不好,可待因能提供的也不过就是一时的缓解。你没法指望她还能每天心情愉快,烘烤美食。"

"我很担心她。毕竟,她是我的堂姐。"

"没错,但如果你也开始激动,那对我们没什么好处,不是吗?"医生说着摇了摇头,"好啦,我真得走了,我下周会再来拜访你们,弗吉尔。"

"医生。"她说。

"不,不,我要走了。"医生重复着,像个逐渐意识到船上即将爆发动乱的人。

医生与娜奥米握了握手,抓紧自己的包离开了,只留她独自坐在丑陋可笑的靠背沙发上。娜奥米紧咬嘴唇,不知该如何是好。弗吉尔坐上了医生空出来的位子,靠着靠背,态度冷淡。假如有人的血管中流淌的是寒冰,那眼前这位就一定是。他的脸庞全无血色。他真的追求过卡塔莉娜吗?或是追求过其他任何人?她没法想象他对任何活物表现出喜爱的模样。

"卡明斯医生是个非常有能力的医师。"他以漠不关心的语气说道,这声音表明他压根就不在意卡明斯的医术究竟是好是坏,

"他的父亲曾经是我们的家庭医生,而现在,是他负责照管我们的健康状况。我向你保证,他从未有过任何失职之处。"

"我敢肯定,他是个好医生。"

"你的声音听起来并不确信。"

她耸耸肩,想尽量轻描淡写地对话,比如脸上挂起微笑,用轻快的语气说话,那么他或许就更能接受她的意见。毕竟,他似乎对这整件事都看得很淡然。"如果卡塔莉娜病了,那假如她去墨西哥城附近的疗养院里,可能会好得更快,在那儿她能获得合适的照顾。"

"你不相信我能照顾好自己的妻子?"

"我没这么说。但这屋子太冷了,屋外的雾也不是什么能让人精神振作的风景。"

"这就是你父亲给你的任务?"弗吉尔问道,"让你来这儿,把卡塔莉娜抢走?"

她摇摇头。"没有。"

"感觉上像是。"他说得很轻快,似乎没有因此而烦心。但他的语气依然冷冰冰的。"我明白我的家不是最现代最时髦的那种。上高地曾经是明灯,是闪亮的珠宝,矿场开采出如此之多的银矿,让我们完全能用丝绸和天鹅绒填满衣柜,将最好的葡萄酒倒满酒杯。如今已不再如此。

"但我们知道该如何照顾病人。我父亲上了年纪,他的健康状况不佳,但我们给了他适当的照料。为嫁给我的女人,我所做的绝不会比之更少。"

"但是,我还是想问问,或许,卡塔莉娜需要的是一个其他问题上的专家。一名精神病医生——"

他发出的响亮的笑声,差点让她从椅子上跳起来,在此之前他都非常严肃,而这笑声又如此令人不快。笑声挑衅着她,他的双眼也紧盯着她。

"精神病医生。在这附近你要从哪里去找到这么一个人?你以为他能从稀薄的空气里直接被召唤出来?镇上确实有一家公共卫生所,里面有一个医生,就一个。在那里你不可能找得到精神病医生。你得一路去帕丘卡,甚至到墨西哥城,才能接来这么一位专家。我怀疑他们到底肯不肯来这儿出诊。"

"至少诊所里的医生可能可以提供另一种诊断意见,或许他们对卡塔莉娜的病情会有其他的想法。"

"我父亲千里迢迢地将他自己的医生从英格兰带到这儿来是有理由的,绝不是因为此处的卫生保健水平很高。这个镇子很穷,镇民也粗鄙原始。这可不是个医生满地的地方。"

"我必须坚持——"

"是,是,我确实相信你会坚持,"他说着站起身,那双蓝得惊人的眼睛咄咄逼人地直视她,"在绝大多数事情上你都活得随心所欲,对吧,塔波阿达小姐?你的父亲会按照你的愿望来行事。男人们也会服从你的愿望。"

他让她想起去年夏天某个舞会上的一个舞伴。他们当时在找乐子,跳着轻松的丹戎舞,而后就到了跳歌谣曲的时间。在《某个醉人的夜晚》的曲声中,这个男人将她紧紧拥在怀里,想亲吻她。她将头偏到一旁,等她再转回来时,他的五官已挂上了纯粹而阴暗的讥讽。

娜奥米也回望弗吉尔,他看着她的眼神中带有同样的讥讽:一种辛辣而丑陋的注视。

"你什么意思?"她暴躁地诘问。

"我想起卡塔莉娜提到过,说你在让追求者按你的吩咐去做时能表现得有多固执。我不会和你争的。若你能找得到,你大可以去寻找这所谓的另一种诊断意见。"他的这句话带有一种令人胆寒的果断,而后,他便离开了房间。

这场针锋相对让她的情绪稍许愉快了一点。她察觉到他——以及医生——原本以为,她会默默地接受他的那番说辞。

那天晚上,她梦到她的房间四壁开出了一朵金色的花,只是它并非……她不觉得那是花。它长有卷须,但那卷须又并非藤蔓,在这巨大的花非花旁,又生出了成百个小小的金色花朵。

是蘑菇,她想,她最终认出了球根的形状,而当她向墙壁走去,受到光辉的吸引,为此而着迷时,她的双手不由得去触碰这些存在。金色的鳞茎似乎随之化为烟雾,爆炸,上升,最后如尘土般落在地上。她的双手也被这种尘土覆盖。

她想擦去它们,便将双手在睡衣上蹭了蹭,但金色的粉尘黏附在她的手掌上,嵌入她的指甲缝里。金色的粉尘在她周围打着转儿,将室内照亮,让整个房间沐浴在柔和的黄光之中。她抬头,看到粉尘在天花板下,如同微小的星星一般闪亮,而她下方,在地毯上,又形成了另一股金色的群星旋涡。

她向前伸出脚蹭了蹭,扰乱了地毯上的星尘,它们再度飞扬到空中,而后落下。

突然,娜奥米觉察到房间里出现了某个存在。她抬起头,一只手压在睡衣上,看到有个人正站在门旁。那是个女人,身上的裙子带有泛黄的古董蕾丝。在本该是她脸的地方,只有一团光,它的金色与墙上的蘑菇相仿。光团逐渐变亮,随后又暗淡下去。就像夏季夜空中的萤火虫。

娜奥米身边的那面墙开始震颤，抖动的频率正与金色女人相同。在她身下，地板也在脉动；就像一颗心脏，活生生的，有知觉。将覆盖在墙上的蘑菇连接在一起的是金色的长丝，它们形成了一张网，不断生长。此时，她注意到女人的裙子并非蕾丝制成，而是这同一种长丝编织而成的。

那女人抬起一只戴着手套的手指向娜奥米，似乎想说些什么，但由于她的脸只剩下一片模糊的金色，没有嘴，因此一个字也没有说出口。

娜奥米不觉得恐惧。在此之前没有。但此时，看到这个女人企图说话的模样，却让她产生了难以名状的害怕。这种惧怕的感觉沿着她的脊椎向下，一直抵达她的脚心，让娜奥米不由得后退一步，双手捂住了嘴唇。

但她没有了嘴唇，当她想再后退一步时，她意识到自己的双脚已融入地面。那金色女人向前伸出手，向她伸出手，用双手捧住娜奥米的脸。女人发出了一个声音，听起来像风吹树叶的沙沙声，像水滴落入池塘的嘀嗒声，像昆虫在漆黑暗处的嗡鸣，而娜奥米只想用双手捂住耳朵，然而此时，她已再没有双手。

娜奥米张开双眼，全身汗湿。在整整一分钟里，她想不起来自己身在何处，随后她才回忆起自己受邀来上高地的事。她伸出手去拿留在床头的水杯，差点将它撞倒在地。她猛地将一整杯水灌下肚子，这才转过头。

屋子笼罩在阴影之中。没有光亮，没有金色或其他色彩在墙壁表面闪动。但不知为何，她有种冲动想要抬起双手，将手贴在墙壁上，仿佛如此才能确定，墙纸后没有潜伏任何怪异之物。

6
CHAPTER SIX

墨西哥哥特

要想得到车，娜奥米最好的选择是去找弗朗西斯。她不觉得弗洛伦丝会在白天陪她，前一天她和弗吉尔的交谈又彻底激怒了他。娜奥米想起弗吉尔说的话，他说男人会按她的希望行事。被人轻视让她不快。她希望能受人喜欢。或许这就解释了她参加的那些舞会、晶莹剔透的笑声、精心梳理的发型，还有预演过的假意微笑。她觉得像她父亲这样的男子或许可能很坚强，弗吉尔这样的男性则有可能很冷酷，但女人需要招人喜欢，否则她们会有麻烦。不被人喜欢的女人是婊子，婊子很难做成任何事：所有康庄大道都再也不会向她开放。

好吧，在这间屋子里，她显然不觉得自己很招人喜欢，但弗朗西斯还足够友好。她在厨房附近找到了他，他看起来比前几天更疲惫，完全是个象牙白色的细瘦人形，不过他的双眼依然充满活力。他朝她微笑。当他这么做的时候，相貌算不上难看。这与他的舅舅不同——弗吉尔极具魅力——但随后她又想，绝大多数男人若是与弗吉尔竞争，日子都不会好过。毫无疑问，正是这一点让卡塔莉娜上钩了。那张俊美的脸，或许还有笼罩他周身的神秘气息，它们让卡塔莉娜忘记了那些敏感的事。

家道中落还要硬撑场面，娜奥米的父亲这么说过，这个男人必须得这么做。

另外，还有一座缺乏修葺的旧屋，住在里面让你不由得做噩梦。老天，城市似乎离这里如此遥远。

"我想请你帮我一个忙。"在晨起寒暄之后，她说道。说话时，她以精心练习过的流畅动作挽起他的胳膊，他们一起向前走去。"我想借一辆你的车去镇上。有些信，我想寄出去。我的父亲不清楚我现在的情况。"

"你需要我开车载你去？"

"我可以自己开过去。"

弗朗西斯做了个鬼脸，有些犹豫。"我可不知道弗吉尔会对此说什么。"

她耸耸肩。"你不用告诉他。怎么，你不相信我会开车？要是你想，我可以给你看我的驾照。"

弗朗西斯用手扒梳头发。"不是这个问题。家里人对那些车的态度很特殊。"

"而我则对自己开车这件事的态度很特殊。我当然不需要陪护，而且不管怎么说，你也干不了陪护的活。"

"怎么会？"

"谁听说过男人做陪护的？要找陪护，你需要的是个斤斤计较的老姑婆。你要愿意，我可以把我的姑婆借一个给你，让你体验一个礼拜。肯定值你的一辆车。你会帮我吗，求你了？我真的想要极了。"

她引他向外走去时，弗朗西斯咯咯轻笑。车钥匙都挂在厨房里的一个钩子上，他拿了起来。女仆莉齐正在撒了面粉的桌上做面包卷，丝毫没有理会娜奥米或弗朗西斯。上高地的仆从们近乎隐形，仿佛置身于卡塔莉娜的某个童话之中。《美女与野兽》，那故事里就是这样的，不是吗？看不见的仆人煮了饭，布置银餐具。真荒唐。娜奥米知道在自己家里干活的每一个人的名字，他们也毫不吝于交谈。而在上高地，甚至连知道仆人名字这件事本身，似乎都像个小小的奇迹，那是因为她问了弗朗西斯，弗朗西斯才亲切地给她做了介绍：莉齐、玛丽和查尔斯，他们与锁在橱柜里的瓷器一样，都是几十年前从英国进口的。

他们走向车棚，他将车钥匙交给她。"你不会迷路吧？"弗朗西斯将身子贴在车窗上，低头看向她，问道。

墨西哥哥特

"我没问题的。"

这话完全不假。在这儿想迷路都难。只有一条上山或下山的路,她只要沿着它向下便能抵达那座小镇。开车时,她摇下车窗,感受着山间的新鲜空气,这让她很是满足。这地方也没有那么糟,她想,只要能离开那座屋子。是那座屋子让这地方黯然失色。

娜奥米将车停在镇子的停车场上,她估计邮局和卫生所应该就在附近。果然,她很快便看到了一座绿白相间的小建筑,上有私立医院的标志。进门后可以看到三张绿色的椅子,墙上贴着一些海报,解释了各类疾病。屋内有接待台,但没有人,另有一扇关着的门,门上有个饰板,上面写着大写的医生姓名。胡里奥·尤西比奥·卡马里奥,那上面写着。

她坐下几分钟后,那扇门打开了,走出一个女人,手里抱着一个小娃娃。接着医生将脑袋从门后探了出来,朝她点点头。

"你好,"他说,"我能帮你什么忙吗?"

"我是娜奥米·塔波阿达,"她说,"您是卡马里奥医生?"

她不得不问上这么一句,因为这个男人看起来相当年轻。他的皮肤很黑,留着中分的短发和小胡子,但这二者并未能让他看起来更年长,反而显得有点滑稽,像个模仿医生的孩童。另外,他也没穿医生的白大褂,只穿着米色和棕色搭配的毛衣。

"是我。请进。"他说。

在他的办公室里,桌子后的墙上,娜奥米确实看到了墨西哥国立自治大学颁发的证书,上面以优雅的字迹写着他的名字。他还有个大药柜,柜门开着,里面满是药片、棉签和药瓶。角落里的一个黄色罐子中栽着一大株龙舌兰。

医生在他的桌子后方坐下,娜奥米则坐在一把塑料椅子上,它和前厅里的那些椅子类似。

"我想我们以前没见过。"卡马里奥说道。

"我不是这附近的人,"她说着将手提包放在膝盖上,身体前倾,"我是来这儿看望我堂姐的。她病了,我觉得您可能可以去给她看看病。她得了肺结核。"

"肺结核?在埃尔特里温弗?"医生问道,他的声音相当惊讶,"我从未听到类似的消息。"

"准确地说,不是在埃尔特里温弗。是在上高地。"

"那是多伊尔家,"他支支吾吾起来,"您和他们是亲戚?"

"不是。呃,好吧,算是。婚姻带来的。弗吉尔·多伊尔和我的堂姐卡塔莉娜结了婚。我希望您能去看看她。"

年轻的医生看起来很困惑。"但卡明斯医生不是在照看她吗?他是他们的医生。"

"我想,我更乐意听听其他人的诊疗意见。"她说着解释了一番卡塔莉娜看起来有多古怪,还提了自己怀疑她或许需要精神病学上的重视。

卡马里奥耐心地听她说话。等她说完,他在手中转起铅笔。

"问题在于,我不确定如果我出现在上高地,他们是否欢迎我。多伊尔家一直有自己的家庭医生。他们不会和镇民混在一起,"他说,"矿场还开着的时候,他们雇用了墨西哥工人,让他们生活在山上的一座营帐里。老亚瑟·卡明斯也会照顾他们。你知道的,那会儿发生了好几场流行病。死了很多矿工,卡明斯忙得要命,但尽管如此他也从未请本地人来帮忙。我想他们根本就想不到本地的医生。"

"那到底是哪一类流行病?"

他用笔头上的橡皮敲了三次桌子。"不清楚。是高热,很棘手。人们会说些奇怪的话，大叫大嚷，胡言乱语，惊厥抽搐，彼此动粗。人们会生病，死去，然后所有人都痊愈了，接着几年后这种神秘的病又再度暴发。"

"我去过英国墓地，"娜奥米说道，"那儿有不少坟墓。"

"那里只有英国人。您该去本地人的墓地看看。据说最后一场流行病时，也就是革命爆发那会儿，多伊尔家甚至懒得把尸体送下山来妥善安葬。他们将尸体都扔进了一个坑里。"

"这怎么可能，怎么会？"

"谁知道呢。"

这句话里暗含着嫌恶。医生没有说"好吧，至少我相信是真的"，但又似乎没有任何理由能证明他为什么不信。

"那么说来，您一定是埃尔特里温弗本地人，才会知道所有这些事。"

"我老家离这儿足够近，"他说，"我家当年向多伊尔矿场上的人出售物资，矿场关闭后，我家搬到了帕丘卡。我去墨西哥城上了学，不过现在我回来了。我想帮助这儿的人。"

"那您应该从帮助我的堂姐着手，"她说，"您愿意和我一起去那座屋子吗？"

卡马里奥医生面带微笑，却抱歉地摇了摇头。"我告诉您了，这会让我和卡明斯，以及多伊尔家之间闹不愉快。"

"他们能对你做什么？您难道不是这个镇子的医生吗？"

"卫生所是公立的，绷带、医用酒精和纱布的费用由政府支付。但埃尔特里温弗是座小镇，它很贫困。绝大多数居民是牧羊人。以前西班牙佬控制矿场的时候，这儿的镇民靠给矿工制造动物油脂维生。但现在不行了。镇上有一座教堂，里面有位好心的牧师，他给穷人征募救济品。"

"我敢打赌多伊尔家往他的募捐箱里塞了钱,而这位牧师,是您的朋友。"娜奥米说道。

"给募捐箱出资的是卡明斯。多伊尔家的人不会操心这种事。但这归根结底还是他们家的钱,所有人都知道这一点。"

她不觉得多伊尔家还有多少钱,矿场已经关闭将近三十年了。但他们的银行账户想必还在最节俭的程度上维持着平衡,只要有一点点钱,或许就足够在埃尔特里温弗这样与世隔绝的小镇上过很久了。

现在该怎么做?她仔细思量,很快便决定求助于被她父亲视为浪费钱财的戏剧课程。

"那么,您不会帮助我了。您害怕他们!哦,在这儿我真是孤立无援。"她说着,攥紧手提包,慢慢站起身,双唇剧烈颤抖。她这么做的时候,男人们总是会慌张,担心她哭出来。男人们总是害怕眼泪,害怕面前出现一个歇斯底里的女人。

医生立刻做出了安慰的动作,并快速说道:"我没这么说。"

"那您怎么说?"她凑近上前,声音中饱含期待,又向他露出了最迷人的微笑,就是那种警察看到后会不开超速罚单而选择放过她的微笑,"医生,假如您能帮助我,那对我来说真的意义重大。"

"就算我真去了,我也不是心理医生。"

娜奥米拿出手帕,攥紧了它,这是一种小小的视觉提醒,让人觉得她随时都会泪流满面,要用它来擦眼睛。她叹了口气。

"我可以去墨西哥城,但我不想把卡塔莉娜一个人留下,尤其是我说不定根本没有必要这么做。可能我弄错了。您能让我省去来回跑一趟,火车甚至都不是每天都有。您能帮我这个小忙吗?您会去吗?"

娜奥米看着他,他也回望她,表情中带有一丝怀疑,不过他还是点了点头。"我会在周一中午前后去一趟。"

"谢谢您。"她说着,快速站起身,与他握了握手。接着她想起要彻底完成自己的使命,于是又停下来,"顺便问,您知道有个叫玛塔·杜瓦的人吗?"

"您是打算与镇上的所有专家都谈一谈?"

"为什么这么说?"

"她是本地的治疗师。"

"您知道她住在哪儿?我堂姐想从她那里买一剂药。"

"是吗?嗯,我想这就说得通了。玛塔和镇上的女人有很多生意上的往来。鼠曲草茶如今依然是一种受欢迎的肺结核药剂。"

"它有帮助吗?"

"对咳嗽有足够疗效。"

卡马里奥医生在桌前俯身,在他的便条本上画了张地图递给她。他说杜瓦家就在附近,娜奥米便打算直接走过去,事实证明这个想法不错,因为通往那女人家的小路根本不适合开车,那附近的路都弯弯绕绕,街道建造得很混乱,完全没有规划。虽然手里有地图,娜奥米还是得找人问方向。

有个女人在家门口用破旧的搓衣板洗衬衣。娜奥米上前跟她攀谈,女人放下手里的泽丽奇牌条皂,告诉娜奥米她得往山上再走一段。越远离中央广场和教堂,这镇子随意疏忽的地方就越明显。屋子渐渐变成了由光秃秃的砖搭起来的棚屋,一切似乎都是灰色的,满是尘土,摇摇晃晃的栅栏后面困着骨瘦如柴的山羊或鸡。一些住处已被废弃,门和窗都不见了。她估计周围邻居已将废墟中的一切木头、玻璃和他们能带走的其他所有材料捡光了。前几日他们开车穿过镇子的时候,弗朗西斯一定选了风景最为优美的道路，但尽管如此，仍给她留下了衰败的印象。

治疗师的屋子很小，也很显眼，因为它被刷成了白色，比其他屋子保养得好些。一名老妇坐在门前的三足凳上，她的头发编成长长的辫子，身穿蓝色的围裙。她正在剥花生，身边摆着两只碗。她往其中一只碗里扔丢弃的花生壳，另一只则放花生米。娜奥米向她走去时，那女人没有抬头看。她嘴里哼着歌。

"打扰了，"娜奥米说道，"我在找玛塔·杜瓦。"

哼歌的调子停下了。"你有我这辈子见过的最好看的鞋。"老妇说道。

娜奥米低头看向自己穿着的黑色高跟鞋。"谢谢。"

"我没见过几个人有这么好看的鞋子。"

妇人又剥开一颗花生，将它扔进碗里。接着她站起身。"我是玛塔。"她说着抬头看向娜奥米，她的双眼蒙着一层白内障的阴影。

玛塔的双手分别拿着一只碗，走进屋子。娜奥米跟着她进门，来到一间兼作餐厅的小厨房。在一面墙上有一张耶稣圣心的画，还有一个书架，上面摆着圣徒石膏像、蜡烛和装有药草的瓶子。天花板上也悬挂着一些药草和干花，有薰衣草、土荆芥和芸香花枝。

娜奥米知道，治疗师们会制作各种药剂，他们会搜集草药，治疗宿醉和发烧，甚至装作能治愈邪眼，但卡塔莉娜从前绝不是会去寻求这类治疗方式的人。真正让娜奥米对人类学产生兴趣的第一本书是《阿赞德人的巫术、神谕和魔法》，当她想和卡塔莉娜讨论它时，卡塔莉娜根本没听说过这本书。提到"巫术"这个词就让她吓了一跳，而像杜瓦这类治疗师不仅会给人服用酊剂，

墨西哥哥特

还会将圣棕榈枝放在某个人的脑袋上,以此来治疗惊吓失魂症①,这与巫术也不过就只有两步之遥。

不,卡塔莉娜以前绝不是会在手腕上戴鹿眼护身符手链②的人。那么,她又是怎么会来到这间屋子,和玛塔·杜瓦交谈的?

老妇将那两只碗放在桌上,拉开一把椅子。当她坐下时突然传来一阵拍打翅膀的声音,把娜奥米吓了一跳,随后她才看到有只鹦鹉俯冲下来,落在老妇的肩头。

"坐吧,"玛塔说着,拿起一颗花生米喂给鹦鹉,"你想要什么?"

娜奥米在她对面坐下。"你给我的堂姐做过一种药剂,她还需要一点。"

"是什么药?"

"我不清楚。她的名字是卡塔莉娜。你还记得她吗?"

"上高地来的姑娘。"

老妇又拿起一粒花生米喂给鹦鹉,后者仰起头,盯着娜奥米。

"是的,卡塔莉娜。你怎么认识她的?"

"我不认识她。不算认识。你的堂姐曾经每隔一段时间就会去教堂,她一定是在那儿和谁谈过了,所以才会来找我,说她需要一些助眠的药。她来找过我几次。上一次我见到她时,她有些激动,但她没有告诉我她遇到了什么麻烦。她让我帮她寄封信,

---

① 按照墨西哥传统,一些人在遭受了精神或生理创伤后会患上的某种疾病,临床表现为失眠、嗜睡、缺乏活力和腹泻。拉丁美洲的传统认为这是"丢魂"的表现,也有人认为是受到了恶灵袭击。

② 一种墨西哥民间护身符,主要材料是一颗深棕色的刺毛黧豆,作为"鹿眼"串在红绳上,再系上一大团红色的流苏,刺毛黧豆本体上漆,正面贴一张圣徒或玛利亚的像,可带来好运或防邪眼。

给墨西哥城里的某个人。"

"她为什么不自己寄？"

"我不知道。她说，'下个礼拜五，要是我们没见面，你就把这封信寄出去'，所以我就照做了。我刚说了，她没说她遇到了什么麻烦。她只说自己做了噩梦，我就此设法给了她一些帮助。"

噩梦，娜奥米想着，回忆起了自己的梦魇。在这样一座屋子里，做噩梦也不是什么难事。她将双手放在手提包上。"好吧，不管你给她的是什么，那一定起了作用，她还想要一些。"

"还想要，"老妇叹了口气，"我告诉过那个姑娘，没有茶能再让她更好受些了，维持不了多久。"

"你这句话是什么意思？"

"那个家遭了诅咒，"女人抚摸鹦鹉的脑袋，挠了挠它的头，鸟儿闭上了眼睛，"你没有听到传闻？"

"发生过传染病。"娜奥米不知道她是否指的是这件事，于是谨慎地说道。

"是的，有人生了病，很多人生病。但不只是这一件事。露丝小姐，她朝他们开枪。"

"露丝小姐是谁？"

"这个故事在这附近很有名。我可以告诉你，但你得付点钱。"

"你也太唯利是图了。我本来就会付药钱给你的。"

"我们总得吃饭。另外，这可是个好故事，而且没有人比我更了解它。"

"所以你是个治疗师，还是个说书人。"

"我说了，年轻的姑娘，我们总得吃饭。"女人说着耸了耸肩。

墨西哥哥特

"好吧。我会付钱的。你这儿有烟灰缸吗?"她边问边拿出了烟和打火机。

玛塔从厨房抓来一只锡镴杯子,放在她面前,娜奥米身体前倾,将双手手肘都搁在桌上,点燃了她的香烟。她给老妇也递了一支烟,玛塔拿了两支,面带微笑,却一支也没有点燃,只是将它们塞进围裙的口袋里。或许她是想稍后再抽。也可能甚至将它们卖掉。

"从哪儿开始呢?露丝,嗯。露丝是多伊尔先生的女儿。多伊尔先生宝贝的孩子,她什么都不想要。那会儿他们还有很多仆人。他们总是雇很多仆人,去擦拭银器,泡茶。这些仆人大部分是从村里来的,他们住在那座屋子里,但有时候也会下来镇上。为了市集,为了其他事。他们会聊天,会说起上高地的所有那些漂亮东西,还有漂亮的露丝小姐。

"她即将嫁给她的堂兄——他叫迈克尔——他们已经从巴黎订了一条裙子,还给她的头发准备了一把象牙头梳。但就在婚礼前一周,她抓起一把来复枪,杀死了她的未婚夫、她的母亲、她的婶婶,还有她的叔叔。她也向她父亲开了枪,不过他活下来了。她本来也可能会射杀弗吉尔,她那当时还是个小娃娃的弟弟,不过弗洛伦丝小姐和他一起躲了起来。也可能露丝放过了他。"

娜奥米没有在屋子里见到任何一件武器,但话说回来,想必他们早就丢了那把来复枪。屋中展示的只有银器,她有些不合时宜地想,那位谋杀者用的子弹说不定也是用银制造的。

"当她干完这番屠杀之后,便拿起来复枪自杀了。"女人捏碎了一粒花生。

这可真是个病态的故事!但是,这不是结论。不过是个停顿。"还没说完,对吗?"

"是的。"

"你不打算把接下来的部分告诉我?"

"人得吃饭,年轻的小姐。"

"我会付钱的。"

"你不抠门吧?"

"从来不。"

此前娜奥米已将香烟盒放在了桌上。玛塔伸出满是皱纹的手,又拿走一支烟,再次塞进围裙里。她微微一笑。

"在那之后,仆人们都离开了。还留在上高地的只有他们家里人,以及一些已经雇用了很久、得到了信任的人。他们留在那儿,留在人们的视线之外。然后突然有一天,弗洛伦丝小姐在火车站出现,离开去度假,而她在此之前从未踏出过那座屋子一步。回来时她已经和一个年轻人结了婚。理查德,那是他的名字。

"他不喜欢多伊尔一家。他是个健谈的人,喜欢开着他的车到下边镇子来,喝一杯,聊聊天。他在伦敦、纽约和墨西哥城都住过,你可以感觉得到,多伊尔家的屋子绝不是这些地方里他最喜欢的。他是个健谈的人,这很好,所以后来他就开始说起一些奇怪的事。"

"哪一类事?"

"神神鬼鬼的,还有邪眼。他是个强壮的男人,理查德先生,但后来就不是了,他变得很不体面,身材瘦削,不再往镇上来,逐渐从人们的视野中消失了。他们在一条山谷底部发现了他。这儿山谷很多,想必你也注意到了这一点,好啦,他就在那儿,二十九岁就死了,留下一个儿子。"

墨西哥哥特

是弗朗西斯，她想。是面色苍白，有着柔软头发和柔和微笑的弗朗西斯。在此之前她完全没听说过这一长串事件中的任何一丁点内容，但随后她又觉得，这也不是任何人会想讨论的事。

"这一切听起来像悲剧，但我不确定是否能被称为'诅咒'。"

"你会称之为'偶然'，是吗？对，我想你确实会这样说。但事实上他们触碰到的一切都会腐烂。"

腐烂。这个词听来如此丑恶，似乎黏在舌尖上，让娜奥米想咬指甲，虽然她过去从没有这样的习惯。她尤其在意自己的双手，决不能容许自己有丑陋的指甲。太奇怪了，那座屋子。多伊尔家的人和他们的仆人都是怪人，但诅咒？不可能。

"除了偶然之外不会再有其他可能。"她说着，摇了摇头。

"有可能的。"

"你能再配一些你上次给卡塔莉娜配的药吗？"

"这不是件简单的事。我得去搜集药材，这得让我花上一点时间。而且它不能解决问题。就像我之前说的：问题在于那座屋子，那座遭诅咒的屋子。你该跳上火车，把它留在身后，我就是这么告诉你堂姐的。我以为她听进去了，怎料会这样？"

"是，我相信你告诉她了。顺便问，这药多少钱？"娜奥米问。

"酊剂的钱加说故事的钱。"

"好，两个加起来。"

女人说出了总数。娜奥米打开手提包，拿出几张纸钞。玛塔·杜瓦可能确实患有白内障，但如果是钞票，她就能看得真真切切。

"我需要一周。一周后再来找我，但我不能保证。"女人说着伸出手，娜奥米将钞票放在她的手掌中。女人将它们叠起来，塞进围裙口袋里。"你能再给我一支烟吗?"她补了一句。

"完全可以。我希望你能喜欢它们,"娜奥米说着,又递了一支烟给她,"高卢人牌的。"

"不是我抽。"

"那是谁?"

"圣徒路加。"她说着,指向架子上的一尊石膏像。

"给圣徒抽烟?"

"他喜欢它们。"

"那他的口味可真奢侈。"娜奥米说着,想知道自己是否能在这个镇子里找到一家商店,只要出售接近高卢人口味的就好。她很快就得给自己补充库存了。

女人微微一笑,娜奥米又给她递了一张钞票。该死。正如她所说,人人都得吃饭,天知道这老妇人有多少客户。玛塔似乎很愉悦,微笑也更明显。

"好啦,那我走了。别让圣路加一次就把所有烟都抽光了。"

女人咯咯笑了起来,她俩一起走到屋外。两人握了握手。此时那女人眯起了眼睛。

"你睡得怎么样?"女人问道。

"挺好。"

"你生黑眼圈了。"

"山上很冷。导致我常在晚上起夜。"

"我希望真是这样。"

娜奥米想起她那怪异的梦,那金黄色的辉光。那是个相当可怕的梦魇,但她尚未花时间去分析它。她有个朋友热衷于荣格的理论,但娜奥米一直不能理解"梦即做梦之人"这一整套说辞,她也懒得解析自己的各个梦境。而现在,她回忆起了荣格写过的

墨西哥哥特

某件事：人人心中自有阴影。那女人所说的话就仿若一片悬挂在她头顶的阴影，她顶着这片阴影驱车回了上高地。

7
CHAPTER SEVEN

墨西哥哥特

那天晚上,娜奥米又一次受召到有白色锦缎桌布和蜡烛的可怕餐桌旁,在这张古老的桌子周围,聚集着多伊尔全家人,包括弗洛伦丝、弗朗西斯和弗吉尔。大家长在自己的房间里用晚餐,似乎是这样。

娜奥米吃得很少,她不住地用勺子在碗里搅动,她渴望的是交谈,而不是食物。一会儿后她再也没法自控,咯咯笑了起来。三双眼睛都盯在她身上。

"真的,我们非得这样整顿晚餐都压着舌头吗?"她问,"说上三四句话都不行?"

她的声音像上好的玻璃,与沉重的家具、沉重的窗帘以及朝向她的同样沉重的脸形成了对比。她没打算做个讨人厌的家伙,但无忧无虑的天性让她很难理解庄严肃穆。她面带微笑,希望能获得别人同样的微笑致意,让这奢华的笼子里能出现一丝片刻的不确定。

"我上次就解释过了,我们不会在用餐时说话,这是基本的规则。但你似乎很渴望破坏这座屋子里的每一条规则。"弗洛伦丝说着,拿起餐巾仔细擦了擦嘴。

"你这句话是什么意思?"

"你开了一辆车去镇上。"

"我需要去邮局寄几封信。"这不是谎话,她确实匆匆给家里写了封简短的信。她本来想给雨果也写一封应付一番,不过后来又有了别的考量。雨果和娜奥米并非字面意思上的一对,她担心要是自己写了信,他或许会将之解读为一种严肃且必然会发生的承诺信号。

"查尔斯可以寄任何信。"

"我更乐意自己做这事,谢谢了。"

"这儿路况不佳。如果车陷进泥里,你要怎么办?"弗洛伦丝问道。

"我想我会走回来,"娜奥米放下勺子,回答道,"真的,这不是什么问题。"

"这不适合你。山中自有危险。"

这些话似乎不算直白的敌意,但弗洛伦丝的不赞成态度依然厚如糖浆,包裹着每一个音节。娜奥米觉得自己突然成了手指关节挨了敲打的小姑娘,这让她不由抬起下巴,以她在学校里盯着嬷嬷的目光直视那个女人,以泰然自若的反叛武装起自己。弗洛伦丝看起来甚至和那位女修道院院长有些相似之处:那种彻底的失望表情。娜奥米差点以为她要命令自己拿出玫瑰经来。

"我本以为你刚来那会儿我已经解释清楚了。有关于这座屋子、屋里的人和物品,所有事你都得先来和我商量。我说得很明确了。我告诉过你,查尔斯会开车载你去镇上,如果他不行,那才可能是弗朗西斯。"弗洛伦丝说道。

"我不认为——"

"而且你还在房间里抽烟,别浪费时间否认了,我说过这是禁止的。"

弗洛伦丝盯着娜奥米,娜奥米想象这个女人在布品上嗅来嗅去,检查杯子里烟灰痕迹的模样。就像一只追逐猎物的寻血犬。娜奥米想抗议,想说她不过在房间里抽了两次而已,那两次她都想打开窗子,打不开也不是她的错。它们关得严丝合缝,你甚至会觉得它们是被钉子钉死了。

"这种恶习真是肮脏。某些女孩也是一样。"弗洛伦丝补充道。

现在轮到娜奥米死盯着弗洛伦丝了。她怎么敢这么说。但在娜奥米开口之前，弗吉尔说话了。

"我的妻子告诉过我，你父亲有时非常严格，"他的态度始终带有冷酷的超然，"他会定他的行事规矩。"

"是的，"娜奥米望向弗吉尔，回答道，"有时确实如此。"

"弗洛伦丝已经管理上高地几十年了，"弗吉尔说道，"我们没有太多访客，因此你也能想象，她已相当习惯她的各种规矩了。另外，你不觉得，作为客人，无视一座屋子里的规矩，这种行为很让人无法接受吗？"

她觉得自己遭到了伏击；她想，他们早计划好了要一起来责骂她。她不知道他们是否也是这么对待卡塔莉娜的。可能卡塔莉娜曾经走进餐厅里，提了一个小小的建议——有关食物、装饰、日常生活等——而他们会彬彬有礼、精心而又故意地让她闭上嘴。可怜的卡塔莉娜，她那么温柔，那么顺从，就这么轻轻地被人碾碎。

娜奥米本就没多少胃口，这会儿更是完全吃不下，只能轻抿那杯甜得恶心的葡萄酒，不再试图交谈。最终查尔斯走进餐厅，告知他们霍华德想在餐后见他们，于是他们起身上楼，仿佛一群宫廷成员前去向国王致意。

霍华德的卧室很大，装饰着更多屋子里其余地方随处可见的肃穆的深色家具，厚重的天鹅绒窗帘则将本就稀薄的光线完全隐藏。

这个房间里最引人注目的地方是壁炉，它那精雕细琢的木质壁炉架上的装饰，一眼看去似乎是些圆圈，但仔细看后会发现，是她在墓地和书房里见过的那种衔尾蛇。壁炉前摆着一座沙发，沙发上坐着那位大家长，他的身体被绿色的长袍包裹。

那天夜里，霍华德看起来更为老迈。他让她想起她在瓜纳华托地下墓穴见过的某一具木乃伊，在那地方，木乃伊被排成两列供游客观看。它们都直挺挺地站立着，以怪异的方式保存，当埋葬税未能支付时便会被人从坟墓里拖出来，当众展示。霍华德也有着同样枯槁、凹陷的外表，仿佛他已完成了防腐处理，自然正将他逐渐缩减，只剩下骨与髓。

其他人走在娜奥米前面，每人都上前勾了勾老人的手致意，而后走到一边。

"你来了。来，坐到我边上。"老人说着，朝她打了个手势。

娜奥米在霍华德身边坐下，向他露出了礼貌的浅笑。弗洛伦丝、弗吉尔和弗朗西斯没有和他们坐在一起，而是选择在房间另一头的另一张长椅和椅子上分别坐下。娜奥米不知道霍华德是否总是这样接见诸人，在其中挑选一位幸运者，允许此人坐在自己身边，让此人由此得到接见的资格，而其他人则暂时地被扫到一边。很久以前，这个房间里可能曾经满是亲属和朋友，都等待着，希望霍华德·多伊尔能朝自己勾一勾手指，让他们来和他坐一会儿。毕竟，她已在照片和油画中见到了与这座屋子有关的许多人。那些油画十分古老，或许他们并不全是在上高地居住过的亲属，但墓地的大陵墓暗示了这是个很庞大的家族，或者，是保证了将来进入此地的子孙后裔会人数众多。

壁炉上方悬挂的两张大幅油画吸引了娜奥米的目光。它们分别描绘了一名年轻女性。两人都是金发，长相也很相似，以至于第一眼望去，你甚至会觉得它们画的是同一个女人。不过，二者之间仍有区别：泛红的金色直发对比蜜色的卷发，另外，左边那名女性的脸也要更丰满一些。有一个人手指上戴着一只琥珀戒指，它与霍华德手上戴着的那一只相似。

"那是您的亲戚吗？"娜奥米被这种相似性迷住了，她觉得那可能是多伊尔家里人的共通长相，于是便问道。

"那是我的妻子们，"霍华德说道，"在我们来到这片地区后不久，阿格尼丝就去世了。疾病带走她时，她正怀有身孕。"

"我很抱歉。"

"那是很久以前的事了。但她没有被遗忘。她的灵魂还生活在上高地。还有那个，右边的那一位，是我的第二任妻子。爱丽丝。她很多产。女人的作用就是传宗接代。至于她的孩子们，嗯，弗吉尔是唯一一个还活着的，不过她完成了自己的任务，干得不错。"

娜奥米抬头看向爱丽丝·多伊尔那张苍白的脸，金色的长发如瀑布般垂在她身后，她的右手两根手指捏着一枝玫瑰，面容肃穆。在她右边，阿格尼丝同样被剥夺了欢笑，双手抱紧一束花，琥珀戒指折射出一道光。她们穿着那身丝绸与蕾丝相缀的衣服，向前平视的目光中带有什么？决心？信心？

"她们很美，对吧。"老人问道。他的声音里带着自豪，就像一个在县集市上带着得奖的猪或母马赢得了漂亮绶带的人。

"对。不过……"

"不过什么，亲爱的？"

"没什么。她们似乎长得很像。"

"我想这是理所当然的。爱丽丝是阿格尼丝的妹妹。她们都是孤儿，父母没有给她们留下分文，不过我们是亲戚，表亲，因此我将她们接到了我们家里。当我长途跋涉到这儿来时，阿格尼丝和我结了婚，爱丽丝也跟我们一起来了。"

"这么说你的两次婚姻都是和表亲，"娜奥米说道，"还和自己的姨妹结婚了。"

"这很不体面吗？阿拉贡的凯瑟琳一开始可是嫁给亨利八世

的哥哥的,维多利亚女王和阿尔伯特也是表亲。"

"这么说,您觉得自己是位国王?"

霍华德伸出手,拍了拍她的手;他的皮肤干巴巴的,似乎薄得像纸,他微微笑道:"倒也没有那么高贵。"

"我不是在表示愤慨。"娜奥米彬彬有礼地回答,轻轻摇了摇头。

"我和阿格尼丝不太熟,"霍华德耸了耸肩,"我们结婚后还没过一年,我就不得不组织一场葬礼了。那时候这座屋子甚至还没完工,矿场也才刚开采几个月。而后过去了好些年,爱丽丝渐渐长大。在世界的这片区域里,没有与她般配的新郎。因此我们不过是做出了一个自然而然的选择,可以说是命中注定。这张画是她的婚礼肖像。看到了吗?前景的树上清晰地写着日期:1895年。美好的一年。那年开采了多少银矿,它们能汇聚成河。"

画家确实在树上刮出了年份和新娘姓名的首字母:AD。阿格尼丝的肖像也有同样的细节,它的年份刻在一根石柱上:1885年,AD。娜奥米想知道他们是不是就这么简单地拂去前一位新娘嫁妆上的灰尘,将它们递给她的妹妹。她想象着,爱丽丝脱下了交织绣着她姓名首字母的亚麻衣服和宽松连衣裙,将一条旧裙子抵在自己胸口,望向镜子。成了多伊尔家的人,就永远是多伊尔家人。不,这绝不是什么命中注定,这太他妈怪异了。

"漂亮的,我的漂亮宝贝们。"老人说着,他的手还放在娜奥米的手背上,视线已转回油画。他的指甲擦过她的指关节。"你听说过高尔顿博士[①]的美女地图吗?他在大不列颠群岛四处旅行,

---

[①] 弗朗西斯·高尔顿(Francis Galton,1822—1911),英国遗传学家,优生学的开创者。

墨西哥哥特

给他见到的女人编了一份记录。他以迷人、中庸或恶心来将她们分门别类。伦敦的美人分数最高,阿伯丁最低。这听起来像是种有趣的运动,不过当然,其中自有逻辑。"

"又是美学逻辑。"娜奥米说着,装作要凑近去看油画,巧妙地将手从老人的手中抽出并站起身。老实说她一点儿也不喜欢被他触碰,也不怎么喜欢他身上的袍子散发出的令人不快的淡淡气味。那可能是他敷用的药膏或服用的药物带来的。

"没错,美学。不能贬低它,视之为无关紧要的无聊之事。毕竟,龙勃罗梭①不正是研究了人类的面部,从而辨认出了一种特定的犯罪类型吗?我们的身体隐藏着诸多谜团,它们不发一言便讲述了诸多故事,不是吗?"

她看着他们上方悬挂的肖像,看着肖像那严肃的嘴、棱角分明的下巴和迷人的秀发。它们当初又在述说什么,当她们身着婚纱,而画笔在油画布上刷过时?我很高兴,不高兴,一般,悲惨。谁知道呢。你能构建出成百个不同的故事,但这无法让它们变成事实。

"我们上次交谈时,你提到了加米欧。"霍华德说着抓起手杖,上前走到她身旁。娜奥米想要与他拉开距离的尝试成了徒劳;他挤到她身旁,触碰着她的肩膀。"你说得对。加米欧相信,自然选择推动这片大陆上的原住民向前,让他们适应了外国人无法承受的生物学和地理学要素。想移植花,就得考虑土壤,不是吗?加米欧的思路是正确的。"

老人将双手叠在手杖顶上,点了点头,看向油画。娜奥米希

---

① 切萨雷·龙勃罗梭(Cesare Lombroso,1835—1909),意大利犯罪学家、精神病学家,强调生理因素对犯罪的影响,从罪犯和精神病人的颅相、体格等体质特征来判断犯罪倾向。

望能有个人来打开窗子。房间里闷不透气,其他人谈话都轻如耳语。假如他们真在交谈的话。他们是静悄悄地离开了吗?他们说话的声音就像昆虫的嗡鸣。

"我很奇怪你为什么没有结婚,塔波阿达小姐。你现在正值适婚的年纪。"

"我的父亲也常常拿这个问题问他自己。"娜奥米说道。

"那么你又对他说了什么谎?说你太忙?说你评估过不少年轻男人,却没法找到一个真正能吸引你的人?"

这番话与她说过的十分接近,或许若他说话的口吻轻巧一些,她便能将它们解读为玩笑话,娜奥米则可能会笑着搂一会儿他的肩膀。"多伊尔先生。"她可能会这样开口,然后他们便能谈起她的父亲和她的母亲,谈起她平时是怎么和她兄长争辩的,谈起她那群热热闹闹的表兄弟姐妹。

但霍华德·多伊尔的语气苛刻,双眼中闪动着病态的活力。他看她的眼神近乎不怀好意,他的一只干瘦的手擦过她的一束头发,仿佛在为她服务——比如在那发丝间看到了一根线头,将它择出来扔掉——但是不对。他走了几步,从她身后扣住她的双肩,这根本不是什么服务。即使年事已高,他也依然是个高个子男人,娜奥米一点儿也不喜欢抬头看他,不喜欢他那样弯腰俯向她的模样。他看起来仿佛一只竹节虫,一只隐藏在天鹅绒长袍下的虫子。当他俯身凑得更近,仔细打量娜奥米时,他的嘴角弯出了微笑。

他身上有臭味。娜奥米转过头,将一只手放在壁炉架上。她的视线正与弗朗西斯相交,后者正在看着他们。娜奥米觉得他如同一只受惊的鸟儿,像只鸽子,眼睛圆圆的,一副受了惊吓的样子。很难想象他和她面前这个昆虫似的男人有血缘关系。

墨西哥哥特

"我的儿子带你去看过玻璃暖房了吗?"霍华德问道,后退了几步,他的视线转向壁炉火时失去了那种令人不适的神采。

"我都不知道你们这儿还有玻璃暖房。"她带着一丝惊讶回答道。不过,她尚未开遍这屋子里的每一扇门,也没有看遍此处的每一个角落。自刚开始匆匆探索上高地之后,她便不想再做这样的事了。这不是个舒适的家。

"它挺小的,而且年久失修,就像这里的所有东西一样,不过屋顶是彩色玻璃造的。你可能会喜欢。弗吉尔,我刚告诉娜奥米说你会带她去看玻璃暖房。"霍华德说道,他的声音在这静悄悄的屋里洪亮得惊人,娜奥米甚至觉得它可能会造成一场小型地震。

弗吉尔只是点了点头,接着,像是接收到了暗示,他向他们走去。"我很乐意,父亲。"他说。

"很好。"霍华德说着拍了拍弗吉尔的肩膀,接着穿过房间,来到弗洛伦丝和弗朗西斯面前,在弗吉尔之前坐着的椅子上坐下。

"我父亲是不是烦着你了,和你说些什么他心目中最理想的男性和女性?"弗吉尔问道,向她露出了微笑,"答案很狡猾:多伊尔家就是这周围最理想的样本,不过我总是试着不让这些话进我心里去。"

娜奥米对这微笑有些惊讶,但忍受过霍华德那种古怪的瞥视和刺眼的笑容之后,弗吉尔笑容中的暖意便让她十分欢迎了。"他谈到了美。"她说,声音里带着迷人的安宁。

"美。当然。好吧,他是个美学鉴赏的大行家,以前是,不过现在他几乎只能喝点浓粥,晚上九点后就得睡觉了。"

她抬起一只手,掩藏了鬼脸。弗吉尔伸出食指追索着一只衔尾蛇雕刻，这么做时，他的表情有些严肃，微笑淡了下去。

"前两天夜里的事，我很抱歉，我当时太无礼了。刚才弗洛伦丝又为车子的事大惊小怪。但你一定别为这些烦心，你本不需要知道我们的所有习惯和小规矩。"他说。

"没事。"

"情况有些紧张，你知道的。我的父亲很孱弱，现在卡塔莉娜也生病了。这些天来我的情绪不佳。我不希望你觉得我们不想让你留在这儿，我们想的，我们很愿意你留在这里。"

"谢谢。"

"我觉得你还没完全原谅我。"

没有，确实没有，但能看到多伊尔家并不是所有人都整日阴郁，仍让她松了口气。或许他说的是事实，卡塔莉娜生病之前，弗吉尔也有过更快活的性情。

"确实还没有，不过你继续保持下去，我可能会擦掉计分卡上的一两个标记。"

"这么说你会计分了？就像在玩牌一样？"

"女孩儿得记录各种各样的事。跳舞不过是其中之一。"她以她惯常那种轻松而和蔼的口气说道。

"我早就听说你跳舞和玩牌都很不错，至少，卡塔莉娜是这么说的。"他说道，看着她时依然面带微笑。

"我以为你会反感。"

"你很惊讶。"

"我喜欢意料之外的事物，不过只有在它们出现时带着漂亮的大蝴蝶结才会如此。"她说道，因为他展现出了友好的一面，于是她也表现出友好，回他微笑。

弗吉尔转而向她露出了欣赏的表情，似乎是在说，看，我们或许可以成为朋友。他向娜奥米递出一边的胳膊,他们走向其他家庭成员,又交谈了几分钟,而后霍华德表示说他实在太累,无法再接受更多陪伴,于是他们就此解散。

她做了个古怪的噩梦,即使她在这屋子里的夜晚都过得很不安定,这也是个与之前完全不同的梦。

她梦到门开了,霍华德·多伊尔走了进来,脚步缓慢,每一步都仿佛重如千钧,地板因此而嘎吱作响,四墙为之震颤。就好像一头大象踏入了她的房间。她无法移动。一条看不见的线将她固定在床上。她闭着双眼,却能看到他。从上方,从天花板,接着是地板,她的视角不断变换。

她也看到了她自己,正睡着。她看到他靠近她的床,拉开被子。她看到了这一切,看到他伸手去触摸她的脸,他的一只手指的指甲滑过她的脖子,枯瘦的手解开她睡衣的扣子,而她的双眼仍旧紧闭。寒意入骨,他正在脱下她的衣服。

她感受到某种存在出现在她身后,就像在这屋中感知到了一个寒冷的地点,那个存在能发出声音;它凑近她的耳边,轻声低语。

"睁开你的眼睛。"那声音说道,是个女人的嗓音。在另一个梦里,她的房间内出现过一个金色的女人,但这个存在不同。这是另一个,她觉得这个声音更年轻一些。

她的双眼仿佛被钉上了似的死死紧闭,她的双手平放在床上,霍华德·多伊尔的身子笼罩在她上方,盯着下方睡梦中的娜奥米。他在黑暗中露出微笑,病态地腐烂着的口中露出白森森的牙。

"睁开你的眼睛。"那声音催促她。

月光,或是另一种光源落在霍华德·多伊尔如昆虫一般干瘦的身体上,她看到正站在她窗边,打量着她的四肢、她的胸膛,凝视着她的下体的,并非那位老人。那是弗吉尔·多伊尔,他露出了他父亲那种不怀好意的、苍白又狰狞的微笑,他看着娜奥米的目光像在观察被钉在天鹅绒布上的蝴蝶。

他用一只手捂住她的嘴,将她抵在床上,这张床极为柔软,它随之下沉,晃动,仿若蜡制,就像有什么东西被硬塞进一床蜡里。又或是烂泥,土壤。一床土。

她感到一种甜腻而又令人作呕的欲望流过全身,使她晃动臀部,犹如一条蜿蜒的蛇。但事实却是弗吉尔将自己的身子缠绕在她身上,用双唇吞咽她颤抖的叹息,而她并不怎么想要这一切,不想要这样,不想要那些指甲如此用力地掐在她的肉里,但她又很难记起自己为何不想要它。她必须要它。必须被索取,在污秽中,在黑暗中,没有开场白,没有致歉。

她耳边再次响起那个声音。它很坚持,猛击着她。

"睁开你的眼睛。"

她照做了,醒来发现自己冷极了;她在梦里踢开了被子,它们都缠在她的脚上。她的枕头掉在地板上。房门紧闭着。娜奥米用双手按住胸口,感觉到心口急速地怦怦直跳。她伸手摸过睡衣前襟。所有纽扣都还紧扣在原处。

它们当然就该扣在原处。

整座屋子静悄悄的。没有人在大厅中走动,没有人在夜里爬进房间,凝视睡梦中的女人。然而,她依旧花了很长时间才再度入睡,而且,有那么一次或两次,当她听到地板发出咔哒一声,便立刻坐起来,侧耳倾听脚步声。

8
CHAPTER EIGHT

娜奥米在户外扎了根,就等医生抵达。弗吉尔对她说过,她完全能去寻求另一种诊断意见,因此她就通知弗洛伦丝说医生会前来访问,她已为此取得了弗吉尔的许可,不过,她觉得多伊尔家的任何成员恐怕都不会迎接卡马里奥医生,因此她决定自己来站岗。

当她双臂交抱,踮着脚尖时,她再一次觉得自己像卡塔莉娜在她们童年时讲过的童话故事里的角色。少女在塔中向外凝望,等待骑士前来征服巨龙,营救她。显然医生将会得出诊断结果和治疗方案。

她觉得自己有必要乐观,心怀希望,因为上高地是个无望之地。这里破旧寒酸的冷峻让她想要前进。

医生来得很准时,他将车停在一棵树旁,从车上走下来,脱掉帽子,抬头看向这座大屋。这一天的雾不浓,仿佛大地和天空都提前为这位来访者清空了,尽管如此一来,这屋子便显得更与世隔绝,更暴露无遗,更贫瘠荒芜。在娜奥米的想象中,胡里奥家与它截然不同,那一定是山下镇子主街道上简陋却色彩缤纷的小屋之一,有小小的阳台和木质的百叶窗,还有一间贴满旧彩色瓷砖的厨房。

"嗯,这就是著名的上高地,"卡马里奥医生说道,"我想,也确实是时候让我见见它了。"

"你没来过这里?"她问。

"我没有来的理由。我倒是见过以前的矿场营地。或者该这么说,从营地剩下的那点残骸经过,当时我是去打猎。山上这附近有不少鹿,还有美洲狮。在这座山里你得小心点。"

"我不知道还有这样的事。"她回忆起弗洛伦丝是如何劝诫她的。弗洛伦丝在担心美洲狮吗?还是说更担心她那珍贵的汽车?

医生抓起他的袋子,两人走进屋里。娜奥米原本担心弗洛伦丝会从楼梯上走下来,时刻准备紧盯着卡马里奥医生和娜奥米,但楼梯上空无一人。来到卡塔莉娜的房间后,他们发现里面也只有她一个人。

卡塔莉娜的精神似乎很不错,她坐在阳光下,穿着简单却得体的蓝色裙子。她以微笑向医生致意。

"您好,我是卡塔莉娜。"

"我是卡马里奥医生。很高兴见到你。"

卡塔莉娜伸出手。"怎么回事,他看起来好年轻,娜奥米!他肯定不比你大多少!"

"你也没比我大多少。"娜奥米说道。

"你在说什么啊?你不过就是个小姑娘。"

这番话听起来很像从前那位快乐的卡塔莉娜说的话,她们曾经也像这样彼此打趣,娜奥米开始觉得自己带着医生来这座屋子是做了一件傻事。然而,随着时间流逝,卡塔莉娜兴高采烈的情绪逐渐消退,转变成了闷而不发的躁动。娜奥米没法不觉得,即使没有任何事真的出了差错,至少有些事也肯定不对劲。

"告诉我,你睡眠如何?夜里会浑身发冷吗?"

"不会。我已经好多了。真的,不需要你特意来这儿,什么事都没有还闹得大惊小怪的。什么事都没有,真的。"卡塔莉娜说道。她说话时的热切语气中带有一种强装出的欢欣。她的一根手指一直不停地擦着结婚戒指。

胡里奥点了点头。他边记录,边坚定而慎重地问道:"他们给你服用过链霉素和对氨基水杨酸吗?"

"我想有的。"卡塔莉娜说,不过她回答得十分匆忙,娜奥米觉得她甚至都没听清问题。

"玛塔·杜瓦,她也给你配过药吗?是茶还是药草?"

卡塔莉娜的视线迅速扫视了一下房间。"什么?你为什么这么问?"

"我正在确认你服用的所有药物都有哪些。我敢肯定,你曾为了某种药去她那儿看过病?"

"没有什么药。"她轻声道。

她还说了些什么,但没有形成真正的句子。她含糊不清地咕噜着,像个小孩儿,接着卡塔莉娜突然掐住自己的脖子,仿佛被什么呛到了,不过她的手攥得很松。不,这不是喘不上气的表现,而是一种自卫的姿态,是一个女人在保护自己,为了防卫而抬起双手。这个动作把她自己和医生都吓了一跳。胡里奥差点连铅笔都掉了。卡塔莉娜则仿佛山间的鹿准备冲向安全之所,两人都不知道该说什么。

"怎么了?"一分钟后,胡里奥问道。

"有声音。"卡塔莉娜说着,慢慢地将手滑向下巴,按在嘴上。

胡里奥抬头看向坐在他身边的娜奥米。

"什么声音?"娜奥米问道。

"我不希望你们留在这里。我很累了。"卡塔莉娜说。她握紧双手,将它们放在膝盖上,闭上双眼,像要就此将来访者们关在门外。"我真不知道你们为什么非要在这儿打扰我,这会儿我该睡了!"

"如果你要——"医生刚开口。

"我没法再谈了,我累透了。"卡塔莉娜说。她想将双手交握,而它们则不住地微微颤抖。"生病真的太累了,别人说你什么事都不该做就更糟。这难道不奇怪吗?真的……这……我累了。累了!"

她停下话头,像是要喘口气。随后她猛然睁开眼睛,面带惊人的紧张。那是一张着了魔的女人的面容。

"墙里有人,"卡塔莉娜说道,"有人,还有声音。有时我能见到它们,那些墙里的人。它们都是死人。"

她伸出双手,娜奥米抓住了它们,试图安慰她,后者摇了摇头,发出一声近乎啜泣的声音。"它住在墓地里,在墓地,娜奥米。你得去墓地里瞧瞧。"

卡塔莉娜突然起身走到窗边,右手攥紧一片窗帘,看向窗外。她的表情柔和起来。仿佛龙卷风袭来后又离开。娜奥米不知道如何是好,医生似乎也同样手足无措。

"我很抱歉,"卡塔莉娜干巴巴地说道,"我又胡言乱语了,抱歉。"

卡塔莉娜再次将手按在嘴上,咳嗽起来。弗洛伦丝和最年长的女仆玛丽走进门,后者手中拿着一个托盘,上面放着一只茶壶和一个杯子。那两个女人都用不以为然的眼神看着娜奥米和卡马里奥医生。

"你们还要待很久吗?"弗洛伦丝问道,"她该休息了。"

"我正打算离开。"卡马里奥说道,弗洛伦丝说的短短几个字,加上她高傲地歪了歪脑袋,让医生很明确地知道自己是个不受欢迎的闯入者,于是拿起帽子和笔记本。弗洛伦丝总是很明白该怎么用简洁而高效的信号来压制别人。"很高兴见到你,卡塔莉娜。"

他们走出房间。几分钟里,两人都没有说话,他们都很疲惫,还有一点儿慌乱。

"那么,你的观点是什么?"走下楼梯时,她终于开口问道。

"就肺结核的问题,我得给她的肺部拍一个 X 光片,才更清楚她的具体情况,不管怎么说,首先我确实不是肺结核方面的专家,"他说,"另一方面的问题,我得提醒你,我也不是个精神病医生。我不该推测——"

"好啦,有话就说,"娜奥米恼怒地说道,"你总得对我说点什么。"

他们在楼梯底部停下脚步。胡里奥叹了口气,"我想你是对的,她需要精神疾病相关的照顾。她的行为在我见过的肺结核病人中显得不同寻常。或许你能在帕丘卡找到一个可以给她提供治疗的精神病学家?如果你没法长途跋涉到墨西哥城的话。"

娜奥米不觉得他们能长途跋涉到任何地方去。或许她可以向霍华德开口,尝试解释她的忧心之处?毕竟他是这儿的大家长。但她不喜欢这个老人,他触碰她的方式不对劲,而弗吉尔可能会觉得她想多管闲事。弗洛伦丝显然对她毫无帮助,但弗朗西斯呢?

"我恐怕我是给你留了个更麻烦的难题,是吗?"胡里奥说道。

"没有,"娜奥米说谎了,"没有,我很感谢你。"

她很沮丧,想到自己曾对他抱有过多期待也让她觉得自己傻透了。他不是穿着闪亮铠甲的骑士,也不是能用魔法药水让她的堂姐康复的巫师。她本该更了解这一点的。

卡马里奥有些犹豫,想给她提供一些安慰。"好啦,要是你需要其他任何帮助,你知道该去哪儿找我,"他总结道,"假如有必要,一定要来找我。"

娜奥米点点头,望着他走进车里,开车离开。她有些冷酷地回想起了一些结局血腥的童话故事。在灰姑娘的故事里,姐姐们被切掉了脚后跟,睡美人的继母则被推进装满蛇的桶里。卡塔莉娜给她读过的某一本书最后一页上的插画,那生动夺目的色彩,猛然出现在她的脑海中。当继母被塞进桶里时,黄色和绿色的蛇群从里面探了尾巴。

娜奥米靠在一棵树旁,双臂交抱,站了一会儿。走回屋里时,她发现弗吉尔就站在楼梯上,一只手搁在栏杆上。

"有个男人来见你了。"

"是公共卫生所的医生。你说过他可以来探访的。"

"我不是在责备你。"他从楼梯上走下来,站在她面前,说道。他表现出了一丝好奇,娜奥米猜那是因为他想知道医生说了什么,但她估计他不会问,娜奥米也不想将医生说的话吐露分毫。

"你现在有时间带我去看玻璃暖房吗?"她巧妙地问道。

"非常乐意。"

那间玻璃暖房,非常小——简直就像一封笨拙尴尬的信件最后的附言。到处都展露出了疏于照料的痕迹,还有不少肮脏的玻璃嵌板和破碎的玻璃窗格。雨季时雨水想必很轻松就能渗进来。花盆上覆盖着霉菌。但还有一些花仍在开放,娜奥米抬起头时,迎接她的是一片彩色玻璃组成的惊人景象:以盘绕的巨蛇为装饰的玻璃屋顶。蛇的躯体是绿色的,双眼则是黄色。她大吃一惊。它设计得极为巧妙,几乎像要从玻璃上跃下来,巨嘴大张,露出毒牙。

"哦。"她用手指尖抵着嘴唇,说道。

"怎么了?"弗吉尔走到她身旁,问道。

"没什么,真的。我在这座屋子里的各个地方都看到了这条蛇。"她说。

"衔尾蛇。"

"这是个纹章图样吗?"

"这是我们的象征,尽管我们没有盾牌。不过我的父亲有个以此为图案的印章。"

"它有什么含义?"

"这条蛇吞食自己的尾巴。它象征无穷,在我们之上,也在我们之下。"

"嗯,对,但为什么你们家要选它来做你们的标志?家里到处都是。"

"是吗?"他漠不关心地耸了耸肩。

娜奥米仰起头,想将那蛇的脑袋瞧得更清楚一点。"我还没见过玻璃暖房里有这样的玻璃呢,"她赞美道,"一般能见到的都是透明玻璃。"

"是我母亲设计的。"

"氧化铬。我敢打赌能染出那种绿色就靠它。但这儿肯定也用了一些二氧化铀,至于为什么,看到了吗?那边,几乎像是会发光,"她说着指向蛇头,指向那双残酷的眼睛,"它是本地制造的,还是用船一片一片从英格兰运来的?"

"我不太了解它建造的过程。"

"弗洛伦丝知道吗?"

"你可真是个好奇宝宝。"

她不太确定这话是恭维还是责备。"这间玻璃暖房,嗯?"弗吉尔继续说道,"我知道它很老旧了。我知道我的母亲喜爱它胜过这座屋子里的其他任何地方。"

弗吉尔走向玻璃暖房中央摆放的一张长桌,那上面堆满了枯黄的盆栽植物,而后他走到桌子后方,来到一个栽种了一些清新的粉红色玫瑰的花坛前。他用指关节小心地擦过花瓣。

"她一直会留意剪去病弱无用的枝条,悉心照顾每一朵花。不过她死后,再也没有人关心这些植物,这一点便是她留下的全部了。"

"抱歉。"

他的视线凝固在这些玫瑰上,手里扯下一片枯萎的花瓣。"没事。我已经不记得她了。她死的时候,我还是个小婴儿。"

那是爱丽丝·多伊尔,她与她的姐姐有着相同的姓名首字母。爱丽丝·多伊尔,那个苍白的金发姑娘,曾经如此鲜活,不仅只是墙上的一张肖像,想必她也曾在纸上勾画他们头顶上方的巨蛇。描画它那带有鳞片的躯体运动的节奏,描画它狭窄双眼的形状,还有它那张可怕的嘴。

"她死于暴力。我们有着某种暴力史,我们多伊尔家。不过我们在抵抗,"他说,"而且那是很久以前的事了。没关系。"

是你的姐姐射杀了她,她想,但她没法想象出这样的画面。这般怪诞又可怖的行为,她没法想象这样的事真会发生,就在这座屋子里。而且在那之后,得有人擦去血迹,有人来烧掉脏污的布品,或是换下沾有深红色丑陋污点的地毯,然后生活继续。但生活又怎能就这样继续下去?这等惨剧,这等丑恶之事,显然它无法彻底抹除。

但弗吉尔又似乎镇定得完全未受影响。

"我的父亲,他昨晚和你提起美学时,想必也说到了优等和劣等人种,"弗吉尔说着抬起头,目不转睛地望着她,"他一定提到了他的理论。"

"我不太清楚你指的是什么理论。"她回答道。

"说我们命中注定。"

"那听起来很可怕,不是吗?"她说。

"但好天主教徒该相信原罪。"

"那或许我是个坏天主教徒。你怎么知道我信什么?"

"卡塔莉娜会向她的玫瑰经祈祷,"他说,"在生病之前,她每周都会去教堂。我想你在家乡时应该也一样。"

事实上,娜奥米的大伯父是牧师,她确实该身穿朴素而整洁的黑色裙子去参加弥撒,还得把蕾丝头纱妥善别紧。她也有一本小小的玫瑰经——因为每个人都有——还有一枚金质十字架,它有与之相衬的链子,但她不常戴,而且,为初次领受圣餐而忙于学习教理的那些日子之后,她便再没想过原罪的事。现在,她有些茫然地想起那枚十字架,几乎想要伸手触摸自己的脖子,好确认她没戴着那枚十字架。

"那么,你是否相信我们的一些特性是天生注定的?"娜奥米问。

"我曾经去世界上的各个地方旅行,在这个过程中,我注意到人们似乎会受他们的恶习束缚。在任何房屋周围转转,你会识别出那一类人的脸,识别出那些脸上的那一类表情,识别出那一类人。你没法用任何清洁行为来去除他们遭受的污染,无论那是怎样的腐败。在这世上就是有适者和不适者。"

"这些话在我听来像胡说八道,"她说,"优生学家的演讲总让我胃里犯恶心。适者和不适者。我们不是在谈论猫和狗。"

"为什么人类不能等同于猫和狗?我们都是为生存而竭力挣扎的有机生命体,在同一个重要本能的推动下向前发展:那就是让我们的种群繁殖和增殖。你难道不喜欢研究人类的天性?这难道不就是人类学家干的事?"

"我不太想讨论这个话题。"

"那你想讨论什么?"他带着兴味问道,"我知道你很想说,那就说出口。"

娜奥米本想以更微妙更有魅力的方式来处理此事,但此刻逃避已经没有意义。他用交谈缠住了她,逼着她说话。

"卡塔莉娜。"

"她怎么了?"

娜奥米背靠长桌,双手放在它那满是刮擦痕迹的桌面上,抬头看他。"今天来给她看病的医生认为,她需要一个精神病专家。"

"没错,她可能终究还是很需要的。"他表示同意。

"终究?"

"肺结核可不是开玩笑。我没法拉着她去别的任何地方。另外,考虑到她的病情,她也很难被精神病机构接纳。因此,没错,我们可能终究得考虑给她寻求精神疾病的专业照料。至于现在,与亚瑟相处她似乎做得还不错。"

"还不错?"娜奥米嘲笑道,"她有幻听。她说墙里有人。"

"是的。我知道。"

"你似乎一点儿也不担心。"

"你这是瞎猜,小姑娘。"

弗吉尔双臂交抱,从她面前走开。娜奥米发出抗议——从她双唇中漏出了一句咒骂,西班牙语的——随后迅速跟上他,她的手臂擦过发脆的树叶和枯死的蕨类植物。他突然转身,低头紧盯着她。

"她之前的病情比现在更糟。你没见过她在三四个礼拜前的模样。脆弱得像一个瓷娃娃。但她正在康复。"

"这一点你没法确定。"

墨西哥哥特

"亚瑟确定。你可以问他。"他平静地说道。

"你们的那位医生甚至根本不让我多问一个问题。"

"而你的那位医生,塔波阿达小姐,至少就我的妻子告诉我的,他看起来甚至连毛都没长齐。"

"你和她谈过了?"

"我去见了她,这才知道有人来拜访你。"

关于医生很年轻这一点他说得没错,但她还是摇了摇头。"他今年几岁重要吗?"

"我不打算听一个刚从医学院毕业几个月的小男孩的意见。"

"那你为什么还要让我把他带到这儿来?"

他上下打量着她。"我没有要求你这么做。是你在坚持。就像你现在还在坚持这番极端愚蠢的对话。"

他打算离开,但这一次娜奥米抓住他的手臂,强迫他转过身,再次面向她。他的双眼冰冷湛蓝,但有一束光正巧落在那上面。在倏忽一瞬间,金光闪动,而后他转过头去,这种光影效果便消失了。

"好,那我坚持,不对,应该说我要求,你带她回墨西哥城。"她说。她尝试交涉却失败了,他俩都明白这一点,因此她或许不如直接说开。"这太傻了,这座嘎吱作响的老房子对她没有任何好处。我必须——"

"你没法让我改变想法,"他打断了她,说道,"而且归根结底,她是我的妻子。"

"她是我的堂姐。"

她的手还抓着他的手臂。弗吉尔仔细地握住她的手指,将它们从他外套的袖管上撬下来,又停了一秒钟低头看向她的双手,仿佛在检查她手指的长度或是她指甲的尖锐程度。

"我知道。我也知道你不喜欢这儿,如果你很想回自己家里去,远离这座'嘎吱作响的'房子,我很欢迎你这么做。"

"你是在赶我走?"

"不是。但你别在这儿指手画脚。只要你记住这一点,我们就不会有什么问题。"他说。

"你太野蛮了。"

"我觉得还好。"

"我应该掉头就走。"

在这一整段交谈中,弗吉尔的声音一直保持着平静,这让她十分恼火,就像她蔑视他脸上挂着的得意笑容。他维持着基本的礼节,却居高临下。

"或许是吧。但我也不觉得你会这么做。我想以你的本性来说,你会留下来。那是出自血缘和家庭关系的责任感。我能对此予以尊重。"

"或许是以我的本性,我不会让步。"

"我想你是对的。但别对我心怀不满,娜奥米。你会发现我们现在的做法才是最佳方案。"

"我以为我们已经停战了。"她对他说。

"你这话是在暗示我们曾经交战。你是这意思吗?"

"不是。"

"那就什么问题也没有了。"他总结了一句,随后走出玻璃暖房。

他的搪塞让她十分恼火。她终于明白她的父亲为什么接到弗吉尔的回信后会这么激动了。她完全可以想象他写的信件内容,里面一定充满了矫饰的句子,连起来看却什么都没说,叫人恼火。

墨西哥哥特

　　她一把扫落桌上的一个罐子。它应声而碎，土洒了一地。她立刻为自己的这个动作而后悔。她完全可以砸烂所有陶罐，但这样做没有任何好处。娜奥米跪在地上，试着挽回她造成的破坏，她拾起陶瓷碎片，想看它们是否能拼在一起，结果却是否定的。

　　该死，真该死。她用脚把碎陶片推到一边，塞进桌子底下。

　　他说的话当然也有道理。卡塔莉娜是他的妻子，而他才是能为她做出选择的人。不然怎么办，墨西哥的女人甚至都没有投票权。娜奥米还能说什么呢？在这样的情况下，她还能做什么？如果她父亲能介入，可能才是最好的。假如他能来这儿。男人能获得更多尊重。但不行，正如她说的：她绝不会让步。

　　很好。如此一来她就得在这地方再待上一阵了。如果没法说服弗吉尔帮助她，或许那叫人恶心的多伊尔家大家长能做出有利于她的裁决。她猜，她或许也可以将弗朗西斯拉到支持她的这一边来。最重要的是，她觉得如果现在离开，她就背叛了卡塔莉娜。

　　娜奥米站起身，这时她注意到地板上有一块马赛克。她后退一步，四下环顾整个暖房，她意识到这块图案绕着桌子形成了一个圈。那是另一个蛇形符号。缓慢吞噬自身的衔尾蛇。无穷，在我们之上，也在我们之下，弗吉尔这么说过。

9
CHAPTER NINE

墨西哥哥特

周二时,娜奥米去墓地探险了一番。是卡塔莉娜让她产生了再去一次的念头——卡塔莉娜说过,"你一定得去墓地看看"——但娜奥米本没有指望能在这儿找到任何有趣的东西。不过,她觉得自己可以平静地抽抽烟,在那儿,在墓石之间,因为弗洛伦丝连她在自己的卧室这么私人的地方抽一根烟都不能容忍。

迷雾给墓地蒙上了一层浪漫的色彩。她回忆起玛丽·雪莱就是在一座墓地里与她未来的丈夫约会的:在一座坟墓旁展开的私情。卡塔莉娜曾经说过这个故事,就在她滔滔不绝地讲完《呼啸山庄》的故事之后。沃尔特·司各特爵士也是她喜爱的作者。还有电影。《玛丽娅的画像》① 中那痛苦的浪漫爱情曾让她沉醉不已。

卡塔莉娜曾经与因克兰家最小的儿子订婚,后来又毁了约。无论从哪种角度看,他都是个非常合适的人选,因此娜奥米当时问了她毁约的理由。卡塔莉娜说她的期望不止于此。真正的浪漫,她说。真正的情感。娜奥米的堂姐从未完全丧失小女孩儿对世界的惊奇感,她的想象中满是月光下女人迎接热情情人的幻象。好吧,只除了现在。如今的卡塔莉娜眼中已不剩多少惊讶,尽管她似乎确实像是迷失了自我。

娜奥米想知道剥夺了她幻想的是否是上高地,还是说,幻想原本就会自己粉碎。婚姻几乎不可能像人们在书里读到的激情罗曼司那样。事实上,它之于她,更像一笔不划算的买卖。男人刚遇上女人,总表现得态度热切而行为端正,邀请她外出去参加舞

---

① 1944 年的墨西哥电影,讲述美丽的印第安姑娘玛丽娅不顾村中青年男女恋爱需要经过酋长同意的规定,爱上了青年洛伦索,最终电影以悲剧结局。本片在戛纳电影节获得了金棕榈大奖。

会，给她送花，但一旦他们结了婚，花朵便枯萎了。没有谁见过哪个结了婚的男人给妻子写情书的。所以娜奥米才会更乐于在追求者们之间周旋。她担心会迅速地为她的光彩而着迷的男人，事后也会迅速失去兴趣。还有追逐带来的兴奋，当她知道有求婚者为她神魂颠倒，喜悦之情便会在她的血管中流淌。另外，与她同龄的男孩总是很蠢，只会聊些什么他们上周参加过的，或是他们下周打算要去的舞会。简单、肤浅的男人。但另一方面，想到有人比她更实际又让她紧张，因为她被困在两种彼此抵触的欲望之间，这两种欲望之一是想与人产生更有意义的联系，另一种却是永不改变的渴望。她想要永恒的青春和无尽的欢愉。

娜奥米绕过一小簇坟墓，苔藓已掩盖了墓石上的姓名和生卒年月。她背靠着一块破损的墓石，手伸进兜里拿烟盒。与此同时她看到有什么东西一闪而过，就在附近的一个坟堆上，它半隐藏在雾气和树木的遮蔽之下。

"谁在那儿？"她说着，希望那不是一只美洲狮。不然就太倒霉了。

迷雾让她没法看清任何事物。她眯起眼睛，踮脚尖站起，皱着眉头。那东西。她几乎要觉得它有个光晕。它是黄色或金色的，就像在短暂的半秒之间光的折射……

它活在墓地里，卡塔莉娜这么说过。听到这句话时娜奥米不觉得害怕，但现在，站在户外，手里只有一包烟和一个打火机，她觉得自己暴露无遗，弱不可欺，她没法不去想住在墓地里的到底是什么东西。

鼻涕虫、蠕虫和甲虫，没了，她这么告诉自己，同时将手滑入口袋，仿佛握住护身符一般地握紧打火机。那东西是灰色的，看不清楚，在浓雾中只是一团模糊的暗影，它没有向娜奥米移动。它停留在原处。可能不过是一尊雕像。或许是光影的把戏让它看起来像是动了。

是的,毫无疑问这只是光影的把戏,在刹那间她瞥见的光晕也一定就是如此。她转身离开,急于循着原路走回那座大屋。

她听到草丛里传来沙沙的声响,猛地转过头,注意到那东西不见了。它不可能是雕像。

在突然之间,她有些不适地觉察到了一种嗡嗡声,有些像是蜂箱里传出来的声音,但又不完全相像。太响了。也不对,或许不该用"响"这个字。她可以很清楚地听到它。就像空荡荡的房间里的回声,它似乎是回弹到她耳边的。

它活在墓地里。

她该回屋子里去了。该往那边走,往右边走。

在她打开墓地大门时还稀薄的雾,此时浓密起来。娜奥米竭力想回忆起自己该往左边还是右边走。她可不想只因为走上了错的道,无意中碰到美洲狮,或是滑落山谷中,而白白丢掉性命。

它活在墓地里。

右边,确实应该在右边。嗡嗡声也在向右转。是蜜蜂,或者马蜂。嗯,假如这儿真有蜜蜂怎么办?不过它们应该也不会叮她。毕竟她没打算用爪子扒拉开它们的蜂巢来取蜜。

但是,那声音。那声音让人不适。它让她想往另一个方向去。嗡嗡嗡。可能是苍蝇。祖母绿一般的苍蝇,肥肥的身体落在一片腐肉上。肉,鲜红的生肉,哎呀真是的,她为什么非得去想这些事不可?她为什么非得这么站着,一只手插在兜里,双眼大睁,紧张地倾听……

你得去墓地里瞧瞧。

左,往左。朝浓雾走去,那地方的雾似乎更浓,浓如燕麦粥。

此时突然传来一根小树枝被鞋子踩断的咔嚓声，还有人说话的声音，在这寒冷的墓地里显得如此温暖，令人愉快。

"出来散步？"弗朗西斯问道。

他身穿灰色的高领毛衣，外穿海军蓝外套，还戴了一顶与之相配的海军帽。他的右臂上挂着一只篮子。娜奥米一直觉得他看起来好像很脆弱，但此刻，在这浓雾中，他又似乎可靠而真实得近乎完美。这正是她需要的。

"哎呀，见到你真叫我高兴，我简直可以为此而吻你。"她快活地说道。

弗朗西斯的脸红得仿佛石榴，他以前从不这样，只因为她而脸红，老实说这挺有趣的，毕竟他的年纪比娜奥米还稍微大一点儿。如果有人该扮演害羞女仆的角色，那也应该是她。但话又说回来，她猜在这地方，没有多少年轻女人会向弗朗西斯献殷勤。

她估计，若她带弗朗西斯去墨西哥城参加舞会，他要么会特别激动兴奋，要不就是彻底被吓傻，只可能是这两种极端。

"我不确定自己做了什么值得你这样的事。"他嘟嘟哝哝地说道。

"有的。只是我好像在这雾里找不到路了。我想，我恐怕得在这儿没头苍蝇似的乱转，并期望附近没有水沟，不至于让我摔在里面。你能看得清吗？你知道墓地大门在哪儿吗？"

"我当然知道，"他说，"如果你低头看，找路就没那么困难了。地上有各种可见的标记能给你引路。"

"我只觉得眼前好像蒙了一层纱，"她表示，"我还担心这附近有蜜蜂，它们会蜇我。我听到嗡嗡嗡的声音了。"

他边点头，边低头看他的篮子。既然有弗朗西斯陪着，她的

墨西哥哥特

心情又恢复了轻松,好奇地瞥着他。

"你那里面放了什么?"她指着篮子问。

"我刚才在采蘑菇。"

"蘑菇?在墓地里?"

"没错。到处都有。"

"只要你不打算把它们做成沙拉就好。"她说。

"这么做有什么问题?"

"想想,它们是从尸体上长出来的!"

"但说实话,蘑菇都是从某种意义上的尸体上长出来的。"

"我简直没法相信,你在这样的浓雾里四处溜达,竟然就为了采摘坟墓上长出来的蘑菇。这听起来太可怕了,好像你是个19世纪廉价小说里跑出来的掘尸人。"

卡塔莉娜可能会喜欢的。或许她也曾来这墓地里采过蘑菇。又或者她就只是站在这同一个地方,面带渴望的微笑,任凭山风玩弄她的发丝。书本,月光,情景剧。

"我?"他问。

"对。我敢打赌你那篮子里装着一颗骷髅。就像奥拉基奥·基罗加[①]的小说里出来的角色。让我瞧瞧。"

原本有一块红色的手帕盖在篮子上,此时弗朗西斯把它拿起,方便她查看蘑菇。它们呈现出明亮而新鲜的橙色,有着复杂的褶皱,柔软如天鹅绒。她用拇指和食指夹起一朵小蘑菇。

"Cantharellus cibarius[②]。它们非常美味,而且实际上它们生

[①] 奥拉基奥·基罗加(Horacio Quiroga, 1878—1937),乌拉圭剧作家、诗人、短篇小说家,作品常以丛林为背景,用超自然和怪诞的故事来表现动物与人为生存而做出的挣扎。

[②] 鸡油菇的拉丁文学名。

长的地方不是墓地,而是很远的别处。我不过是从这儿走,抄近道回家而已。本地人叫它们 duraznillos。你可以闻一闻。"

娜奥米凑近篮子。"闻起来很香。"

"看起来也很可爱。某些文化与蘑菇之间有一种重要的联系,你知道吗?你们国家的萨波特克印第安人在治牙病时会给人吃蘑菇,将它们当做麻醉剂来用,让病人失去痛觉。还有阿兹特克人,他们也觉得蘑菇很有趣。他们会为了体验幻觉而吃蘑菇。"

"Teonanacatl,"她说,"所谓'诸神的血肉'①。"

他热切地开口:"这么说来,你很了解菌类?"

"没有,不算,我了解的是历史。我本想成为历史学家,在我改变志向选择人类学之前,至少现在我的打算是学人类学。"

"我明白了。我很想找到阿兹特克人吃的那种深色小蘑菇。"

"为什么,你给我的印象不是那种男孩。"娜奥米说着,将那朵橘黄色的蘑菇还给了他。

"为什么这么说?"

"它们应该会让你产生醉酒的感觉,并产生强烈的欲望。至少西班牙编年史家是这么说的。你是打算吃上一点儿,然后去约会吗?"

"不是,嗯,我没打算要吃它们,不是为了那种目的。"弗朗西斯磕磕巴巴地说道。

娜奥米喜欢和人调情,也很擅长做这样的事,不过从弗朗西斯脸颊上褪去后重又回来的红晕看,他于此道全然是个新手。他是不是甚至从未和人跳过舞?她没法想象他去镇上参加庆典,或是在帕丘卡某个昏暗的电影院里悄悄和人接吻,不过这事儿不可

---

① 一种裸盖菇属蘑菇,又被称为"神圣蘑菇"或"迷幻蘑菇"。

能,首先是因为他从没去过那么远的地方。谁知道呢。或许在这场旅行结束之前,她可以亲吻他,而他则可能被这个动作彻底吓傻。

话说回来,她发现自己其实很喜欢有他陪伴,并不想要折磨这个年轻的男人。

"我在开玩笑。我的外祖母是马萨特克印第安人,在某些仪式上,马萨特克人会摄取类似的蘑菇。这与欲望无关,而在于沟通。据说蘑菇会开口向你说话。我理解你对此有兴趣。"

"哎呀,确实,"弗朗西斯说,"这世界充满了奇妙的事,不是吗?你可以把一辈子的时间都用在望着森林和丛林上,却仍没法看尽这大自然的秘密的十分之一。"

他听起来很兴奋,这倒是有点好玩。娜奥米没有博物学家的灵魂,但也不觉得他的热情很滑稽,反而因此有些感动。在说到这些事时,他看起来是如此生动。

"你是喜欢所有的植物呢,还是说你的植物学兴趣仅限于蘑菇这一类?"

"我喜欢所有植物,有很多花朵、树叶、蕨类植物等的拓印。但蘑菇是我最感兴趣的。我会制作孢子印,还画过一些。"他说着,表情愉快。

"什么叫孢子印?"

"把菌褶放在纸上,它们会留下印记。以前用这种印记来辨认蘑菇。还有那些植物学插画,它们都很美。色彩丰富。我可能……或许……"

"或许什么?"他没有说下去,于是娜奥米便问道。

他的右手握紧了那块红色的布。"或许有空的时候你会乐意看看这些孢子印?我知道这听起来没什么值得兴奋的,不过如果你真的很无聊,那它可能可以打发时间。"

"我很乐意,谢谢。"她说。这帮了弗朗西斯一个大忙,因为他似乎丧失了所有和语言相关的知识,只会沉默地望向地面,就好像正确的句子会从那儿蹦出来似的。

他朝她微笑,小心翼翼地将红色的手帕盖回蘑菇上。在他们说话时,雾气似乎变淡了,现在,娜奥米能看清墓石、树木和灌木了。

"至少我不再睁眼瞎了,"娜奥米说道,"有阳光!还有新鲜空气。"

"是的。你可以自己找路回去了。"他回答道。四下环顾时,他的声音里带上了一丝祛魅后的醒悟。"不过你还是可以让我再陪你一会儿的。如果你不忙的话。"他小心翼翼地补充道。

几分钟前她曾无比渴望离开这墓地,但现在,一切显得如此宁静安详。似乎连雾气都很叫人愉快。她没法相信自己竟然会被吓着。嘻,她之前见到的人影想必是四处走动,采摘地上蘑菇的弗朗西斯。

"我想抽支烟。"她说着,轻快地点了一根。她将烟盒递给他,但弗朗西斯摇了摇头。

"我母亲想就此事和你谈谈。"他认真地说道。

"她是又想告诉我说,抽烟是种肮脏的恶习?"娜奥米仰起头,喷出一口烟来问道。她喜欢这么做。这能突显她那优雅而纤长的脖颈,而脖子是她最美的容貌特征之一,再说这么做让她觉得自己有点儿像个电影明星。雨果·杜阿尔特和其他所有围着她奉承的男孩显然都觉得这是个富有魅力的细节。

她很自负,没错。但她不觉得这是什么罪过。在摆出正确的姿势时,娜奥米看起来有点像凯蒂·朱拉多①,而且,她当然知道该摆出怎样的姿势和角度。但她已放弃了戏剧课。现在她想成为的是又一个鲁思·本尼迪克特②或玛格丽特·米德③。

"可能。我们家一直坚持保持某些卫生习惯。不能抽烟,不能喝咖啡,不能大声放音乐,不能制造响声,要用冷水洗浴,紧闭窗帘,轻声细语,还有——"

"为什么?"

"在上高地一直如此。"弗朗西斯温和地说道。

"墓地听起来都比这有活力,"她说,"或许我们应该往酒壶里装满威士忌,然后在这儿举办个舞会,就在那棵松树下。我会给你吹些烟圈,然后我们可以试试去找些致幻的蘑菇来。就算它们确实能引起某种欲望,让人迷乱,而你又对我有兴趣,那我也一点儿也不介意的。"

她在开玩笑。任何人都该知道这是玩笑话。她的声音里带着一种夸张的音调,那是女人故作夸张时才会使用的。但他完全理解错了,不再涨红脸,反而面色苍白。

他摇了摇头。"我的母亲,她会说这样是不对的,你的建议……是错的……"

他的话音渐渐消失,尽管他这般煞费苦心的修饰毫无必要。他的厌恶感似乎很明显了。

---

① 凯蒂·朱拉多(Katy Jurado, 1924—2002),墨西哥电影黄金时代的著名女演员。

② 鲁思·本尼迪克特(Ruth Benedict, 1887—1948),美国人类学家,20世纪早期少数的女性学者之一,代表作为《菊与刀》。

③ 玛格丽特·米德(Margaret Mead, 1901—1978),美国人类学家,美国现代人类学成形过程中最重要的学者之一。曾担任美国自然史博物馆馆长、美国人类学会主席,著有《萨摩亚人的成年》《文化与承诺》等。

她想象他走向他的母亲，轻声低语，从唇中吐露出"污秽"这个词，两人一齐点了点头，表示同意。优等和劣等种族，而娜奥米不属于前一类，不属于上高地，除了蔑视之外，什么都不配。

"我根本不在乎你母亲怎么想，弗朗西斯。"娜奥米说着扔下烟，恶狠狠地用鞋跟踩了两脚，将它碾平。她开始快步走起来。"我要回去了。你真的很无聊。"

走出几步后，她停下来，双臂抱胸，转过身子。

他已跟上了她，而且紧跟在她身后。

娜奥米深吸一口气。"别管我。我不需要你给我指路。"

弗朗西斯弯下腰，小心翼翼地捡起一朵蘑菇，那是她刚才愤怒地冲向墓地大门时无意中踩断的。它白得如同绸缎，蘑菇伞帽直接从伞柄上掉了下来，他将二者都摆在一只手的手掌心里。

"毁灭天使。"他喃喃道。

"什么？"她困惑地问。

"这是个毒蘑菇。它的孢子印是白色的，你能从这一点将它与其他可食用蘑菇做出区分。"

他将那朵蘑菇放回地上，站起身，擦去裤子上的脏污。"我在你看来一定很可笑，"他静静地说道，"一个紧攥着母亲裙边不放的可笑傻瓜。你说得对。我不敢做任何违抗她或霍华德叔祖父的事。尤其是霍华德叔祖父。"

弗朗西斯看着她，娜奥米这才意识到，之前他眼中的蔑视针对的不是她，而是弗朗西斯自己。她难受极了，又回想起卡塔莉娜对她说过，假如她不留心自己的尖刻脾性，就有可能会在别人的心中留下深深的伤疤。

尽管你很聪明，但有时候你做事根本不过脑子，卡塔莉娜这么说。太对了。她不就是这样,他都没有对她说出什么残酷的话,她就自己在脑子里编出了一大堆故事。

"不。我很抱歉,弗朗西斯。我才是傻瓜,一个滑稽的小丑。"娜奥米说道,试图装出一副轻松的样子,希望他能明白她不是有意的,这样他们就可以把愚蠢的口角一笑置之。

他慢慢点头,但似乎并未被说服。娜奥米伸出一只手握住他的手指,那手指上还带着处理蘑菇带来的脏污。

"我真的真的很抱歉。"她说,这一次她的话语中没有一丝一毫的轻率。

他极为严肃地回望她,手指紧紧地握住她的手,轻轻拉了一下,像是要将她拉到自己身边。但随后他便以同样迅速的动作松开了她,后退一步,抓起遮在篮子上的红布递给了她。

"恐怕我把你的手弄脏了。"他说。

"是的,"娜奥米低头看向自己的手,那上面也沾着泥土,"我想是的。"

她将双手在手帕上擦了擦,将它递回给他。弗朗西斯把手帕塞进口袋里,放下篮子。

"你该回去了,"他说着,视线转向一旁,"我还需要再采一些蘑菇。"

娜奥米没法确定他说的是真话,还是依然情绪低落,只是想让她离开的借口。就算他因她而恼火,她也没法责怪他。"很好。当心别让这雾把你给吞了。"她说。

很快她便抵达墓地大门,推开了它。娜奥米回头望,看到远处有个人影,是拿着篮子的弗朗西斯,缭绕的雾团让他的身影模糊不清。是的,她刚才在墓地里瞥见的轮廓一定就是他,但她又觉得,那不可能是他。

MEXICAN
GOTHIC

或许那是一个完全不同种类的毁灭天使,娜奥米想,但又立刻后悔生出这样怪异病态的念头。真的,她今天到底是怎么回事?

她折回道上,沿路回到上高地。走进厨房时,她发现查尔斯正在用旧扫帚扫地。她微笑着打了个招呼。就在此时,弗洛伦丝也走进厨房。她身穿灰色裙子,戴双串的珍珠项链,束起了头发。看到娜奥米,她将双手扣在一起。

"可算找到了,原来你在这儿。你刚才去哪儿了?我一直在找你。"弗洛伦丝皱着眉,低头向下方看,"你把泥带进室内了。把鞋子脱掉。"

"抱歉。"娜奥米说着,低头看向她的高跟鞋,鞋上沾着泥土和草叶。她脱了鞋,拿在手里。

"查尔斯,把鞋拿上,清洗干净。"弗洛伦丝向那男人下令。

"我可以自己做。没问题的。"

"让他干。"

查尔斯将扫帚放在一边向她走来,伸出双手。"小姐。"他只说了这么一个词。

"哦。"娜奥米应声,把鞋递给他。他接过后,抓起摆在架子上的刷子,坐在墙角的凳子上,开始刷她高跟鞋上的泥土。

"你的堂姐刚才在找你。"弗洛伦丝说道。

"她还好吗?"娜奥米立刻担心起来,问道。

"她很好。她那会儿有点无聊,想和你聊天。"

"我可以立刻上楼去。"娜奥米说,她那双只穿了袜子的脚在冰冷的地面上迅速移动。

"你不用这样,"弗洛伦丝说道,"她正在小睡呢。"

此时娜奥米已步入走廊。她回头看向弗洛伦丝,后者向她走来，耸了耸肩。"或许你可以晚点再上楼?"

"嗯，我会的。"娜奥米说道，但她心里其实已经泄气了，卡塔莉娜需要她时她却不在，这让她感觉不太好。

10
CHAPTER TEN

墨西哥哥特

每天早上,弗洛伦丝或某个女仆会给娜奥米带来摆放了早餐的托盘。她曾试过与女仆们交谈,但她们回给娜奥米的永远就只有简单失礼的"是"和"不"。事实上,当她遇见上高地的任何一名仆人——莉齐、查尔斯或仆人中最年长的玛丽——他们只会微微低头,一直朝前走,仿佛正在假装娜奥米并不存在。

这座屋子,如此安静,窗帘密闭,如同以铅制成的衣裙。一切都很沉重,甚至连空气也是如此,霉味在走廊上缭绕不去。简直就像身处于神庙,或是教堂中,人必须轻声说话,屈膝跪拜,她猜想仆人们已适应了这样的环境,因此他们会踮着脚尖上下楼,就像一群不情愿地发誓缄口不言的嬷嬷。

通常玛丽或弗洛伦丝会敲一下门,走进房间,将托盘放在桌上,不过,这天早上,这个安静的惯例被打破了。门上响了三下,轻轻的三下响声。没有人走进门,当敲门声再度响起,娜奥米打开门,发现站在那儿拿着托盘的人是弗朗西斯。

"早上好。"他说。

他让她很惊讶。娜奥米微笑起来。"早上好。你今天是要顶上一阵子的班来干活吗?"

"我主动提出要帮我母亲来送这个,她正忙着照看霍华德叔祖父呢。昨天晚上他有一条腿疼得厉害,一般如果发生这样的事,他的脾气就会很差。我该把它放哪儿?"

"那儿。"娜奥米说着让出道来,指着桌子。

弗朗西斯小心地放下托盘。随后他双手插兜,清了清喉咙。

"我想问问你今天是不是有兴趣看看那些孢子印。要是你没有什么别的可做,那正好。"

这对娜奥米来说是个绝好的机会,正可以让他开车载她出门,她想。先来交际一番,然后他显然就会按她说的去做。她得去镇上。

"让我问问我的秘书。我的社交生活安排得可满了。"娜奥米嬉皮笑脸地回答。

他微笑了。"我们约在书房好吗?时间的话,嗯,一个小时后?"

"很好。"

这趟去书房的旅程几近于社交性的郊游,让她精神焕发,因为她正是热衷社交的类型。娜奥米换了身方领波点连衣裙。她没带来与这条裙子配套的波丽露短外套,而且照理说她该戴白手套,不过反正他们现在身处这种偏僻的地方,像这样的小失误根本不会被人注意,更不会让她因此上社会版。

在擦头发时,她想的是城里的每个人现在都在做什么。毫无疑问她的哥哥断了条腿,现在的行为举止应该还像个小婴儿,罗伯塔则可能如往常一样,尝试用精神分析法来治疗她们朋友圈子里的所有人,另外,她很确信,到了这会儿,雨果·杜阿尔特一定已经又找到了一个可以带着去独奏会和舞会的姑娘。这个念头让她产生了一秒的刺痛。说真话,雨果在社交场合确实是个好舞伴,一个体面的陪伴者。

走下楼梯时,她玩味着在上高地举办舞会将是怎样的场面。当然,没有音乐。舞蹈将在一片静默中进行,所有人都穿灰色和黑色,就像参加葬礼一样。

通往书房的走廊上,装饰着的是大量多伊尔家的照片,而不是像二楼那样的油画。不过,要看清楚它们很困难,因为走廊一直采光不足。要看清任何一件东西,她都得将手电筒或蜡烛凑过去。娜奥米有了一个主意。她走进书房,走到办公室里,将窗帘拉开。阳光通过这些房间打开的房门泻进屋子，照亮了一片墙，给了她看清这些画面的机会。

她看着所有这些陌生的脸庞，他们似乎多多少少有些相似，与弗洛伦丝、弗吉尔和弗朗西斯相像。她认出了爱丽丝，照片里她的姿势与她在霍华德·多伊尔壁炉上方的肖像画中摆出的很相似，她也认出了霍华德本人，明显是他年轻的时候，脸上没有一丝皱纹。

这些照片里还有个女人，她的双手紧紧交抱在胸前，浅色的头发扎了起来，相框里的那双大眼睛紧盯娜奥米。她看起来与娜奥米同龄，或许正是如此，也或许是因为她的嘴抿得如此之紧，不知为何显得多少有些愤愤不平且阴郁，导致娜奥米凑近了这张照片，她的手指在照片上逡巡。

"希望我没让你等太久。"弗朗西斯向她走来，同时说道，他一侧的腋下夹着一个木头盒子，另一边则夹着一本书。

"没有，完全没有，"娜奥米说道，"你知道这是谁吗？"

弗朗西斯看向她适才查看的照片。他清了清喉咙。"那是……那是我的堂姨母露丝。"

"我听说过她的事。"

娜奥米从未见过任何一个杀人凶手的脸；她没有在报纸上寻觅犯罪故事的爱好。她回忆起弗吉尔说过的话，说人们会为他们的恶习所困，说他们的脸会反映出他们的天性。但照片中的女人似乎只是不满，却不凶残。

"你听说什么了？"弗朗西斯问道。

"她杀了好几个人，还自杀了。"

娜奥米直起身子，面向他。他将那个盒子放在地板上，表情有些疏远。

"她的堂兄迈克尔。"

弗朗西斯指着一张照片，那上面的年轻男子站得笔直，怀表的表链在他胸口闪光，他的发型整齐地梳成中分，左手拿着两只手套，眼睛在这深棕色的照片上几近无色。

弗朗西斯指向爱丽丝的那张照片。她看起来和阿格尼丝很像。"她的母亲。"

他的手撑在两张照片之间，那是一个将浅色头发束起的女人和一个穿深色外套的男人。"多萝西和利兰。她的婶婶和叔叔，我的外祖父母。"

他沉默了。没有别的可说；关于死者的冗长故事早已叙述完毕。迈克尔和爱丽丝、多萝西、利兰，还有露丝，他们所有人都葬在那座华美的大陵墓中，棺材上满是蜘蛛网和尘土。没有音乐的舞会和葬礼时穿的衣服之类的念头在此刻显得如此病态，却又极为合适。

"她为什么要这么做？"

"事情发生的时候我还没有出生。"弗朗西斯回答得很快，他将头扭向一边。

"对，但他们肯定告诉过你一些事，一定有——"

"我告诉你了，那时候我还没出生。谁知道呢？这地方能让任何人发疯。"他愤怒地说道。

在这片褪色墙纸和镀金相框围起来的宁静之所，他的声音听起来极为响亮；它似乎被墙弹开，回到他们身边，刺耳地刮擦着他们的皮肤，犹如爆炸。这种声音效果吓了她一跳，也似乎影响到了弗朗西斯。他耸起肩膀缩成一团，试图让自己显得更小一点。

"抱歉。"他说，"我不该这样抬高声音。声音在这儿会传得很远，而且我那样太粗暴了。"

"没有，是我太粗暴了。我理解你不想谈论这样的事。"

"下次吧，或许到时候我可以把它告诉你。"他说。

他的声音此刻轻柔如丝绒，因此寂静便笼罩在他们周围。她想知道这屋子里曾经响起的枪声，是否也如同弗朗西斯刚才猛然炸裂的声音一般轰响，留下一连串的回声，而后回归同样的毛绒般的静默。

你的心思可真阴暗，娜奥米，她斥责自己。难怪你会做那些可怕的梦。

"嗯。好啦，我们来看你带来的那些孢子印吧？"她不想再去想任何可怕的事，于是便对他说。

他们走进书房，弗朗西斯将藏在盒子里的宝物在她面前的一张桌子上摊开。那是一张张的纸，上有棕色、黑色和略带紫色的斑点。它们让她想起罗伯塔——就是那个宣誓效忠荣格的朋友——给她看过的罗夏墨迹测验图。不过它们更精确，不用施加主观的意义。这些孢子印讲述了一个故事，它清晰得如同她写在黑板上的姓名。

他也给她看了植物的拓印，它们可爱地集中在一本书的书页里。蕨类植物、玫瑰、雏菊，晒干后分门别类，配以简洁的说明图释，那字迹整洁得足以令娜奥米潦草的笔法汗颜。她想她们那位女修道院长想必会很喜爱弗朗西斯，喜爱他的整洁和他有条不紊的灵魂。

她将这个想法告诉了弗朗西斯，还说了她学校的嬷嬷们会如何为他而大惊小怪。

"我老是卡在'我相信圣灵'这一句上，"她说，"我没法辨认它的各种符号。有鸽子，可能有云和圣水，剩下的，唉，我就忘了。"

"火焰，它能转化它触碰到的一切。"弗朗西斯提醒她说。

"我告诉你了，修女们会爱上你的。"

"我很肯定她们都喜欢你。"

"不。所有人都说他们已经足够喜欢我了，但这是因为他们不得不这样。没人会宣称他们痛恨娜奥米·塔波阿达。在小口轻咬开胃菜的时候说这种话太粗鲁了。你得在休息室里悄悄说。"

"这么说来，在墨西哥城里，你那些舞会上，你把所有时间都花在觉得别人不喜欢你上了？"

"我把时间花在喝上好的香槟酒上，亲爱的。"她说。

"当然，"他咯咯一笑，倚靠着桌子，低头看向他的孢子印，"你的生活一定很刺激。"

"我不清楚。不过我想我过的是好日子。"

"除了参加舞会，你还干什么？"

"嗯，我正在上大学，所以一天里的大部分时间就这么没了。不过你在问的是我闲暇时干什么？我喜欢音乐。我常常会买票去看爱乐乐团的演奏。查维斯①、雷维尔塔斯②、拉腊。我自己也多少能弹点钢琴。"

"真的，你自己吗？"他看上去完全被迷住了，问道，"这真是太厉害了。"

"我可没有和交响乐团一起演奏。"

"对，嗯，但听起来还是很厉害。"

---

① 卡洛斯·查维斯（Carlos Chávez，1899—1978），墨西哥古典音乐作曲家、指挥家和乐队经理人，墨西哥交响乐团的创立者，作品深受印第安传统的影响。

② 西尔维斯特里·雷维尔塔斯（Silvestre Revueltas，1899—1940），墨西哥作曲家，曾赴美国学习音乐，作品深受墨西哥民间音乐影响。

"没有。无聊透了。在好多年里只能弹音阶,想方设法地别弹错键。我可真是个无聊的人!"她喊道,她必须得这么说,似乎对任何事都太热情会显得有点肤浅。

"没有,完全没有。"他立刻向她保证。

"你不该说这话。不该这么说。你说得太热切了。你难道什么都不知道吗?"她问。

弗朗西斯跟不上她高扬的情绪,只能道歉般地耸耸肩。他很腼腆,还有一点古怪。娜奥米对他的喜欢之情略有别于她认识的那些大胆无畏的男孩,有别于雨果·杜阿尔特,她喜欢后者最大的原因是他跳舞不错,长得又像佩德罗·因凡特。但她对弗朗西斯的喜爱之情更温暖,更真挚。

"现在你觉得我是被宠坏的孩子了。"她说,让声音流露出懊悔,这是因为她确实希望他能喜欢她,这种心情不只是装个样子。

"完全没有。"他回答道,声音里再度带上了让人放下心防的真诚,说着他弯腰凑向桌子,摆弄起两张孢子印来。

娜奥米将手肘靠在桌上,身体前倾,面带微笑,直到视线与他的视线齐平。他俩彼此对视。

"我得请你帮个忙,你有一分钟的时间来思考。"她没法忘记脑海中回荡的问题,于是说道。

"什么?"

"明天我想去镇上,你母亲说我没法直接开车去。我在想,你或许可以开车载我到那儿,然后,嗯,在大概两小时后,来接我。"

"你想让我把你载到镇上,让你自由行动。"

"对。"

他看向别处,回避她的视线。"我的母亲不会同意的。她会说你需要人陪着。"

"你要陪着我?"娜奥米问道,"我不是个孩子了。"

"我知道。"

弗朗西斯慢慢绕过桌子,在靠近她的地方停下,弯下腰,检视一个展示中的标本。他的手指轻轻擦过一株蕨类植物。

"他们之前叫我留神盯着你,"他压低了声音说道,"他们说你胆子太大了。"

"我猜你也是这么想的,而且你觉得我需要一个保姆。"她冷笑回道。

"我觉得你确实胆子很大。但或许这一次我可以无视他们。"他说话的声音近乎耳语,他的脑袋低垂,仿佛正准备吐露一个秘密,"我们应该明天一早就走,大概八点,在他们起床活动之前。别告诉任何人我们要出去。"

"我不会的。谢谢你。"

"没事。"他回答后,转过头来看着娜奥米。

这一次他的视线在她身上逗留了长长的一分钟,随后他有些怯懦地后退一步,又绕回桌子另一侧,回到了他原来的位置。他确实神经极为紧张。

一颗心脏,刚挖出来,血淋淋的,她想,这画面在她心头缭绕不去。是解剖学上使用的心脏图像,就像罗特利亚牌里的那样,红色,画出所有血管和动脉,以鲜红色呈现。那句话怎么说的?别老想着我,甜心,我会乘巴士回来的[①]。对了,有许多个

[①] 罗特利亚牌是一种墨西哥当地流行的纸牌游戏,玩法类似宾果,卡牌上配有诗句,红心牌配的就是这句"别老想着我,甜心,我会乘巴士回来的"。

墨西哥哥特

无所事事的午后,她都是和她的堂兄妹们一起玩罗特利亚牌度过的,在边玩边下注的时候,他们还会诵读每张卡片上的流行诗句。

别老想着我,甜心。

她是否能在镇上弄到罗特利亚牌?这样或许能给她和卡塔莉娜找到一项消磨时间的活动。这是她们做过的事,能让她想起更快乐的旧日回忆。

书房的门开了,弗洛伦丝走了进来,莉齐跟在她身后,手里拿着一只提桶和一块抹布。弗洛伦丝的视线扫过整个房间,冷酷地打量了一番娜奥米,最后落在她的儿子身上。

"母亲。我没想到你今天要打扫书房。"弗朗西斯说着立刻站直了身子,双手插进兜里。

"你知道情况,弗朗西斯。如果我们不将一切掌握在手中,它们就会散架。在某些人无所事事的时候,其他人还得盯着自己的职责不放。"

"是的,当然。"弗朗西斯说着,开始收拾自己的东西。

"您打扫的时候,我很乐意去照看卡塔莉娜。"娜奥米提议道。

"她在休息。而且有玛丽陪她,不需要你。"

"但我还是希望能让自己变得有用一点,正如您所说。"她宣布道,提出了挑战。她不打算让弗洛伦丝抱怨她什么事也没做。

"那跟我来。"

娜奥米离开书房前望了身后一眼,向弗朗西斯微微一笑。弗洛伦丝带着娜奥米走进餐厅,指着塞满银器的展示柜。

"你对这些银器有兴趣。或许你可以擦亮它们。"她说。

多伊尔家的银器收藏相当惊人,玻璃后面的每一个架子上都

147

摆满了托盘、茶具、碗和烛台，上面落满灰尘，色彩暗淡。只靠一个人根本不可能应付得了这整件差事，但娜奥米决意要在这个女人面前证明自己。

"如果你给我布和抛光剂，我会干完的。"

餐厅十分昏暗，娜奥米不得不点燃几盏油灯和蜡烛，才能看清自己手中正在做的事。接着她开始一丝不苟地抛光每一个缝隙和曲面，用抹布擦过一个个珐琅彩瓶子和花朵。有一只糖碗非常难处理，但绝大部分银器她都擦得不错。

弗洛伦丝回来的时候，桌上已摆着好些闪闪发亮的银器了。娜奥米正在小心地擦亮一只杯子，这是一对造型新颖的杯子中的一个，它们被塑造成了抽象的蘑菇形状。杯子底部装饰着小小的树叶，甚至还有一只甲虫。或许弗朗西斯能告诉她，它是否是按照真实的蘑菇标本制作的，又是哪一种蘑菇。

弗洛伦丝站在那儿，望着娜奥米。"你很勤劳。"

"就像一只小蜜蜂，只要我喜欢手里的活儿。"娜奥米回答。

弗洛伦丝靠近桌子，双手一一滑过娜奥米擦亮的器物。她拿起一只杯子在手指间旋转，检查它。"我猜，你想用这种方式来赢得我的赞赏。那你还得再加把劲。"

"你的尊重，那或许是。我不用你赞扬。"

"为什么你需要我尊重？"

"我不需要。"

弗洛伦丝放下杯子，双手合十，近乎虔诚地欣赏着这些金属物件。娜奥米不得不承认，看着这么多闪闪发亮的财富就这么展示在外的感觉十分惊人，但想到它们之前都被锁着，满是尘土，被人遗忘，她又似乎有些难过。假如你不使用它们，那坐拥银山又有什么意义？还有镇上那些人，他们如此穷困。他们的橱柜里也没有银器可锁。

"这里的绝大部分是用我们矿场开采的银矿制造的,"弗洛伦丝说道,"你知道我们的矿能开采出多少银子吗?上帝,那可真是能让人看花眼!我的叔叔带来了所有机器,还有所有能将银矿从黑暗中开采出来的知识。多伊尔是个重要的姓。我认为你还没有意识到你的堂姐能成为我们家族的一分子是件多么幸运的事。成为多伊尔家的一员,就是成为某个重要人物。"

娜奥米想起走廊上的一排排旧照片,想起这壁龛里落满尘埃的废旧屋子。她说成为多伊尔家的一员就是成为某个重要人物是什么意思?这是否意味着卡塔莉娜来到上高地之前什么人都不是?而娜奥米是否又就此被归类进了面容模糊、运气不佳的无名之辈?

弗洛伦丝想必注意到了娜奥米脸上的怀疑,她的视线落在这个年轻女人身上。"你和我的儿子聊了什么?"女人再度合上双手,生硬地问道,"在那里的时候,在书房里。你们在聊什么?"

"孢子印。"

"就这样?"

"嗯,我能记得的就这个了。现在我还记得的,对,孢子印。"

"或许你们还聊了城里的事。"

"一点吧。"

如果说霍华德让她联想到昆虫,那么弗洛伦丝就像正待吞食苍蝇的食虫植物。娜奥米的哥哥养过一株捕蝇草。她当时还是个孩子,觉得它有点可怕。

"别给我儿子灌输任何观念。它们只会给他带来痛苦。弗朗西斯在这儿很满足。他不需要听说舞会、音乐和酒会的事,其他任何你选择与他共享的墨西哥城里的无聊活动都不需要。"

"以后我肯定只会和他讨论由您指示核准的内容。或许我们可以擦掉地球仪上的所有城市,假装它们都不存在。"娜奥米说,尽管弗洛伦丝在恐吓她,但她不打算像个小娃娃似的躲在角落里。

"你真无耻,"弗洛伦丝说道,"你之所以会觉得自己掌握了特殊的力量,只是因为我的伯父认为你有张漂亮的脸蛋。但这不是力量。这是债务。"

弗洛伦丝俯身贴近桌子,看向一只正方形的大托盘,它的口沿装饰着抽象的花冠纹饰。弗洛伦丝的脸映照在银器表面,被拉长变形。她将一只手指滑过托盘边沿,触摸那些花朵。

"我更年轻的时候,以为外面的世界充满了各种可能和各色神奇之事。我甚至外出过一段时间,遇到了一个风度翩翩的年轻男人。我以为他会带我离开,以为他会改变一切,改变我,"弗洛伦丝说着,她的面容在极短的一瞬间柔和下来,"但这并不能否认我们的天性。我早已下定决心在上高地生活,死去。别管弗朗西斯。他已接受了这种生活的命运。这样会更轻松。"

弗洛伦丝那双蓝色的眼睛盯着娜奥米。"我要把这些银器收起来,不需要你再继续帮忙了。"她表示,以此突兀地结束了这段对话。

娜奥米回到自己的房间。她一直在想卡塔莉娜讲过的童话。很久很久以前,有位公主住在塔里,很久很久以前,有位王子将这个姑娘从塔里救了出来。娜奥米坐在床上,思索着咒语是否始终都未破除。

11
CHAPTER ELEVEN

娜奥米听到一声心跳，它响如擂鼓，正在呼唤着她。它将她唤醒了。

她小心地冒险走到房间外，寻找它的隐藏之处。当她将手抵在墙壁上时，她觉得它就在她的手掌下；她觉得墙纸变得光滑了，仿佛拉紧鼓起的肌肉，她脚下的地板则潮湿而柔软。这是个疮。她正在一个巨大的疮上行走，墙壁也都是疮。墙纸正在剥落，底下显露出的不是墙砖或木板，而是发病的组织器官。被秘密的行径阻塞血管和动脉。

她循着心跳声和地毯上的红线前进。那道线就像深深的裂缝。一条血红色。最后她站在走廊中间，看到那个女人回头望她。

是露丝，照片上的那个女孩。露丝，身穿白色的便袍，头发如同金色光晕，面孔毫无血色。她就像一根矗立在这屋子的黑暗中的细长雪花石膏柱。露丝双手握着一把来复枪，盯着娜奥米。

她们一起走了起来，肩并肩。她们的动作完美同步；甚至呼吸也保持一致。露丝将她脸上的一束发丝拨开，娜奥米也拨开了露丝的一簇头发。

她们周围的墙壁正在发光，那是黯淡的磷光，却依然给她们指引了方向，她们脚下的地毯变得黏糊糊的。另外，她也注意到了墙上的痕迹——那些墙是血肉组成的。花窗格上蒙着毛茸茸的霉斑，仿佛整个屋子是一颗烂熟的水果。

心跳声加快。

那心脏泵着血液，它呻吟尖啸着，跳动的声音如此洪亮，娜奥米甚至觉得自己会因此而耳聋。

露丝打开一扇门。娜奥米咬紧牙关，因为这儿便是声音的来源，心跳声是从门里传来的。

门洞开后，娜奥米看到有个男人躺在床上。只是这不是个真正的男人。那是飘浮的幻影，看上去就像他溺水后漂在水面上，苍白的身躯上出现了道道蓝色的血管，一个个肿块在他的双腿、他的双手和他的肚子上生长。它是个脓疱，而不是一个男人，一个活着的、会呼吸的脓疱。他的胸膛正不住地上下起伏。

这个男人不可能活着，但他确实有生命，当露丝打开房门，他在床上坐起，向她伸出双臂，像是在要求获得拥抱。娜奥米还留在门边，但露丝向床走去。

那男人伸出双手，他那渴望的指尖战栗着，女孩却站在床脚，盯着他看。

露丝抬起她的来复枪，娜奥米将脸转向一边。她不想看这一幕。但即使她转过头，也能听到来复枪可怖的响声，听到那男人在嘶哑的呻吟后又发出的沉闷的号叫。

他一定已经死了，她想。他不得不死。

她看向露丝，后者从她身边走过，此刻已站在走廊里，这个年轻的女人回身看向娜奥米。

"我并不感到遗憾。"露丝说着，将来复枪的枪口抵在自己的下巴上，扣动了扳机。

血，墙上的深色血滴痕迹。娜奥米看着露丝倒下，她的身体就像花茎般弯折。但这场自尽并不会让娜奥米紧张。她觉得事情就该如此，她只觉得自己平静下来了，甚至想要露出微笑。

然而微笑凝固在了娜奥米的脸上，因为她看到了站在走廊一头的人影，对方正望着她。那是个金色的模糊影像，是那个脸部模糊一片的女人，她整个身体泛起涟漪，成了液体，以一张大张的嘴冲向娜奥米——尽管她没有嘴——准备呐喊出可怖的尖叫。准备将她活生生地吃掉。

墨西哥哥特

此刻娜奥米害怕起来,此刻她知道了恐惧,她抬起双掌,绝望地想要防御——

一只坚实的手放在她的肩膀上,让娜奥米猛地往后跳了起来。

"娜奥米。"弗吉尔说道。她迅速往身后看,接着又扭回头看向他,想弄明白到底发生了什么。

她正在走廊中段,而他正站在她面前,右手举着一盏油灯。灯盏很长,装饰华美,它的玻璃泛着奶绿色。

娜奥米盯着他,说不出话。就在一秒前,那金色的存在还站在那儿,但现在,它已经不见了!它不见了,那地方现在站着的是弗吉尔,身穿长毛天鹅绒袍子,它的织物表面爬满了金色葡萄藤的图案。

娜奥米身上穿着的是睡衣。那本应该是一整套的披肩睡袍,但现在少了披肩。她的手臂直接露在外面,这让她觉得没了遮掩,而且很冷。她擦了擦双臂。

"怎么回事?"她问。

"娜奥米,"弗吉尔又说了一遍,她的名字在他双唇之中显得如此顺滑,仿佛一片丝绸,"你刚才在梦游。照理说不该唤醒梦游的人。据说会让睡着的人受到很大的惊吓。但我很担心你会伤到自己。我吓着你了吗?"

她没理解他的问题。她用了一分钟来分析他在说什么。

她摇了摇头。"没有。这不可能。我已经很多年没梦游了。自从我不再是个小孩子之后就没有了。"

"或许只是因为你没注意。"

"要我真梦游过,我会注意到的。"

"我在你身后跟了好几分钟,不知是否该摇醒你。"

"我不是在梦游。"

"那我一定是搞错了,你只是在黑暗中走来走去。"他冷冷地说道。

天哪,她觉得自己傻透了,站在那儿,穿着睡衣,直瞪瞪地望着他。她不想与他争吵;这毫无意义。他说得对,另外,她很想回自己的房间里去。走廊里太冷太黑,她几乎什么也瞧不见。她觉得他们简直就像正坐在一只野兽的肚子里。

在那噩梦中,她确实就在肚子里,不是吗?不对。那是个由组织器官构成的笼子。血肉筑成的墙。她刚才看到的就是这些,谁知道呢。说不定就在此刻,如果她用手触摸墙壁,它们也会在她的手掌下产生波纹。她用手扒梳了几下头发。

"好吧。或许我刚才确实梦游了。但是——"

此时她听到了它,就像她梦中听见的嘶哑呻吟,低沉,却无法否认。这让她又跳了起来,差点撞上弗吉尔。

"那是什么声音?"她问道,视线看向走廊尽头,随后又转回来,紧张地盯着他。

"我父亲病了。那是个始终没能彻底痊愈的旧伤,让他疼痛不已。他这个晚上过得也不踏实。"他说,他看起来很镇定,边说边调整油灯的火焰,让它燃烧得更为明亮。现在,娜奥米可以看清墙纸了,看清墙纸上画着的花朵,还有玷污了墙纸表面的淡淡霉斑。

墙上没有泵送血液的血管。

该死,没错,这一天早前弗朗西斯说过一些类似的话,说霍华德病了什么的。但她在这屋子里的区域,靠近那位老人的病床吗?远离她自己的房间?她本以为自己只是从她房门向外走出了几步,结果却是从屋子的一头游荡到了另一头。

"你们该叫医生上门来。"

"我已经解释过了,这伤口时常会让他感到疼痛。我们已经习惯了。卡明斯医生每周来访时可以给他做检查,不过我的父亲只是个年迈的老人。假如他把你吓着了,那我很抱歉。"

年迈,没错,他们抵达墨西哥是1885年。即使霍华德·多伊尔当时还是个年轻人,到现在也已经过去将近七十年了。那么他到底几岁?九十?快要一百岁了?弗吉尔出生时他一定已经是个老人了。她又擦了擦手臂。

"来,你一定很冷。"他说着将油灯放在地板上,解开睡袍的带子。

"没事。"

"穿上吧。"

他脱下睡袍,将它披在娜奥米的肩膀上。这衣服太大了。他个子很高,而她很娇小。高个子的男人从未让娜奥米困扰。她只会上下打量他们。但在这一刻她不那么自信了,那个荒诞的梦仍让她心中不安。娜奥米交抱双臂,低头看着地毯。

他拿起油灯。"我陪你到你的房间去吧。"

"你不需要这么做。"

"需要的。否则黑暗中你很可能会伤到自己。这儿很暗。"

再一次地,他又说对了。墙上有几个灯泡还没坏的壁灯散发出暗淡的光,但在这一个个壁灯之间仍有大片黑暗。弗吉尔的油灯散发出怪异的绿光,但另一方面,她仍为它给予的有效照明而心怀感激。她很肯定,这座屋子闹鬼。她本不是会相信夜里有鬼作怪的那一类人,但就在这一刻,她很坚定地觉得可能有各式各样的幽灵、魔鬼和恶魔在地球上伏行,就像卡塔莉娜那些故事里说的那样。

前行时他保持着安静,然而尽管这屋子的寂静让人不舒服,地板发出的每一个吱嘎声都会让娜奥米瑟缩身子,这一切都依然好过和他说话。她就只是无法在这样的时刻与人交谈。

我就像个小娃娃,她想。男孩儿,她的哥哥要是看到她这样,一定会嘲笑她。她可以想象得出,他会告诉所有人,娜奥米现在实际上是信了这世上有库库伊①。兄长,她的家人,墨西哥城,这些回忆都挺好。它比睡袍更能温暖她的心。

当他们来到她的房间前,她终于安心了。她回来了。一切安好。她打开房门。

"如果你要的话,我可以把它留给你。"他说着指向油灯。

"不用。要是它留下,就轮到你在黑暗中踢到胫骨了。给我一分钟。"她说着将手伸向门边的梳妆台,她将那个有胖天使的俗丽银蜡烛台留在那上面了。她抓起火柴盒,点燃蜡烛。

"让我来点个火。看?这就好了。"

她脱下身上的睡衣。弗吉尔将一只手放在她的肩膀上,接着小心地将手指沿着大翻领向下滑,让她停止了动作。"你穿着我的衣服看起来很美。"他说,他的声音仿若丝质。

这个评价多少有些不太恰当。在白天,换一个人来说,它可能可以是个玩笑。但在夜晚,当他以这种方式开口,那似乎就一点儿都不得体了。但另一方面,虽然这话微妙地有点问题,她却发现自己没法回答。别傻了,她想这么说。或者,甚至可以,我不想要你的衣服。但她什么也没说,因为这句话本身并不是什么糟糕的批评,只不过是几个字,而且她也不想在黑暗的走廊正中

---

① 库库伊是拉丁美洲的民间怪物,大人常常用它来吓唬小孩,说它会在半夜把不听话的小孩抓走,装进布袋里,带去洞穴吃掉。

引发一场战争，只为了一件几乎不算什么，却又不能完全不算什么的事。

"好啦，那么，晚安。"他说完，不慌不忙地松开翻领，后退一步。

他将油灯举到与眼睛齐平，向她微笑。弗吉尔是个富有魅力的男人，这微笑是个叫人愉快的笑容——近乎戏弄，而且还是能让人心平气和的方式——但在他的表情中又有一层微笑无法掩饰的锋芒。她不喜欢。她突然想起之前做的梦，想起梦中在床上伸出双臂的男人，接着她又觉得他的双眼中有一片金光，在蓝色的眼眸中，金色一闪而过。她突然转头，眨动眼睛，盯着地板。

"你不祝我晚安？"弗吉尔问，声音听起来很是愉快，"也不对我说声谢谢？那也太失礼了。"

她转过头，看着他的眼睛。"谢了。"她说。

"你最好锁上门，这样就不会发现自己又在屋子里到处乱转了，娜奥米。"

他再次调节油灯的光亮。当他最后一次瞥向她并走出房间，沿着走廊离开时，他的眼睛是彻底的蓝，没有一丝金色。娜奥米望着那抹绿色的光在他身边飘荡，望着这色彩突然消失，整个屋子猛然坠入黑暗之中。

12
CHAPTER TWELVE

墨西哥哥特

日光竟然能如此突兀地改变她的想法,这一点着实有趣。晚上她的梦游小插曲后,娜奥米吓坏了,将被子一直蒙到了下巴。但当她透过窗子凝望外面的天空,同时抓擦着右手手腕,她又觉得这整件事令人羞愧,而且平淡乏味。

将窗帘拉得大开,让阳光流淌进来后,她的房间显得破旧凄惨,但不容任何幽灵或怪物躲藏。作祟、诅咒,呸!她穿上浅黄色的长袖系扣衬衫和海军蓝的褶子裙,又穿了一双平底鞋,比约定的时间早了许多,便径直下了楼。她无所事事,于是再次在书房中转悠,并在一个摆满植物学大部头的书柜前停下。她料想弗朗西斯就是通过这种途径,从这些被虫蛀了的纸页间搜寻智慧,获得了蘑菇相关的知识。她用一只手摩挲过走廊上照片的银框,感受着指尖下的螺纹和涡纹。最终,弗朗西斯也下楼了。

这天早上,他的谈兴不高,因此她便满足于闲聊几句,摆动香烟,却不怎么想点燃它。她不喜欢空腹吸烟。

到了教堂附近,弗朗西斯让她下了车,她得知这地方就是以前他每周接送卡塔莉娜进镇的地点。

"我会在中午时来接你,"他说,"这么安排你时间够吗?"

"够的,谢谢。"她对他说。弗朗西斯朝她点点头,开车离开。

她走向那位治疗师的家。上次在屋外洗衣服的女人今天没有出门;她的晾衣绳上没有衣服。整个镇子静悄悄的,仍处于半梦半醒之中。不过,玛塔·杜瓦已经起床了,正在她家门口边的空地上摆放玉米粉圆饼,无疑是晒干后准备用来做奇拉基勒斯[①]。

[①] 墨西哥传统早餐菜,据说是从阿兹特克时期一直流传下来的,在切块的玉米饼上加入酱汁和各种豆类等食材,辣味。

"早上好。"娜奥米说道。

"你好,"老女人微笑着回道,"你回来找我的时机正合适。"

"你已经准备好药剂了?"

"好了。进门来。"

娜奥米跟着她进了厨房,在桌边坐下。这一天鹦鹉不在。只有她们两人。老妇在围裙上擦了擦双手,拉开一只抽屉,将一只小瓶放在娜奥米面前。

"睡前让她服用一大勺就够了。这次我做得更浓,不过两大勺也不会有什么害处。"

娜奥米拿起瓶子,端详其中的内容物。"这对她的睡眠有帮助?"

"帮助,对。但它没法解决她的所有问题。"

"因为那座屋子遭了诅咒。"

"那个家庭,那座屋子,"玛塔·杜瓦耸耸肩,"没有什么区别,对吧?诅咒就是诅咒。"

娜奥米放下瓶子,用指甲刮了刮它的侧面。"你知道露丝·多伊尔为什么要杀死她的家人吗?你听说过与这事有关的任何传闻吗?"

"人总能听到各种各样的事。是的,我听说过。你还有烟吗?"

"我要是不给自己定量,很快就要没烟了。"

"我敢打赌你会去再买点儿。"

"我不认为你们能在这儿买到这些烟,"娜奥米说道,"你的圣徒的口味可真奢侈。顺便说,那只鹦鹉呢?"

娜奥米拿出她那包高卢人,给玛塔递了一支,后者将它摆放在那位圣徒的雕塑旁。"还在它的笼子里,它的小毯子下。我会把贝尼托的故事告诉你的。你想喝点儿咖啡吗?讲故事没有饮料可不行。"

"当然。"娜奥米说道。此刻她仍然没有饥饿感,但她觉得咖啡可能可以让她开胃。真滑稽。她哥哥说她吃早餐的样子总好像食物即将过时,但在过去的两天早上,她几乎一口没吃。晚饭也是如此。她觉得自己的身体略有些不适。或者不如说,这是某种疾病的前兆,就像她在感冒之前多少都能预感得到。她希望这一次不是这样的情况。

玛塔·杜瓦用一只壶烧水,同时在抽屉里不断翻找,直到最后捡出一只小小的锡罐。水烧开后,她将水倒入两只锡蜡马克杯里,又加了足量咖啡粉,将两只杯子摆在桌上。玛塔的屋子里有股浓烈的迷迭香的气味,此刻这种香气与咖啡的芬芳混合在了一起。

"我喝黑咖啡,你要加糖吗?"

"我这样就可以。"娜奥米说道。

女人坐下,双手环住马克杯。

"你想听简短的版本,还是长的?要讲长就得追溯到很久以前了。如果你想知道贝尼托的事,得先了解奥莱里奥。也就是说,你要不要让我把这个故事完整地说出来。"

"嗯,我的烟不够了,但时间还有很多。"

老妇微微一笑,抿了一口咖啡。娜奥米照做了。

"矿场重开的时候,这事儿成了大新闻。多伊尔先生从英格兰带来了工人,但只有这些人不够让一个矿场运作起来。他们可以当监工,剩下的英国人则在他当时在建的大屋里工作,但只靠六十个英国人,你不可能在开矿的同时还要建造一座像上高地这样的屋子。"

"在他之前经营那家矿场的人是谁?"

"西班牙佬。但那已经是很多年前的事了。矿场重开,大家都很高兴。这意味着本地人能找到工作,伊达尔戈州其他地方的人也会来这儿寻找工作的机会。你知道那场面。有矿就有钱,然后城镇就发展起来了。但很快人们开始抱怨。工作太坏,多伊尔先生更坏。"

"他待矿工不好?"

"像对待动物一样,他们是这么说的。他对造房子的工人稍好些。至少那些人不用待在地底下的洞里。至于墨西哥矿工,他对他们毫无怜悯之心。他,多伊尔先生,还有他的弟弟,这两个人都会朝工人们大吼大叫。"

弗朗西斯曾经在那些照片中给她指过霍华德的弟弟利兰,不过她已经想不起来他长什么样了,而且不管怎么说,这家的所有人似乎都有着类似的面相,她在心里称之为"多伊尔脸"。就像查理二世的"哈布斯堡下巴"一样,只是没那么明显。后者的特征可是极为严重的下颌骨突出[①]。

"他希望那屋子能尽快造好,还想要个大花园,英式的,有玫瑰花床。他甚至带来了一些箱子,里面装着欧洲的土壤,以保证这些花能适应。人员就位,他们在那座屋子里工作,开采银矿,就在这时候,传染病暴发了。刚开始,染病的是在大屋工作的人,随后是矿工们,但没过多久,所有人都恶心呕吐,发烧发热。多伊尔有个医生,那是他特地带来的,就像他特地带来土壤

[①] "哈布斯堡下巴"是一个著名的遗传学案例,哈布斯堡家族在短短两百年间近亲通婚,令后代患上了许多遗传疾病,下颌骨突出的大下巴就是其中之一,哈布斯堡家族的成员绝大部分都有这样的下巴。近亲通婚不仅带来各种疾病,更让哈布斯堡家族的生育率下降,最终导致了绝后。

166

墨西哥哥特

一样,但他这位珍贵的医生没能帮上多少忙。他们死了。许许多多矿工。一些在屋子里工作的人,甚至霍华德·多伊尔的妻子,但丧命的人中最主要的还是矿工。"

"他们就是在那时候建造了英国墓地。"娜奥米说道。

"是的,没错。"玛塔点点头,"好啦,流行病过去了。他们又雇了新的工人。伊达尔戈州人,没错,但也有不少英国人听说这儿有英国人在开矿便赶了过来,他们或是曾经在这附近其他矿场上工作,又或者只是受到银矿和收益的诱惑,想来碰碰运气。萨卡特卡斯州以银矿著称?嘿,伊达尔戈州干得也很不错。

"他们来了之后,到处都是人,此时那座屋子已经完工,这就意味着他们雇用了许多人来维护那座体面的大屋。一切都很顺利——多伊尔待人依旧苛刻,但他会及时支付工资,矿工也能获得他们那小小的一份银矿,这一带都是这么干的——矿工们总是很期待他们那份分红。但就在多伊尔先生再婚前后,一切都出了问题。"

她回忆起多伊尔第二任妻子的结婚纪念肖像:1895年。是爱丽丝,长得很像阿格尼丝的爱丽丝。爱丽丝,那个小妹妹。想到这里,她突然觉得阿格尼丝以石雕像的形式获得了永生,爱丽丝却未能得到这样的待遇,这有点奇怪。但霍华德·多伊尔说过,他几乎不怎么了解阿格尼丝。与他一起生活了许多年,还给他生了孩子们的,是他的第二任妻子。霍华德·多伊尔对她的爱难道还少于对阿格尼丝?又或者,那雕像其实无关紧要,不过是一时心血来潮的纪念物?她竭力回想雕像附近是否有提及了阿格尼丝的饰板。她觉得没有,但也说不准。她那时没有走近看。

"又来了一波流行病。老天,这一次闹得更凶。人们如飞蝇般倒下。高烧,寒热,很快他们便到了临终之时。"

"就是这一次死人都被埋进万人坑里?"娜奥米回想起卡马里奥医生说过的话,问道。

老妇皱眉。"万人坑?没有。那些本地的工人,他们的家人将他们葬在镇上的公墓里。不过还有很多在矿上工作的人没有亲属。家人不在镇上的,就会被埋进英国公墓。不过,墨西哥人没有墓石,甚至连十字架都没有,我想这就是人们会提起万人坑的原因。地上的一个洞,没有花环,也没有适宜的葬礼,和万人坑也没有什么区别。"

她感到一阵压抑。所有无名的矿工,匆匆被埋葬,没有人能知道他们的生命以何种方式在何处终结。娜奥米放下锡蜡杯,抓了抓手腕。

"总之,这不是矿上唯一的问题。在这事发生之前,多伊尔就打算结束让矿工在工资之外多获得一小份银矿的传统。那会儿有个男人,他的名字叫奥莱里奥。奥莱里奥是那些完全不愿接受这种改变的矿工中的一员,但和其他暗自抱怨的人不同,他向别人抱怨了。"

"他说什么了?"

"说的都是些显而易见的事。说他们干活的营地就是一坨屎。说英国人带来的医生根本没能治愈任何人,他们需要一个好医生。说他们死后留下寡妇和孤儿,却几乎没能给后者攒出多少钱,另外,多伊尔还想让口袋更肥,因此夺走了他们的分红,藏起所有银矿。接着他让矿工们罢工。"

"他们照做了吗?"

"是的,没错。当然,多伊尔觉得他可以用恐吓的方式轻而易举地让他们回去工作。多伊尔的弟弟和多伊尔信任的手下带着来复枪和威胁之词来到矿工营地,但奥莱里奥和其他人反抗了。

他们朝多伊尔的人扔石头。多伊尔的弟弟险些就送了命。没过多久,人们发现奥莱里奥死了。人们说他是自然死亡,但没有人真信这句话。罢工的领导者在一天清晨就这么死了?这听起来有问题。"

"但当时正好有传染病。"娜奥米指出道。

"没错。但见过尸体的人都说他的脸看起来很可怕。你听说过有人是被吓死的吗?好啦,他们说他就是被吓死的。说他的眼睛鼓了出来,嘴巴张着,看起来像是个见到了魔鬼的人。这事儿让所有人都害怕得要命,罢工也就这么结束了。"

弗朗西斯提到过罢工和矿场关闭的事,但娜奥米当时没想到要就这些事多问他几句。或许她应该再设法补救,不过这会儿,她还是将注意力集中在玛塔的话上。

"你刚说奥莱里奥和贝尼托有关。那又是谁?"

"耐心点,姑娘,你这样会打乱我的思路。我这把年纪,要想起什么时候发生了什么事,又是怎么发生的,可没那么容易。"玛塔长长地喝了几口咖啡,这才开口道,"我说到哪儿了?哦,对。矿场又开下去了。多伊尔再婚,他的新妻子终于给他生了个女儿,露丝小姐,又过了很多年,生了个男孩。多伊尔的弟弟利兰先生也有了孩子。一个男孩和一个女孩。那男孩和露丝小姐订了婚。"

"这么说,又是中表之亲。"娜奥米说道,这个概念让她很不安。哈布斯堡下巴的这个类比比她想象得更合适,哈布斯堡家族可没有什么好下场。

"我想,不算很亲。问题就在这里。贝尼托就是在这地方登场的。他是奥莱里奥的侄子,在那座屋子里工作。罢工已经过去好些年了,因此我猜多伊尔也不太介意他和奥莱里奥是亲戚。要么是多伊尔觉得一个死了的矿工根本无关紧要,要么就是他压根儿不知道。不管怎么说,贝尼托在那屋子里工作,照料植物。那时多伊尔家没有花园,他们家选的是玻璃暖房。

"贝尼托和他那过世的叔叔之间有很多相似之处。他很聪明,很有趣,而且也不知道该怎样远离麻烦。他的叔叔组织过一场罢工,他则做了一件更可怕的事:他爱上了露丝小姐,她也爱上了他。"

"我想她的父亲一定很不满意。"娜奥米说道。

他很可能会给女儿来一番优生学演讲。优等和劣等种族。她想象他在自己房间的壁炉旁告诫那姑娘,她则低头盯着地板的景象。可怜的贝尼托完全没有机会。不过,假如多伊尔真对优生学那么感兴趣,还能坚持要近亲结婚,也是件挺有趣的事。或许他在效仿达尔文,后者也与自己的近亲结了婚。

"据说他发现这件事后,差点杀了她。"玛塔低声说道。

这时她想象出了多伊尔将手指掐在那女孩纤细的脖子上的场面。强而有力的手指,掐得很深,按得用力,女孩完全无法说出一个抗议的字眼,因为她无法呼吸。爸爸,不要。这是个极为鲜明的画面,娜奥米不得不将双眼闭了一会儿,单手攥紧桌子。

"你还好吗?"玛塔问道。

"还好,"娜奥米说着睁开眼睛,朝老妇点了点头,"我没事。就是有点累。"

她将咖啡杯端到唇边喝了一口。温暖的液体虽然苦涩,却让人愉快。娜奥米放下杯子。"请继续说吧。"她说。

"没多少可说的了。露丝受到了惩罚,贝尼托则消失了。"

"他被杀了?"

老妇凑上前来,她那双蒙眬的眼睛盯着娜奥米。"比那更糟:

他失踪了，一天天的找不见人。大家都说他是逃走了，因为害怕多伊尔会对他做什么，但也有人说是多伊尔让他消失的。

"露丝原本应该在那个夏天嫁给她的堂兄迈克尔，贝尼托的失踪完全未能让这事有丝毫改变。任何事都无法改变它。那时正是革命中期，动乱意味着矿上只有一小群工人在干活，但矿场仍然在作业。总得有人保证机器还在开动，将水从矿坑里泵上来，不然就会发大水。这儿的雨太多了。

"至于在那座屋子里，总得有人换布品，给家具擦灰，因此我想在很多方面，战争并未能造成任何改变，那么为什么又要为一个已经消失了的人而改变？霍华德·多伊尔为这场婚礼订购了装饰品，表现得仿佛一切如常。仿佛贝尼托失踪无足轻重。唉，这对露丝来说一定很重要。

"没人说得清楚当时到底发生了什么，但他们说她在他们的食物里放了安眠药。我不知道她从哪儿弄到它的。她很聪明，知道很多植物和药物相关的事，因此有可能她是自己调配的。也或许她的情人替她买过药。或许从一开始她就想用这种药来让他们都睡着，好偷偷溜走，但后来她改变了主意。贝尼托失踪后没过多久，为了她父亲对她情人所做的一切，她在他睡梦中向他开了枪。"

"但不只是她父亲，"娜奥米说道，"她还射杀了她母亲及其他人。"

"或许她觉得他们也有罪。或许她疯了。我们不可能知道。他们遭了诅咒，我告诉过你的，而且那屋子闹鬼。住在一座闹鬼的屋子里，你要不是很傻，就是非常勇敢。"

我并不感到遗憾，露丝在她的梦中是这么说的。露丝是否还毫无悔恨地在屋子里游荡，将子弹射向她的亲属？但娜奥米梦到了这个景象,并不意味着此事发生时就完全如她梦中的那般。毕竟在她的噩梦里,那座屋子以完全不现实的方式变形、失真。

娜奥米皱眉看着她的那杯咖啡。她刚喝了几小口。这一天早上,她的胃显然不想与她通力合作。

"问题在于,要应对的是幽灵或作祟,你就做不了什么。或许你可以在夜间给它们点一支蜡烛,它们可能会喜欢。你知道'坏空气'吗?你们城里人的妈妈会告诉你们与它有关的事吗?"

"我听说过一点儿,"她说,"它似乎会让你生病。"

"在这世界上有些特别沉重的地方。在那些地方,空气本身会很重,因为有恶灵增加了它的重量。有时这恶灵是名死者,有时也可能是别的什么,但总之这种坏空气会进入你的身体,躲在里面,压着你。多伊尔家的上高地就是这种情况。"老妇说着,给她的故事做了总结。

就像把茜草植物喂给动物吃,会将它的骨头染成红色,将它身体内部的一切都染上血红,她想。

玛塔·杜瓦站起身,拉开厨房的抽屉。她抓出一条串珠手链,将它带到桌子旁,递给娜奥米。这手链上有蓝色和白色的玻璃珠,其中有一颗比较大的蓝色珠子,中心带一点黑。

"它能抵御邪眼。"

"嗯,我知道。"娜奥米说道,她以前也见过这类的小玩意儿。

"你戴上它,好吗?它可能可以帮助你,不会有害的。我肯定也会让我的圣徒守望你。"

娜奥米打开手提包,将那小瓶子放了进去。接着,因为不想让这老妇伤心,便如她建议的那样,将手链系在自己的手腕上。
"谢谢你。"

墨西哥哥特

走回镇子中心的一路上,娜奥米回想着此刻她已知道的多伊尔家相关的一切,想着这些事对卡塔莉娜毫无助益。基本上,即使接受闹鬼之事真实存在,并非狂热想象的产物,它也不能说明任何问题。前一天夜里的恐惧已随着她冷静下来而消失,现在,剩下的就只有一种不满的感觉。

娜奥米卷起羊毛衫的袖口,又挠了挠手腕。那儿痒得厉害。她注意到手腕上的皮肤出现了一圈细细的红色痕迹。像是烫伤。她皱起眉头。

卡马里奥医生的诊所就在附近,因此她打算去拜访一趟,希望他那儿没有病人。她的运气不错。医生正在接待处吃三明治卷。他没有穿白大褂,而是穿着一件简朴的单排扣花呢外套。当她在他们面前站定,胡里奥·卡马里奥迅速将三明治卷放在身边的桌子上,用手帕擦了擦嘴和手。

"出来散步?"他问。

"差不多吧,"她说,"我打扰你用早餐了吗?"

"算不上打扰,它也不太好吃。我自己做的,做得不太好。你的堂姐现在怎么样了?他们给她找专家了吗?"

"我怀疑她的丈夫觉得她不需要任何医生。亚瑟·卡明斯对他们来说已经足够了。"

"如果我和他去谈谈,你觉得会有帮助吗?"

她摇摇头。"老实说,可能会让情况变得更糟。"

"太可惜了。你还好吗?"

"我不太确定。我生了这个皮疹。"娜奥米说着,将手腕递给他看。

卡马里奥医生仔细观察她的手腕。"古怪,"他说,"这看起来很像你接触到了坏女人花①，但这儿不长这种植物。如果你确实碰到了它的叶子，那我这儿有一份治疗皮炎的药。你容易过敏吗？"

"不。我母亲总说我这么健康堪称不雅。她告诉我说，当她还是年轻女孩的时候，人人都觉得患上盲肠炎是很时髦的事，女孩儿们还会吃绦虫餐。"

"绦虫的这部分肯定是她在开玩笑，"卡马里奥医生说道，"那是虚构的故事。"

"但它听起来始终挺可怕的。那我这是在因为什么过敏？某种草还是灌木？"

"可能性有很多。先给你洗手，抹点舒缓药膏。进来吧，"他说着，领她进了他的办公室。

她在角落里的洗手池内洗了双手，胡里奥给她一份氧化锌乳膏，给她的手腕绑上绷带，让她别抓过敏的部位，因为这样只会让病情恶化。他建议她隔天换绷带，又给了她一份氧化锌乳膏。

"炎症消退需要几天，"他说着，陪她走到大门口，"但一周后你应该就没事了。如果这些药没效果，你再来找我。"

"谢谢，"她说着，将胡里奥送给她的那一小罐氧化锌乳膏放入手提包，"我还有个问题。你知道有什么原因能导致一个人再次开始梦游吗？"

"再次？"

"我很小的时候梦游过，但已经很多年没发生过这样的事了。昨晚我又梦游了。"

---

① 大戟科大戟属中好几种植物的统称，表面带有尖刺，会分泌具有腐蚀性的乳状液体，主要分布在美国西南部和墨西哥。

墨西哥哥特

"对，儿童梦游的现象很常见。你最近新服用过什么药物吗？"

"没有。我刚才说了，我健康得叫人惊愕。"

"那可能是紧张导致的。"医生说，接着他微微一笑。

"梦游的时候，我正在做着一个极端怪异的梦，"她说，"那感觉和我还是个孩子时的梦游不一样。"

那同样是个极端病态的梦，而且，在那之后，与弗吉尔的交谈也缓和不了她的情绪。娜奥米皱起眉。

"我发现自己又一次没能帮上忙。"

"别这么说。"她立刻回答。

"跟你说吧，要是这种事再发生，你来找我。还有，当心你的手腕。"

"当然。"

娜奥米在镇中心附近一家小店停下。她给自己买了一包烟。这儿买不到罗特利亚牌，但她确实找到了一盒便宜的西班牙扑克牌①。酒杯、棍棒、金币和宝剑，快乐一整天。有人告诉她，人们可以通过阅读卡牌，知道命运，但娜奥米喜欢的是和朋友们一起为赌钱而玩牌。

那小店的老板找钱时慢吞吞的。他年纪很大了，眼镜片上有一道裂缝。小店门口坐着一只黄狗，正在从一只脏兮兮的碗里喝水。出门经过时，娜奥米挠了挠它的耳朵。

邮局也在镇中心广场上，她给她的父亲寄出一封简短的信，

---

① 西班牙传统的扑克牌和普通扑克牌类似，每副48张牌，花色略有不同，分为宝剑（对应黑桃）、金币（对应方块）、棍棒（对应草花）和酒杯（对应红桃）四种花色，每种12张，宫廷牌从10开始，没有皇后，10为侍从，11为骑士，12为国王。

将上高地当前的情况告知了他：她找了个医生给出第二种诊断意见，认为卡塔莉娜需要精神科康护。她没有写弗吉尔十分抗拒让任何人去见卡塔莉娜，因为她不希望让父亲担心。关于她的噩梦，她也一个字没提，梦游的事同样如此。这些事，加上发在她手腕上的皮疹，都是她这趟旅行中令人不适的记号，但它们都只是多余的细节。

这些任务都完成后，她站在镇中心广场的中点，环视周围仅有的几家商店。这儿没有冰激凌店，没有卖小摆饰的纪念品商店，没有可供乐手表演的演奏台。有两个门面钉着木板，外面用油漆喷上了"在售"。教堂依然令人印象深刻，但剩下的都相当让人难过。一个凋敝的世界。露丝当年时，这镇子看起来也是这样吗？她能否被允许来镇上？还是说她一直都被锁在上高地里？

娜奥米朝弗朗西斯让她下车的地点走去。几分钟后，他也开车到了，当时她正坐在一张锻铁长椅上，准备点燃一支烟。

"你接我来得很快。"她说。

"我母亲不喜欢拖延。"他说着在她面前站定，脱下了有海军蓝丝带的呢帽，那是他这天早上戴着的。

"你告诉她我们要去哪儿了吗？"

"我没有回家。如果我这么做了，我的母亲或弗吉尔可能会问我为什么把你一个人留下。"

"那你是在这附近兜风了？"

"兜了一会儿。我把车停在那边一棵树下，还打了个盹。你碰到什么事了吗？"他指着她手腕上的绷带问道。

"皮疹。"娜奥米说道。

她伸出一只手好让弗朗西斯扶她站起，他也照做了。这天她没穿高跟鞋，脑袋的位置几乎不及他的肩膀。当出现这样的身高差时,娜奥米便会踮起脚尖。她的堂兄妹们为此常常奚落她,叫她"芭蕾舞女"。不过这些嘲笑她的人里不包括卡塔莉娜,她很亲切,不会奚落任何人,但玛丽露露堂姐一直都爱这样。此刻,娜奥米条件反射似的这么做了,这一个小小的无意识举动一定吓了他一跳,让他松开了握帽子的手,一阵风便将这帽子吹走了。

"哎呀,不好。"娜奥米说道。

他们追在帽子后面跑了两个街区,娜奥米才设法抓住了它。她穿着紧身裙和丝袜,因此做到这一点堪称不小的壮举。之前她在小店里看到的那条黄狗被眼前的这一景象逗乐,朝娜奥米汪汪大叫,绕着她打转。她将帽子抵在弗朗西斯胸前。

"好啦,我今天的运动量算是达成了。"她咯咯笑着说道。

弗朗西斯似乎也觉得很有趣,以平常少见的轻松表情看着她。在他身上有一种悲伤而顺从的特质,娜奥米觉得这一点以他的年纪来看似乎不太正常,但正午的阳光洗刷了他身上的忧郁,让他的双颊染上了色彩。弗吉尔长得不错,弗朗西斯却不同。他的上唇几乎不存在,眉毛有点太弯,眼皮耷拉。但她还是喜欢他。

他有点古怪,但这一点也很讨人喜欢。

她将帽子递给他,弗朗西斯小心地用双手转动它。"怎么了?"娜奥米看着他,因此他有些害羞地问。

"你难道不谢谢我救了你的帽子,亲爱的先生?"

"谢谢你。"

"傻孩子。"她说着,在他脸颊上种下一个吻。

她本担心他会让帽子掉落,他们又得再追着它跑,不过他设法攥紧了,面带微笑,两人一起走回车旁。

"你要在镇上办的活都干完了?"他问。

"嗯。邮局,医院。我还和人聊了上高地,聊起以前在那儿发生的事。你知道的,露丝那些事。"她告诉他。她一直回想着露丝。其实露丝这个几十年前的谋杀者和她应该没什么关系,但问题在于,那些事老在她脑海里打转,让她不得安宁,她希望能与人聊聊。还有谁是比弗朗西斯更好的聊天对象呢?

他们前进时,弗朗西斯用帽子在大腿上拍了两下。"说她什么了?"

"说她想和她的情人私奔。说她最后射杀了全家。我不明白她为什么要做那些事。为什么不从上高地逃走?显然她可以就这么离开。"

"你没法离开上高地。"

"可以的。露丝是个成年女性。"

"你是个女人。你能做你想做的一切事吗?即使它会让你的家人伤心?"

"理论上可以,虽然我不会每次都这么做。"娜奥米说,不过她立刻想起她父亲对待流言蜚语的态度,以及登上社会版的恐惧。她真的会冒险彻底反抗她的家庭吗?

"我的母亲离开过上高地,她结了婚。但她回来了。没有逃脱之途。露丝也很了解这一点。所以她才做了她做的那些事。"

"你还挺自豪。"她惊叫道。

弗朗西斯将帽子戴回头顶,肃穆地看着她。"没有。但说老实话,露丝应该彻底葬送上高地才对。"

这是个惊人的宣言,她甚至以为自己听错了,要不是他们的回程一直被沉默笼罩,她完全可以说服自己相信这一点。但刺骨的寂静比任何一切更肯定了他的话。它强调了这些言辞,让她不由将脸转向车窗。她手里紧握那支没有点燃的烟,望着树木,以及从枝丫间流泻的光线。

13
CHAPTER THIRTEEN

墨西哥哥特

娜奥米决定给他们组织一场小型的赌场之夜。她一直很喜欢赌场之夜。他们会坐在起居室里,穿上适宜的服装,从他们祖父母的箱底翻出旧衣服,假装自己是蒙特卡罗或哈瓦那的大赌徒。所有孩子都会加入这场游戏,塔波阿达家的兄弟姐妹会围拢在桌子周围,将留声机派上好用场,用脚尖点出时髦的节拍,小心谨慎地打下手中的牌。在上高地可能没法做到与之全然相同,因为这里没有唱机可放,但娜奥米认为,假如他们付出努力,仍能捕捉到赌场之夜的精华所在。

她将纸牌塞进毛衣一边的大口袋里,又将那个小瓶子塞进另一个口袋,接着将头探进卡塔莉娜的房间。她的堂姐一个人在屋里,而且醒着。完美。

"我有好东西招待你。"娜奥米说道。

卡塔莉娜正坐在窗边,她转过头看向娜奥米。"真的吗,现在?"

"你得选一选,要左边还是右边的口袋,然后就会拿到奖励。"娜奥米边说边向她走去。

"如果我选错了怎么办?"

卡塔莉娜的秀发垂在她的肩膀上。她从未试过短发的发型。娜奥米很高兴。卡塔莉娜的头发丝滑秀美,娜奥米还是个小女孩时常给她梳头,替她编辫子,娜奥米一直很喜欢这段回忆。卡塔莉娜从前待她确实极有耐心,甚至愿意让娜奥米把她当做一个活的洋娃娃。

"那你就永远不会知道另一个口袋里有什么了。"

"你这傻姑娘,"卡塔莉娜微笑着回道,"我来陪你玩。右边。"

"锵锵锵。"

娜奥米将那盒扑克牌放在卡塔莉娜的膝盖上。她的堂姐拆开外包装,露出笑容,拿出一张牌,将它举起。

"我们可以玩几轮,"娜奥米说道,"我甚至可以让你赢第一把。"

"真敢说!我还没遇到过打得比我好的人呢。不过弗洛伦丝应该不会让我们玩到晚上。"

"但我们至少还是能打一会儿牌。"

"我可没钱赌博,我知道不赌钱你根本就不肯玩。"

"你在找借口。你害怕那个可怕又唠叨的弗洛伦丝?"

卡塔莉娜迅速起身,走到化妆台前,倾斜了它的镜子,查看自己的倒影,同时将扑克牌放在梳子旁。"不。完全不。"她说着,抓起梳子,梳了几下头发。

"那很好。因为我还有第二件礼物要给你,我可不想把它给一个胆小鬼。"

娜奥米拿起那个绿色的瓶子。卡塔莉娜转过身,惊奇地睁大眼睛,小心翼翼地抓住了瓶子。"你做到了。"

"我说过我可以的。"

"亲爱的,谢谢你,谢谢你,"卡塔莉娜说着一把抱住了她,"我早该知道你绝不会丢下我不管。我们本来以为怪物和幽灵只在书上出现,但事实上它们真实存在,你知道吗?"

她的堂姐松开了她,打开抽屉。卡塔莉娜拿出两块手帕,一双白手套,这才找到了她的目标:一只小小的银勺。接着她往自己嘴里倒了一茶勺,她的手指微微颤抖,又倒了第二勺和第三勺。当她要倒第四勺时,娜奥米阻止了她,将那瓶子从她手中夺了下来,将它放在梳妆台上,茶勺旁边。

"天哪,别吃那么多。玛塔说你吃一勺就足够了,"娜奥米斥责她,"我可不想一把牌都没和你打,你就直挺挺地酣睡十个小时。"

"对。对,当然,"卡塔莉娜说道,脸上露出了虚弱的微笑。

"现在,是我来洗牌,还是你来帮我这个忙?"

"让我来看看。"

卡塔莉娜将手伸过桌子。接着她的动作停滞了;她就这么抬着手,手指尖还在那盒扑克牌上,看上去就像被冻在了原地。她那双淡榛子色的眼睛大睁,嘴则紧紧闭着。她看起来如此怪异。像是一个陷入了恍惚状态的女人。娜奥米皱起眉。

"卡塔莉娜?你不舒服吗?你要坐下来吗?"她问。

卡塔莉娜没有回答。娜奥米轻轻抓住她的手臂,想把她引到床上去。卡塔莉娜一动不动。她的手指攥紧成拳,继续凝视前方,那双大眼睛中透出疯狂的色彩。娜奥米觉得自己简直像在推一头大象。无法让她移动分毫。

"卡塔莉娜,"娜奥米说道,"你为什么不——"

此时传来一声脆响——老天,娜奥米甚至觉得像是关节碎了的声音——卡塔莉娜开始打颤。她浑身都在颤抖,完全停不下来,仿若水面泛开的涟漪。接着颤抖更加狂乱,她开始痉挛,她将双手抵在肚子上,不住摇头,最恶毒的号叫从她的肺部喷涌而出。

娜奥米想扶住她,想将她拉到床上,但卡塔莉娜的力气很大。考虑到她的外表看来如此虚弱,她的力气就显得极为惊人,她设法抵抗了娜奥米,最终两人都倒在地上,卡塔莉娜的嘴断断续续地时张时闭,手臂不住抬起落下,双腿疯狂地抖动。一串唾液从她的嘴角滑下。

"救命!"娜奥米喊道,"谁来帮帮忙!"

娜奥米曾经和一个得了癫痫的女孩一起上过学,尽管那姑娘从未在学校里发病,她依然记得有一次那姑娘告诉她,说自己一直会在手提包里放一根小棍子,癫痫发作时可以塞进嘴里。

卡塔莉娜的发作越来越猛烈——这似乎不可能,但毫无疑问地发生了——娜奥米从梳妆台上抓起那根银勺,将它塞进卡塔莉娜的嘴里,以防她咬伤自己的舌头。她不小心将同样也放在梳妆台上的扑克牌碰倒了,卡牌洒了出来,飞散在地板上。金币侍从以谴责的目光盯着娜奥米。

娜奥米跑到走廊上,大喊道:"来个人帮帮忙!"

难道没人听到这么大的动静?她跑出去,将一扇扇门敲得砰砰作响,尽可能大声地叫喊着。突然弗朗西斯出现了,跟在他身后的则是弗洛伦丝。

"卡塔莉娜的癫痫发作了。"她告诉他们。

他们都跑回卡塔莉娜的房间。卡塔莉娜还在地板上,震颤尚未结束。弗朗西斯向前一跃,将她扶起,用双臂搂住她,想要压制住她。娜奥米正打算上前帮忙,弗洛伦丝拦住了她。

"出去。"她命令道。

"我能帮忙的。"

"出去,现在就出去。"她边下令,边推着娜奥米后退,随后将门甩在她脸上。

娜奥米愤怒地敲门,却没有人来开门。她可以听到门内传来阵阵低语,时而夹杂着一两个大声说出来的词。她开始在走廊里不住踱步。

弗朗西斯出门后迅速关上了身后的门。娜奥米匆匆走到他身边。

"发生什么了?她怎么样了?"

"她躺在床上了。我去找卡明斯医生来。"弗朗西斯说道。

他们匆忙走向楼梯,他的步幅很大,导致她得走上两步才能跟上他一步。

"我和你一起去。"

"不行。"弗朗西斯说道。

"我想做点什么。"

他站定,摇了摇头,而后握住她的双手。他说话的声音很轻柔。"你和我一起去,只会让情况变得更糟。去起居室,我回来后会去找你。不会让你等太久的。"

"你保证?"

"嗯。"

他冲下楼梯。娜奥米也跟着匆匆下了楼梯,到最底下时,她用双手捂住了自己的脸,泪水刺痛了她的眼睛。等她走进起居室,眼泪落得更凶,她就这么坐在地毯上,双手紧紧交握。时间一分一秒地过去。她用毛衣的袖子擦了擦鼻子,又用手掌擦去了眼泪。她站起身,等待着。

他撒谎了。她等了很久。更糟的是,弗朗西斯回来时,身边跟着卡明斯医生和弗洛伦丝。但好歹这给了娜奥米足够的时间来让自己冷静。

"她怎么样了?"娜奥米迅速向医生走去,问道。

"她现在睡着了。危机已经过去了。"

"感谢上帝。"娜奥米说着,在一张靠背长椅上坐下,"我不明白这一切到底是怎么回事。"

"就是这么回事,"弗洛伦丝厉声说着,举起娜奥米从玛塔·杜瓦那儿取来的药瓶,"你从哪里弄来的?"

"这就是个安眠药。"娜奥米说道。

"你的安眠药让她生病了。"

"没有,"娜奥米摇头,"没有,她说她需要这个。"

"你是医学专家吗?"卡明斯医生问她。他显然很不悦。娜奥米觉得嘴里一阵发干。

"不是,但——"

"所以你根本不知道这瓶子里到底是什么?"

"我说过了,卡塔莉娜说她需要药物来改善睡眠。她让我去找的。她以前也吃过这种药,它不可能让她生病。"

"事实如此。"医生告诉她说。

"一种鸦片酊。你往你的堂姐喉咙里塞的就是这种药。"弗洛伦丝用手指谴责地指着娜奥米,补充道。

"我没有做这种事!"

"这实在很不明智,非常不明智,真的,"卡明斯医生咕哝道,"我没法理解你找来这种肮脏的药到底是在想什么。还有,把勺子塞进你堂姐的嘴里。我想你是听说了有人会吞掉自己舌头之类的愚蠢故事?胡说八道。都是胡说八道。"

"我——"

"你从哪儿弄来鸦片酊的?"弗洛伦丝问道。

别告诉任何人,卡塔莉娜这么说过,因此娜奥米没有回答,即使供出玛塔·杜瓦或许可以转嫁她心中的罪恶感。她单手抓住靠背沙发的椅背,将指甲深深地嵌入它的织里。

"你差点就杀了她。"那女人说道。

"我才不会这么做!"

娜奥米觉得自己又要哭出来了,但她不能容许自己这么释放感情,不能当着这些人的面。弗朗西斯已走到那靠背沙发后,她可以感觉到他的手指放在她的手上,悄无声息得近乎幽灵。但这是个让人安心的动作,给了她勇气,让她闭上了嘴巴。

"你从谁那儿得到这种药的?"医生问道。

娜奥米盯着他们,手里始终紧抓着沙发。

"我该给你一巴掌,"弗洛伦丝说道,"我该打得你再也摆不出这种放肆的表情。"

弗洛伦丝走上前来。娜奥米觉得她可能真想动手。她甩开弗朗西斯的手,准备站起身。

"假如您能好心去看看我父亲的情况,那我会很感激的,卡明斯医生。今晚的这些动静让他有点紧张。"弗吉尔说道。

他踏入这个房间的态度相当随意,走向餐具柜、检视醒酒器时的声音也很冷静,仿佛他正像任何一个平常的夜晚那般,独自一人待在房间里,给自己倒上一杯酒喝。

"是。当然,没问题。"医生说道。

"你俩最好也跟着他。我希望能单独和娜奥米谈谈。"

"我不打算——"弗洛伦丝刚开口。

"我希望与她单独相处。"弗吉尔严厉地说道。他那原本如丝绸般顺滑的声音此刻仿佛砂纸。

他们都离开了,医生喃喃地说着"是,马上",弗洛伦丝则带着阴郁的沉默。弗朗西斯是最后一个离开的,紧张地看了她一眼后,他缓缓关上了起居室的房门。

弗吉尔给自己倒了一杯酒,晃动杯子里的液体,盯着酒杯中的内容物,随后向她走去,和她坐上了同一张靠背沙发。当他坐下时,他的大腿蹭过了她的腿。

"卡塔莉娜曾经告诉过我,说你是个意志很坚定的生物,但直到现在我才完全明白了你的意志有多坚定,"他说着,将酒摆放在长方形的边桌上,"你的堂姐有点儿懦弱,对吧?但你很有骨气。"

他的口气是如此轻快,让她不由得喘了口气。他说话的语气就好像这不过是个游戏。仿佛她没有担心得要命。"请你放尊重一点。"她说。

"我想应该表现出尊重的人不是我。这里是我的家。"

"我很抱歉。"

"你根本没有觉得抱歉。"

她没法读懂他双眼中的情绪。或许那是一种蔑视。"我确实抱歉!但我当时是想帮卡塔莉娜。"

"你以一种可笑的方式来展现了这一点。你怎么敢这样一直让我的妻子心烦意乱?"

"你说我一直让她心烦是什么意思?她很高兴我能陪着她,她就是这么跟我说的。"

"你先是带陌生人来看她,然后还给她带了毒药。"

"老天在上。"她说着站起身。

他立刻抓住她的手腕,拽她坐下。那是她绑着绷带的手,当他触碰到她时,她感到一阵疼痛;皮肤在一瞬间像是烧灼了,让她瑟缩。弗吉尔拉起她的袖子,露出绷带,得意地笑着。

"放手。"

"是卡马里奥医生的手笔,大概?就像那鸦片酊?是他吗?"

"别碰我。"她命令道。

但他没有松手,反而凑得更近。他扣紧了她的手臂。她觉得霍华德看上去像昆虫,弗洛伦丝像食虫草。而弗吉尔·多伊尔,他是食肉动物,在食物链的顶端。

"弗洛伦丝说得对。你就该被打耳光,好好学上几课。"他低声说道。

墨西哥哥特

"假如这个房间里的任何人被甩了耳光,我保证那也应该是你,而不是我。"

他仰起头,发出一声响亮而野蛮的笑,接着看也不看,摸索起了那杯酒。当他举起玻璃杯时,几滴深色的液体溅在边桌上。他说话的声音真真切切地让她跳了起来。但至少他放开了她。

"你疯了。"娜奥米说着,擦了擦手腕。

"担心得疯了,没错。"他回道,放下葡萄酒。但他没有将那玻璃杯放回边桌上,而是随手扔在地上。它没有碎裂,却滚过了地毯。但假如它碎了怎么办?那是他的玻璃杯。要是他乐意,他尽可以砸碎它。就像这屋子里的其他任何一切。

"你觉得你是唯一一个为卡塔莉娜遭受的事而担心的人?"他的双眼盯着玻璃杯,问道,"我猜你就是这么想的。卡塔莉娜给你家里寄信的时候,你是不是这么想,'啊,我们总算可以把她从那个讨厌的家伙身边撬走了'?而现在,你肯定在想,'我早就知道他不是好人'。你的父亲肯定也不乐意我做她的新郎。

"若是在矿场还开着那会儿,他肯定会乐意见到卡塔莉娜嫁给我。那时候我还有身价。他绝不会认为我是个无足轻重的人。而现在,知道卡塔莉娜选了我,一定让他,还有你,都很烦恼。但是呢,我可不是什么微不足道的拜金婿,我是多伊尔家的一员。你最好记住这一点。"

"我不明白你为什么要说这些。"

"因为你觉得我没有能力,你不得不自己想办法医治卡塔莉娜。你觉得我给她的照顾很糟糕,而你必须背着我把你的垃圾倒进她的嘴里。你以为我们没有注意到?我们知道发生在这屋子里的一切。"

"是她找我要这种药的。我已经告诉过你的堂姐和医生了,我根本没有意识到会发生这种事。"

"不,你是根本什么都不知道,却又表现得好像自己什么都知道,不是吗?你就是个被宠坏了的熊孩子,你伤害了我的妻子。"他野蛮地下了定论。

他站起身,捡起玻璃杯,将它放上壁炉架。娜奥米觉得心中燃起一对火焰,那是愤怒和羞耻。她痛恨他同她说话的方式,痛恨这一整段对话。但难道不正是她自己干了蠢事?难道她不是活该挨骂?她不知道该如何回答,回忆起可怜的卡塔莉娜的脸,她只觉得泪水重又涌入眼眶。

他一定注意到了她的窘态,否则在他斥责完她之后就会扬长而去,而现在,他的声音有些动摇了。"你今晚差点害我成了鳏夫,娜奥米。这会儿我没法表现得很亲切和蔼,我想你会原谅我的。我该上床去了。今天这一天可真是漫长。"

他看起来确实很累,明显精疲力尽。他那双蓝色的眼睛亮极了,带有一种突如其来的狂热的光亮。这让她对这整场混乱的感觉更糟。

"我必须要求你将卡塔莉娜的医疗护理工作留给卡明斯医生,决不能再带任何药剂或药物进这座屋子。你在听我说话吗?"

"在。"她回答道。

"你会遵循这简单的指示吗?"

她的双手紧紧交握。"我会的。"她说道,觉得自己很像个小孩。

他朝她凑近了一步,仔细打量她,像是在识别她是否在说谎,但她没有。她以热切的语气开口,他却靠近她,像必须分析并记录下有机体每一个细节的科学家一般地观察着她的脸,她那噘起的嘴。

墨西哥哥特

"谢谢你。有许多事你无法理解,娜奥米。但我希望你明白,卡塔莉娜的福祉对我们来说是最重要的。你已经伤害了她,而通过伤害她,你也伤害了我。"

娜奥米转开脸。她以为他会离开。然而,他还留在她身边。接着,在一小段仿若永恒般的时间后,他从她身边离开,走出了房间。

14
CHAPTER FOURTEEN

墨西哥哥特

在某种意义上,所有的梦都是预言,只是有些梦比另一些更清晰。

娜奥米用铅笔在"梦"字上画了一个圈。她很喜欢在她的书的边边角角上涂写;她喜欢阅读这些人类学文本,沉浸在丰富的段落和脚注的森林之中。但不是现在。现在她没法集中精神。她将下巴搁在手背上,嘴里叼起铅笔。

她已用了数个小时等待,想找到能做的事,能读的书,能让自己分神的完美把戏。她看了看手表,叹了口气。时间已接近五点。

这天上午早一些的时候,她本想和卡塔莉娜说几句话,但弗洛伦丝告诉娜奥米说她的堂姐正在休息。到中午时分,娜奥米又试了一次。于是她遭到第二次拒绝,弗洛伦丝清楚地表示,夜晚之前不能拜访这位病人。

娜奥米不能推,不能撬,也不能设法挤进那个房间,尽管她很想这么做。她只是不能那样。若她做了,他们会把她扔出这屋子,另外,弗吉尔说得也没错。她做了错事,而这令她羞愧。

她多么希望这间屋子里能有个收音机。她需要音乐,需要交流。她想到自己从前与朋友们一起去参加的舞会,她会靠在钢琴上,手中拿杯鸡尾酒。她也会去大学上课,还会在下城区的咖啡馆里与人热烈地交谈。而现在,她有的只是一座安静的大屋和一颗极度焦虑的心。

……与鬼魂相关的梦,本书没有收录,它们告知了人们死者之间发生的事。

她将铅笔从嘴里拿出来,把书放到一边。阅读有关阿赞德人的书对她没有任何帮助。完全不能转移她的注意力。她一直想起她堂姐的脸,想起堂姐扭曲的四肢,想起前一日发生的这段可怕的插曲。

娜奥米抓起一件毛衣——弗朗西斯给她的那一件——走到屋外。她想抽根烟,但站到屋子的阴影里后,她又觉得自己需要与这屋子保持更远的距离。它离她还是太近了,它带着恶意,阴冷可怖,她完全不想靠近它的窗子,她觉得它们像是没有眼睑的饥渴的眼睛。她沿着屋后通往墓地的蜿蜒小径走了出去。

两步,三步,四步,似乎没过多久,她就站在了那些铁门外,而后又走了进去。之前她曾在迷雾中彻底迷路,但假如她再迷路一次,至少她不用再烦心去想自己该找些什么事来做了。

事实上,她的内心有一部分很渴望自己能够迷失。

卡塔莉娜。她伤害了卡塔莉娜,甚至到现在,她也不知道堂姐的情况究竟如何。弗洛伦丝的嘴很紧,她这一天又完全没见着弗吉尔。当然这不是说她很想见到这个男人。

他当时表现得很残忍。

你今晚差点害我成了鳏夫,娜奥米。

这不是她的本意。但是,是否有意,真的重要吗?重要的是既成的事实。她的父亲常常这么教她,而现在,娜奥米只觉得更加羞愧。她被派到这儿来是为了解决问题,而不是制造出更大的混乱。卡塔莉娜生她的气了吗?等她们最终相见时,娜奥米该说什么?抱歉,亲爱的姐姐,我差点毒死了你,但你现在看起来好多了。

娜奥米在墓石、苔藓和野花之间穿行,她的下巴低垂,几乎要卷进毛衣的高领里。她看到了那座陵墓以及在它前方竖立的阿格尼丝的石雕像。娜奥米抬头仰望雕像的脸和她的双手,它们都饱经风霜,带着点点真菌的黑斑。

她曾好奇雕像附近是否有镌刻了死者姓名的牌匾或标记,现在，她看到了它。娜奥米上次来墓地时忽略了，不过这也很难说是她的错。那块匾被丛生的杂草挡住了。她拔掉野草，擦净了青铜牌匾上的脏污。

阿格尼丝·多伊尔。母亲。1885年。霍华德·多伊尔为他逝去的第一任妻子留下的纪念就只有这些。他曾经说自己对阿格尼丝不太了解，说她在他们成婚后的第一年里就死了，但留下这么一座她的雕像，却又不为她逝世的事写上一两行妥帖的悼词，仍然是件奇怪的事。

在这个女人名字下方蚀刻的那个词，也让她感到烦心。母亲。但至少就娜奥米所知，霍华德·多伊尔的孩子都是他第二次婚姻的产物。那为什么要选择"母亲"作为她的称号？或许也可能只是娜奥米想太多了。在那座陵墓里，在那女人的尸体安歇之处，或许有一块更合适的牌匾，记下了与死者有关的更合适的信息。然而它仍以一种她无法定义的方式令她心神不宁，可能就像是注意到一块崭新的桌布上有条缝没对齐，或是出现了一块小小的污迹。

她在雕像脚下坐下，拉扯一丛草，同时又有些好奇，是否有人会乐意往这陵墓中，或是任何其他坟墓上献花。在这墓地中的所有人的家人是否都远离了这片地区？不过话说回来，绝大多数的英国人一定是独自来墨西哥的，因此也就没有任何亲属需要考虑这类事。在这儿还有些本地工人的墓，没有标记，没有墓石记录他们的名字，因此也不会有献给他们的花。

如果卡塔莉娜死了，她想，她会被埋在这里，她的墓上也不会有任何东西。

这真是个可怕的想法。但她被吓坏了，不是吗？就只是被吓坏了。娜奥米丢下那丛草，深吸了一口气。墓地寂静得十分彻底。没有鸟儿在树上鸣叫,没有昆虫振动翅膀。一切都被闷住了。就像坐在深深的井底,被土地和石头包裹,远离这个世界。

靴子踩在草上和树枝被压断的声音打破了这种仁慈的寂静。她转过头,发现来的是弗朗西斯,后者正双手深深插在灯芯绒厚外套的兜里。他像平常一样,看起来很脆弱,仿佛是一张淡淡的人体速写。只有在这般地方,在有着枝条下垂的柳树和舔舐墓石的浓雾的墓地里,他才能看上去更有实质。她想,如果在城里,他一定会被电喇叭的叭叭声和马达的隆隆声震碎。像是上好的瓷器,被甩在墙上。但她喜欢他穿着这件旧外套的模样,带着或多或少的虚弱气质,双肩微微耸起。

"我就知道你在这儿。"

"又来采蘑菇?"娜奥米问道,她将双手摆在膝盖上,竭力让声音平稳,听起来不至于太紧张。昨晚她差点就在他们面前痛哭失声。她不希望此刻再做出这样的事。

"我看到你离开屋子。"他承认道。

"你需要什么吗?"

"我的旧毛衣,你正穿着它。"他说。

这完全不是她预料的答案。她皱起眉。"你想让我还给你?"

"完全没有。"

她挽起太长的袖子,耸了耸肩。要是在其他任何时间,她都会将这句话视作一种暗示,好让她开上一两个可爱而又无伤大雅的玩笑。她会取笑他,开心地看着他渐渐脸红。但现在,她就只是扯着草丛。

他在她身边坐下。"这真不是你的错。"

"你可能是唯一一个这么想的人。你的母亲甚至不会告诉我卡塔莉娜是否醒了,弗吉尔则想掐死我。如果你的叔祖父霍华德也想做这样的事,我也不会惊讶。"

"卡塔莉娜醒了一会儿,不过很快就又睡着了。她喝了点肉汤。她会好起来的。"

"是的,我也相信如此。"她喃喃道。

"我说这不是你的错,这句话是真心的,"他向她保证,手放在她的肩头,"求求你,看着我。真不是这样。她不是第一次发作。以前也发生过。"

"你这话是什么意思?"

他们彼此对视。这一次轮到他扯下一片草叶,将它缠绕在手指上了。

"好啦,说吧。你这话是什么意思?"她重复了一遍,扯开那片草叶。

"她服用过那种鸦片酊……她之前就对它有反应。"

"所以你是在告诉我,她曾经以同样的方式,让自己发病?还是说她打算自杀?我们是天主教徒。这么做是有罪的。她不会这么做,永远不会。"

"我不觉得她想死。我提到这一点,只是因为你似乎认为是你的所作所为让她变成了这样,而事实并非如此。不是你让她生病;完全不是你的问题。她在这儿过得很悲惨。你应该立刻带着她离开。"

"弗吉尔之前不会让我这么做,现在显然更不会,"娜奥米说道,"不管怎么说,她是被锁在房间里的,不是吗?要是现在我能见她就好了,哪怕只有一分钟。你的母亲对我很生气——"

"那么你应该离开。"他唐突地说道。

"我不能走!"

首先她考虑的是,她的父亲会因此而极为失望。他派她作为使者来这儿,让她来消除丑闻,提供答案,她却只能两手空空地回去。他们之间的交易会因此作废——她再也不能去读硕士课程——更糟的是,她痛恨失败的滋味。

另外,卡塔莉娜现在这状态,她根本不敢去任何地方。要是卡塔莉娜需要她怎么办?她怎么能在伤害了卡塔莉娜之后就此逃走?她又怎么能留下卡塔莉娜一个人,承受痛苦的折磨?

"她是我的家人,"娜奥米说道,"每个人都必须支持自己的家人。"

"即使你其实帮不上她的忙?"

"你怎么知道我帮不上。"

"这儿没有属于你的位置。"他向她保证。

"是他们让你来赶我走的吗?"她被他的话激怒,迅速站起身问道,"你想解决掉我?你这么讨厌我吗?"

"我很喜欢你,你知道的。"他说着低下头,双手重又插回外套的口袋里。

"那你会帮我忙,现在送我去镇上,对吧?"

"为什么你需要去镇上?"

"我得知道卡塔莉娜喝的酊剂到底是什么。"

"这对你没有任何好处。"

"就算没有我也想去。你会送我吗?"

"今天不行。"

"那明天。"

"后天,或许可以。也可能不行。"

"那为什么不约一个月之后,"她愤怒地回道,"要是你不想帮我,我可以走到镇上去,用不着你。"

她想跺脚走开,却绊了一跤。弗朗西斯抬起手臂扶住了她,

200

当她的手抓住他的袖子时，他叹了口气。

"我非常想帮你的忙。但我现在很累。我们都很累。霍华德叔祖父这些天来让我们整晚整晚地没法睡觉。"他说着摇了摇头。

他的双颊似乎被挖空了，双眼下的黑眼圈几乎有些泛紫。她再次觉得自己自私极了，非常叫人讨厌。除了自己，她根本没有顾及到其他任何人，也没有停下来想一想，上高地的其他人有各自的麻烦要应付。比如说，谁知道弗朗西斯会在夜间被唤去照顾他生病的叔祖父呢。她可以想象，弗洛伦丝将一块冷敷布贴上老人的脸，又命令她的儿子举起油灯。又或许，家里的这两名年轻男性还有别的任务。在一个散发着即将来临的死亡气息的密闭房间里，弗吉尔和弗朗西斯可能得给霍华德·多伊尔那虚弱惨白的身体脱去衣服，涂上药膏。

娜奥米收起手指，抬起手遮住了嘴，模模糊糊地，她回忆起了那个可怖的噩梦，在梦中那苍白的男子曾朝她伸出双臂。

"弗吉尔说他有个旧伤口。但那到底是什么伤？"

"无法痊愈的溃疡。但这不会要他的命。这永远要不了他的命。"弗朗西斯发出一声低沉而悲伤的轻笑，他的视线望着阿格尼丝的石雕像。"明天一早我带你去镇上，赶在其他人醒来之前。早餐前，就像上一次那样。如果你希望带上你的行李箱——"

"你得想个更有创意的方式才能让我离开。"她回答道。

他们开始移动，静静地向墓地的铁门走去。他们行走时，她擦过冰冷的墓碑上缘。在某一刻，他们经过一棵枯死的灰色橡树，它横亘在地，腐烂的树皮上长出了一簇簇蜜色的蘑菇。弗朗西斯弯下腰，像她触摸那些墓碑一般，用手指滑过光滑的蘑菇伞帽。

"到底是什么让卡塔莉娜变得这么悲惨？"她问，"她刚结婚的时候很开心。按我父亲的说法，是开心得像个傻子。弗吉尔待她很残忍？昨晚我和他说话的时候他很凶，完全没有同情心。"

"是这屋子，"弗朗西斯喃喃道。此时已能看到那两扇黑色的大门以及门上的蛇了。那些衔尾蛇在地上投下了影子。"它不是为爱而建的，那座屋子。"

"所有地方都是为爱而造的。"她表示反对。

"这地方和我们都不是。你往上数两三代，看那些你能数出来的人。你找不到爱的迹象。我们没有这种能力。"

他的手指缠绕在精巧的铁栏杆上，他就这么站着，看向地面，经过了整整一秒，才替她打开了门。

那天晚上，她又做了一个怪异的梦。她甚至没法将它归类为噩梦，因为在梦中她感受到了宁静。甚至，麻木。

屋子在梦中产生了变形，不过这一次没有变成由血肉和筋腱组成的生物。她在一片苔藓的地毯上行走，花朵和藤蔓爬满墙壁，一个个伞柄又细又长的蘑菇散发出浅黄色的光芒，照亮了天花板和地板。仿佛森林在午夜时分踮着脚尖进了这座屋子，将自身的一小片留在了屋内。娜奥米走下楼梯时，她的双手擦过被花朵覆盖的栏杆。

她沿着一条走廊向前，地上长着厚厚一层有她大腿那么高的蘑菇，她望着墙上的油画，它们都隐藏在层层树叶之下。

在梦中，她知道自己该去哪儿。墓地，没有铁门迎接她，不过本来就不该有。这是在墓地建成之前，当时他们正在山坡上营建一座玫瑰园。

一座花园，只是此时尚未生长出任何花朵。也没有任何人将它们采摘。这儿十分安静，在松林的边缘，浓雾覆盖着岩石和灌木。

娜奥米听到了说话声，很响，接着是尖厉的叫喊，但一切如此寂静，如此平和，让她也平和起来。甚至当尖叫的音高产生了变化，似乎变得更紧张，她也没有害怕。

她抵达了一片空地，看到一个躺在地上的女人。她的肚子很大，鼓了起来，似乎正在生产，这也解释了那些尖叫声的来源。有几个女人正在照顾她，她们握着她的手，将柔软的发丝从她的脸上拂去，轻声朝她呢喃。男人们手中握着蜡烛，或是拿着提灯。

娜奥米注意到有个小女孩坐在椅子上，她那头金色的头发扎成了辫子。她的双臂中抱着一块白色的布，打算用它来包住新生的婴儿。有个男人站在这个孩子身后，他那只戴着戒指的手放在她的肩头。是琥珀的戒指。

这一幕有一点荒诞。一个女人，气喘吁吁，在泥地里生产，而那个男人和那个孩子分别坐在有天鹅绒饰垫的椅子上，仿佛正在观赏戏剧表演。

男人的手指轻点孩子的肩头。一，二，三，三下。

他们在那儿，在黑暗中，坐了多久？女人又生了多久？但已经不用再等太久了。时刻即将来临。

怀孕的女人攥住某人的手，发出一声悠长而低沉的呻吟，伴随着一个湿漉漉的声音，那是血肉落在潮湿泥土地上的拍打声。

男人站起身走向那个女人，当他走动时，周围的人群向两边退去，仿佛被分开的海。

他慢慢弯下腰，小心地抱起那女人生下的孩子。

"死亡，难产。"男人说道。

但当他抬起胳膊，娜奥米发现他怀里的不是孩子。女人生下来的是个灰色的肉块,形状近似于蛋,覆盖着一层厚厚的膜,因为血而显得湿滑。

那是个瘤子。它没有生命。但它在轻轻地脉动。肉块颤抖起来,与此同时外面的膜裂开,滑向两边。它爆裂开来,往空中喷出一片金色的云尘,男人吸入了这种尘埃。女人的随从们、拿着蜡烛和提灯的人们,还有所有旁观者都凑上前,举起双手,像要触摸这种金色的尘土,而这种粉尘,它们以极为缓慢的速度,落在土地上。

所有人都忘了生产的女人,此刻,他们的注意力都集中在男人手中高举过头的肿块上。

只有小女孩注意到了地上躺着的精疲力竭而微微发抖的女人。孩子靠近她,将手中拿着的布蒙在女人的脸上,仿佛给新娘戴上面纱,而后,紧紧捂住。女人因为无法呼吸而抽搐;她想抓挠那孩子,但她已耗尽力气,而那孩子,那双颊通红的孩子,捂得很紧。女人颤抖、窒息之时,男人一直在重复着同一组词语。

"死亡,难产。"他说,而后他抬起视线,盯着娜奥米。

就在那时候,就在他看着她时,她终于想起该要害怕,想起了厌憎和恐惧的情绪,她将脸转开了。她的嘴里一股血腥味,她的耳朵里一直充斥着微弱的嗡鸣。

娜奥米醒来时,发现自己正站在楼梯底部,月光通过彩色玻璃窗流溢下来,将她那件白色的睡衣染成了黄色和红色。整点的钟声正好响起,地板发出嘎吱声,她将一只手摆在扶手上,紧张地侧耳倾听。

15
CHAPTER FIFTEEN

娜奥米敲了敲门,等了一会儿,又等了一会儿,但没有人来应门。她站在玛塔家门口,紧张地拉扯手提包带子,最后终于放弃,回身走向弗朗西斯,而后者正好奇地看着她。他们将车停在镇子广场附近,而后一起走到这里,尽管她对他说,他可以像上次一样,等着她就行。但弗朗西斯说他可以走一走。她不知道他是否在监视她。

"好像没人在家。"娜奥米说道。

"你想等一会儿吗?"

"不。我得去卫生所。"

他点点头,他们慢慢向埃尔特里温弗的下城区走去,到了那地方,真正的道路会取代泥泞的小径。娜奥米本担心医生也还没上班,不过他们抵达卫生所大门的时候,胡里奥·卡马里奥正好走过转角。

"卡马里奥医生。"她说。

"早上好。"他回道。他腋下夹着一只纸袋,另一边则夹着医疗箱。"您起得真早。能稍微等一会儿吗?"

弗朗西斯伸出双手抓住了医疗箱。卡马里奥医生拿出一串钥匙,打开门,引他们进门。接着他走向接待台,将纸袋放在台子后面,向他们微微一笑。

"我想我们没有正式见过面,"胡里奥说道,"但我以前在邮局见过你,当时你和卡明斯医生在一起。你是弗朗西斯,对吧?"

金发的男人点点头。"我是弗朗西斯。"他简单回道。

"那就对了,去年冬天我接替科罗纳医生的工作时,他实际上提过你和你的父亲。我想他们以前一起打过牌。一个挺好的家伙,科罗纳医生。不过,话说回来,你的手还是不舒服吗,娜奥米?你是为了这个原因来这儿的吗?"

"我们能谈谈吗？你有时间吗？"

"当然。进来，"医生说道。

娜奥米跟着他进了诊室。她回头去看弗朗西斯是否打算也跟她进去，不过他就坐在大堂里的椅子上，双手插兜，眼睛看着地板。如果他打算盯着她，那他这活儿干得也太粗糙了；他本可以轻松地偷听到他们的全部谈话。想到他对此并不感兴趣，她轻松了许多。娜奥米关上诊室的门，在书桌后就位的卡马里奥医生对面坐下。

"现在，问题在哪儿？"

"卡塔莉娜癫痫发作了。"娜奥米说道。

"发作？她有癫痫？"

"没有。我给她买了一种酊剂，是从那个玛塔·杜瓦那儿配的药。卡塔莉娜让我这么做的，说那药能让她睡个好觉。可她喝下去之后就开始发作了。今天早上我去找玛塔，但她不在家。我想问你是否听说过镇子附近发生了类似的事，玛塔的药让人生病之类的。"

"玛塔不是去帕丘卡见她女儿，就是出门采药去了，所以你才没找到她。但说到以前是否发生过类似的事，至少我没有听说。我很肯定，如果有，科罗纳医生会提的。亚瑟·卡明斯给你的堂姐做了检查吗？"

"他说导致癫痫发作的原因是鸦片酊。"

卡马里奥医生抓起一支钢笔，让它在手指间转动。"你要知道，在不久前鸦片还曾被用来治疗癫痫。当然任何药都有可能引发过敏反应，但玛塔对这类药材一直很当心。"

"卡明斯医生说她是个江湖骗子。"

他摇摇头，将钢笔放回桌上。"她不是江湖骗子。不少人去玛塔那儿求药,她给他们提供的帮助已经很不错了。如果她做出了影响镇民健康的事,我不会放任不管。"

"但如果卡塔莉娜服用了过多的鸦片酊呢?"

"过量了?嗯,过量用药当然会造成很可怕的后果。她可能会丧失意识,可能会呕吐,但问题在于,玛塔不会用上鸦片酊。"

"你这话是什么意思?"

卡马里奥医生双手交握,手肘搁在桌子上。"这不是她通常会提供的那种医疗服务。鸦片酊是你能在药店里买到的药物。玛塔制造的酊剂使用的是本地的草药和植物。这附近没有罂粟,因此她也就没办法制造鸦片酊。"

"所以你是说,让她生病的一定是某种别的物质?"

"我没法确定地这么说。"

她皱起眉,无法清晰地理解她获得的这一信息。她来这儿本想得到一个确切而简单的答案,结果却一无所获。这里的一切似乎都不那么简单。

"我很抱歉没法再多帮上你一点忙。或许在你离开之前,我可以替你看看你的皮疹?你换过绷带吗?"卡马里奥医生问道。

"没有。我完全忘了这件事。"

她甚至都没打开装氧化锌乳膏的小罐子。胡里奥解开绷带,娜奥米原本以为还会看到与之前一样粗糙发红的皮肤。或许甚至比上一次见到时更糟。然而相反,她的手腕痊愈了。她的皮肤上甚至没有出现一个鼓包。这似乎让医生吓了一跳。

"哇,这可真叫人惊讶。怎么回事,它消失了,"卡马里奥医生说道,"我想我以前从没见过这样的事。通常皮疹会残留七到十天,有时要延续几周皮肤才会彻底清洁干净。但现在才过了两天。"

"我肯定挺幸运。"她小心地说道。

"非常幸运,"他说,"这可真是。你还需要什么别的吗?如果没有了,那我可以帮你告诉玛塔,说你来找过她。"

她想起她那个怪异的梦,还有她第二次梦游的那段插曲。但她也不觉得医生能就此提供什么帮助。正如他所说,他其实并不那么有用。她开始想,或许弗吉尔说得对,卡马里奥医生太年轻,缺乏经验。也或许是她太苛刻了。她现在彻底累坏了。前一天的紧张焦虑突然在她身上产生了作用。

"你可真是太好了。"她说。

娜奥米原本指望能不引起任何人注意,偷偷回到自己的房间里。但显然她有太多事要被人盘问。在弗朗西斯和娜奥米停车之后,甚至还不到一个小时,弗洛伦丝便来找她了。弗洛伦丝用托盘带上了娜奥米的午饭,将它放在桌子上。她没有说任何叫人不适的话,但她的脸凶恶地板着。那是张准备镇压暴动的典狱长的脸。

"弗吉尔想和你谈谈,"她说,"我想你能在一个小时内吃完饭,然后和他见面?"

"当然。"娜奥米回道。

"很好,我会来接你。"

堪堪一个小时后,她确实回来了,领着娜奥米到弗吉尔的房间去。她俩站在他房门口时,她敲了一下门,她的指关节在木头表面上触碰得非常轻,娜奥米觉得他根本不可能听见,但他开口说话了,声音响亮而清晰。

"进来。"

弗洛伦丝拧动门把手,为娜奥米打开了门。随着年轻的女人踏入其中，弗洛伦丝小心地将门又再度合上。

在行走时，她注意到的第一件事是弗吉尔的房间里有一幅威严的霍华德·多伊尔肖像，他双手合十，隔着整个房间俯视她，手指上还戴着一只琥珀戒指。弗吉尔的床半藏在一面三折屏风后，屏风上描绘着丁香和玫瑰的花枝。这种分割的方式创造出一片起居的区域，在那儿摆着一块褪色的地毯和一对破旧的皮沙发。

"今天早晨你又进镇上去了，"弗吉尔说道，声音从屏风后传了出来，"你这么做让弗洛伦丝很不高兴。就这么离开，一声招呼也不打。"

她靠近屏风，注意到花朵和蕨类植物之间有一条蛇。它藏得很狡猾，躲在一丛玫瑰后向外看。它就这么等待着，就像伊甸园中的那条蛇。

"我以为独自开车进镇子才会引起问题。"娜奥米回答。

"路况很不好，雨势随时都会变大。都是暴雨。土壤会变成一片烂泥。我出生那一年，雨水淹没了矿场。我们失去了一切。"

"我的确注意到了下雨的事，路也确实不太好，但不算无法通行。"

"迟早会的。最近这些天雨歇了不少，但很快就会下得很凶。麻烦帮我拿一下椅子上的睡袍。"

她抓住一把椅子上挂着的深红色袍子，走向木质的屏风。她惊讶地发现弗吉尔甚至懒得穿上衬衫，就这么半裸地站着，毫不在意。这太随便了，堪称可耻，她羞耻地涨红了脸。

"那，怎么说，卡明斯医生会来吗？他应该每周都来一次的。"她说着将袍子递出去，迅速避开了视线。她想保持冷淡的语气，脸颊却阵阵发烫。如果他想羞辱她，那他得再加把劲。

"他有辆卡车。你真觉得我们那几辆车适合一直在山里爬上爬下?"

"我觉得如果弗朗西斯认为这样做很危险,他会告诉我的。"

"弗朗西斯。"弗吉尔说道。当他说出这个名字的时候,她瞥了他一眼。他系上了睡袍的腰带。"你似乎绝大部分时间都和他在一起,而不是和卡塔莉娜。"

他这是在责备她?不,她觉得这其中有一些细微的差别。他是在评估她,就像珠宝匠盯着钻石,想测量它的纯净度,又或是像昆虫学家在显微镜下观察蝴蝶的翅膀。

"我和他一起度过了一段长度合情合理的时间。"

弗吉尔露出了全然没有半点愉悦的微笑。"你的用词可真小心。在我面前真是泰然自若。我可以想象,你在你那城里的鸡尾酒会上斟酌用语的模样。在那儿,你是不是从来没有拿下过面具?"

他做了个手势,让她坐在皮沙发上。她刻意无视了那个姿势。"真好笑,我还以为就伪装的知识,应该是你给我上一两节课才是。"她回道。

"你这句话是什么意思?"

"卡塔莉娜生这样的病已经不是第一次了。她喝下过这同一种酊剂,有过同样糟糕的反应。"

她本来不想就此事多说什么,但又想看看他会有什么反应。他刚才评估了她。而现在,轮到她了。

"你确实在弗朗西斯身上花了不少时间,"弗吉尔说道,他的脸上露出了明显的厌恶,"没错,我忘了提以前发生过的事。"

"这借口可真方便。"

"是吗?医生给你解释了,她有抑郁的倾向,你觉得这都是谎话。如果我告诉你说她在自杀——"

"她不是要自杀。"娜奥米反对道。

"好吧,当然,既然你似乎什么都知道。"弗吉尔低声道。他看上去有些厌倦了,挥了挥手,像在驱赶一只看不见的虫子。驱赶她。这个姿势让她怒火中烧。

"是你让卡塔莉娜从城里出来,把她带到了这儿,如果她现在有自杀的念头,那都是你的错。"她回道。

她希望自己能够冷酷无情。她希望能把他曾施加在她身上的伤害悉数奉还,但当她吐出毒液的那一刻,她后悔了,因为弗吉尔似乎立刻露出了心烦的表情。他看起来就像是挨了她的打,在一瞬间露出了纯粹的痛苦,抑或是羞愧。

"弗吉尔。"娜奥米刚开口,他摇了头,让她沉默了。

"不用,你说得对。这是我的错。卡塔莉娜因为错误的理由与我相爱。"弗吉尔在他的椅子上坐得板直,双眼盯着她,双手放在椅子的扶手上,"坐下,请。"

她没打算让步。她没有坐。相反,她站在椅子后面,身体向椅背前倾。她隐隐约约地觉得,假如她站着,要跑出这个房间就更容易些。她不清楚自己为什么这么想。必须随时做好准备,像瞪羚一般地跳着逃走,这样的念头让人不安。最后,她总结认为,是她不喜欢在他的房间里,和他单独谈话。

他的领地。他的地穴。

她怀疑卡塔莉娜从未踏入这个房间。即使来过,也一定只是短暂受邀。这儿没有任何属于她的痕迹。整套家具,由他父亲馈赠的巨大油画,木质屏风,带着淡淡霉斑条纹的古老墙纸,所有这一切都属于弗吉尔·多伊尔。他的品位,他的东西。甚至他的五官也像是这个房间的补充。金色的头发在深色皮革的映衬下更为突出,有红色天鹅绒褶皱为框,他的肤色仿若雪花石膏。"

"你的堂姐热爱幻想,"弗吉尔说道,"我想她把我想象成了浪漫的悲惨人物。一个幼年时因为愚蠢的悲剧而失去了母亲的男孩,他的家庭财产在革命的年代中蒸发,他在群山之间摇摇欲坠的华厦中,伴随着生病的父亲长大。"

是的,这一定能讨她喜欢。首先。他的热情会让卡塔莉娜觉得十分动人,其次,在他的家里,在屋外的迷雾包围下,在屋内的银烛台的微光中,他能显得极为明亮耀眼。然而,娜奥米想,要消磨掉这种新奇感,需要多久呢?

或许是感觉到了她的问题,弗吉尔做作地一笑。"毫无疑问,她想象中的这座屋子是个讨人喜欢的乡村小屋,只要花一丁点力气就能让它变得可爱。当然,这不是说我的父亲会允许哪怕一块窗帘经受改动。我们得按他的意思生存。"

他转过头,望向画着霍华德·多伊尔肖像的油画,一只手轻点椅子的扶手。

"那你想让某一块窗帘出现改动吗?"

"我已经改变了不少事。我的父亲几十年没有离开过这座屋子了。对他来说,这里就是这个世界的理想幻景,除此之外,不需要更多。我的未来清晰可见,我也明白我们的局限所在。"

"如果是这样,如果可以改变——"

"某种特定类型的改变是可以的,"弗吉尔同意道,"但改变无法宏大到让我成为某种与现在不同的存在。你无法改变事物的本质。这才是问题。我想,关键在于卡塔莉娜想要的是某个其他人。她想要的不是我,不是有血有肉有瑕疵的我。她当时立刻就郁郁寡欢了,对,这是我的错。我没法符合她的期待。她在我身上看到的,其实在我心里并不存在。"

墨西哥哥特

立刻。那么,为什么卡塔莉娜没有回家?但尽管如此自问,她实际上早就知道答案。家族。所有人都会为此事而目瞪口呆,社会版上将充斥着最恶毒的文字。这正是她的父亲此刻害怕的。

"那你在她身上又看到了什么?"

娜奥米的父亲曾经很确信,是钱。她不认为弗吉尔会直接承认,但她觉得自己有自信能辨别真相,察明言外之意,从而接近答案,即使这答案在重重的掩饰之下。

"我的父亲病了。事实上,他正在逐渐走向死亡。在去世之前,他希望能见到我结婚。他想确定我会有妻子和孩子,知道家族的血脉不会就此消亡。这不是他第一次就此而对我提出要求,也不是我第一次遵从他的命令。我结过一次婚。"

"我不知道这事,"娜奥米说道,她相当惊讶,"发生什么了?"

"她具备我父亲心目中的理想妻子应有的一切品质,唯一的问题只在于他忘了就此来询问我的意见,"弗吉尔说着咯咯一笑,"事实上,她是亚瑟的女儿。我们还是孩子的时候,我父亲就一直觉得我们得结婚。'总有一天,等你们结了婚,'他们总是这么对我们说。这样重复没有任何益处,只会起到反效果。我二十三岁时我们结婚了。她讨厌我。我觉得她很无趣。

"不管怎么说,我想,要不是流产,或许我们之间终究还是能创造出一些有价值的东西。她流产了四次,这耗尽了她。她抛弃了我。"

"她和你离婚了?"

他点点头。"是的,最终,我的父亲含蓄地让我意识到,他希望我再婚。我旅行过几次,到过瓜达拉哈拉,又去了墨西哥城。我遇到过不少有趣又漂亮的女人,她们显然能让我的父亲满

MEXICAN
GOTHIC

意。但卡塔莉娜是真正吸引了我注意的人。她很甜美。这可不是个在上高地能轻易见到的品质。我喜欢这个品质。我喜欢她的柔和，她那些浪漫的念头。她想要个童话，而我想要给她那样的东西。

"接着，当然，一切都出了错。不仅是她的病情，还有她的孤独，她时不时发作的忧愁。我本以为她明白与我一起生活将意味着什么，而我也明白与她生活会是什么样。我错了。然后我们就成了现在这样。"

童话，对。被魔法之吻唤醒的白雪公主，还有让野兽变回人类的美女。卡塔莉娜读过这些给小女孩儿写的故事，她语气夸张而坚定地念出故事中的每一句话。这本是一场表演。而现在，这就是卡塔莉娜的白日梦的结局。这就是她的童话。这不自然的婚姻，她的疾病和她精神上所受的折磨，这一切都往她的双肩上增添了令她精疲力竭的重负。

"如果她不喜欢的是这座屋子，那你可以带她去其他地方。"

"我的父亲希望我们留在上高地。"

"总有一天你得掌握自己的生活，不是吗？"

他微笑。"我自己的生活。我不知道你有没有注意到，但我们当中的任何一个人都没法拥有自己的生活。我的父亲需要我在这儿，而现在我的妻子病了，这二者是相同的情况。我们不得不留下。你真意识到了情况的艰难之处吗？"

娜奥米双手对搓。是的，她意识到了。她不喜欢，但她还是意识到了。她很累。她觉得他们一直在兜圈子。或许弗朗西斯说得对，她最好去收拾自己的行李。但是不，她拒绝这样。

他的视线又回到她身上。那双眼睛蓝得热烈，是精心打磨过的天青石的蓝。"好啦，我们似乎跑题了，这已经不是我让你来这儿时想说的话题了。我想就我们上次见面时我所说的话向你道歉。我当时精神状态不佳。现在也是一样。不管怎么说，如果我让你烦心了，那我很抱歉。"弗吉尔这么说，让她很惊讶。

"谢谢。"她回答道。

"我希望我们可以友好相处。不需要表现得跟仇敌似的。"

"我知道我们不是敌人。"

"我恐怕我们从一开头就不顺利。或许我们该重头试一试。我保证我会让卡明斯医生去打听帕丘卡的精神病专家，作为一种后备的选择。你可以帮我挑选医生，我们甚至可以一起给他写信。"

"我很乐意。"

"那么说来，我们这算是休战了？"

"根本没有什么战争，不是吗？"

"啊，对。随便怎么说吧。"他说着，伸出了他的手。娜奥米有些犹豫，但随后便从椅子后面走出来，与他握了握手。他握得很坚定，他的手很大，将她那只小小的手彻底覆盖住了。

她打了招呼后便离开了。等走回自己的房间，她看到弗朗西斯站在门口，正打开门。她的脚步声让他犹豫了一下，接着他看向娜奥米。他歪着头，无声地致意，但什么也没有说。

娜奥米想知道弗洛伦丝是否因为他帮了自己而责骂他。或许他也被招去，在弗吉尔面前罚站，弗吉尔也对他说了同样的话：你似乎把绝大多数的时间都花在她身上了。她想象出了争吵的画面。无声的。霍华德不喜欢大声的喧闹，因此冲突也必须以低语展开。

他不会再帮我了，望着他那张踌躇不定的脸，她想。我已经耗尽了他的好意。

"弗朗西斯。"她说。

他装作没有听见。这个年轻人轻轻关上身后的房门,从娜奥米的视野中消失了。他被这屋子的众多房间之一吞没,进了这只野兽的某一个肚子里。

她将一只手掌抵在门上,又反复思量,接着继续向前走,同时敏锐地意识到自己已经惹了太多麻烦。她想弥补这一点。她决定去找弗洛伦丝,最终发现她正在厨房里和莉齐交谈,两人的声音都不过耳语。

"弗洛伦丝,能占用你一分钟时间吗?"她问。

"你的堂姐正在午睡。如果你想——"

"不是卡塔莉娜的事。"

弗洛伦丝朝女仆做了个手势,接着转向娜奥米,示意她跟上自己。他们进入一个娜奥米从未来过的房间。屋内有一张巨大而坚实的桌子,上面摆着一台老式缝纫机。开放的架子上摆着洗衣篮和泛黄的时尚杂志。在一面墙上还能看到钉子,说明那里悬挂过油画,而今只剩污迹,那是画框曾经存在的证明。但这个房间本身还是很整洁干净的。

"你需要什么?"弗洛伦丝问道。

"今天早上我请弗朗西斯带我去镇上。我知道你不喜欢我们出门不跟你打招呼。我希望能让你知道,这都是我的错。你不应该对他生气。"

弗洛伦丝在桌旁的一张大椅子上坐下,手指交叠,盯着娜奥米。"你觉得我很苛刻,是吗?不,别否认。"

"最精确的形容词应该是'严格'。"娜奥米彬彬有礼地回道。

"在你的家里,在你的生活中,保持秩序的意识是很重要的。它能帮助你确定自己在这个世界中的位置,让你知道自己属于何处。分类学能帮助你将每一种生物放置到属于它的分支顶端。忘记自己是什么，忘记自己的责任，没有任何好处。弗朗西斯有他的职责，有他该当完成的家务。你拉着他远离了这些杂务。你让他忘了自己的责任。"

"但显然他不需要一整天都干家务。"

"是吗？你怎么知道？就算他每天无所事事，凭什么要他把时间都花在和你一起？"

"我不是说要占用他的所有时间，只是我看不出来——"

"他和你在一起的时候很蠢。他完全忘了自己该成为什么样的人。另外，你觉得霍华德会让他得到你吗？"弗洛伦丝摇了摇头。"可怜的孩子，"她喃喃道，"你又想要什么，嗯？你想从我们身上得到什么？我们已经不剩什么可以给予的了。"

"我只想道歉。"娜奥米说道。

弗洛伦丝将手抵着右边的太阳穴，闭上了眼睛。"你已经道歉完了。走吧，走吧。"

就像弗洛伦丝刚才提到的那种可怜的生物，那种不知道自己的位置也不知该如何找到它的存在，娜奥米盯着螺旋楼梯中柱上的宁芙女神，凝视着尘埃在一束阳光中舞动，在楼梯上坐了好一会儿。

16
CHAPTER SIXTEEN

墨西哥哥特

弗洛伦丝不会让娜奥米单独与卡塔莉娜待在一起。女仆玛丽按照她的指示,站在房间角落里守着。娜奥米再也不会得到信任。没有人直接将这一点说出口,但当她靠近堂姐的床,女仆便慢慢四下移动,整理大衣橱里的衣服,叠叠毛毯什么的。都是些没必要的工作。

"能不能请你晚点再干那些活?"她问玛丽。

"早上没有时间做。"女仆回答,语调平静。

"玛丽,求求你。"

"别管她,"卡塔莉娜说道,"坐。"

"哦,我……对,没关系,"娜奥米说道,她竭力让自己不为此而心烦。她想在卡塔莉娜面前维持积极的假象。此外,弗洛伦丝告诉她,她可以和卡塔莉娜在一起待一个半小时,不能更多,她得尽可能地将这段时间好好利用起来。"你看起来好多了。"

"骗子。"卡塔莉娜说道,不过她脸上带着微笑。

"要我帮你抖一抖枕头吗?把你的拖鞋递给你,这样你就能像《十二个跳舞的公主》里的某个公主一样,在今晚跳上一整夜?"

"你以前喜欢那本书里的插画。"卡塔莉娜轻轻说道。

"对。我承认要是可以的话,我想现在就读它。"

女仆开始摆弄窗帘,背对着她们,卡塔莉娜朝娜奥米露出热切的表情。"或许你可以给我读首诗?那儿摆着我的旧诗集。你知道我很喜欢胡安娜①。"

她确实记得那本书,它就放在床头柜上。就像那本填满了童

---

① 胡安娜·伊内斯·德·拉·克鲁兹(Sor Juana Inés de la Cruz, 1648—1695),墨西哥殖民时期的学者、哲学家、诗人和作曲家,早期墨西哥文学的贡献者。

话的大部头书,这也是一本她熟悉的宝物。"我该读哪一首?"娜奥米问道。

"《愚蠢的男人们》。"

娜奥米翻开书页。就是它了,这读旧了的书页也与她记忆中的相同。但其中也有一些不同往常的元素。在书页中夹着一张泛黄的纸,它折叠着。娜奥米瞥向堂姐。卡塔莉娜什么也没说,她的双唇紧闭,但娜奥米从她的眼神中读到了赤裸裸的恐惧。她望向玛丽的方向。那女人还在捣腾窗帘。娜奥米将那片纸放进口袋里,开始读诗。她读了好几首,一直让自己的声音保持平稳。最终弗洛伦丝出现在门口,手里拿着一只银托盘,上面摆着配套的茶壶和一只杯子,另有一只瓷盘,上面摆了几块饼干。

"该让卡塔莉娜休息了。"弗洛伦丝说道。

"当然。"

娜奥米合上诗集,乖顺地与堂姐说了再见。等娜奥米回到自己的房间,她发现弗洛伦丝已经来过了。房间里有一个摆着一杯茶和几块饼干的托盘,和送到卡塔莉娜那儿去的那一份一样。

娜奥米无视了这杯茶,关上房门。她没有胃口,也很长时间没想起来要抽支烟了。这整个情势让她对所有事都失去了兴趣。

娜奥米展开那张叠起来的纸。她注意到纸的一角有卡塔莉娜的字迹。"这是个证据。"她写道。娜奥米皱起眉,再一次将信展开,开始好奇卡塔莉娜在纸的正文中写了什么。它会重复她给娜奥米的父亲寄出的怪异信件吗?重复那封让一切就此展开的信。

然而,她手里的这封信与她想象的不同,并非出自她堂姐之手。这是封旧信,纸张发脆,似乎是从一本日记上撕下来的。尽管写在日记的纸页上,它却没有日期。

墨西哥哥特

　　我之所以将这些思绪付之于纸,是因为这是让我的决心保持坚定的唯一办法。明天我可能就会失去勇气,但这些文字能将我锚定在此时此处。此刻。我一直能听到它们的声音在轻声低语。它们在夜晚发光。或许这一点本来还可以忍受,这个地方终究还是能忍受的,假如不是为了他。我们的主和掌控者。我们的上帝。一个蛋,一劈为二,巨蛇从中升起,张开大嘴。我们伟大的传说,由软骨和鲜血纺织而成,因此根基如此之深。诸神绝不会死亡。这是人们告诉我们的,母亲相信的。但母亲没法保护我,没法拯救我们中的任何一个。全靠我了。这究竟是亵渎,还是单纯的谋杀,抑或者二者皆是。当他发现了贝尼托的事,他打了我,我在当时当地就发誓,我绝不会生孩子,也不会遵从他的旨意。我坚定地相信,这一死亡将不会是罪恶。这将是解脱和我的救赎。R.

　　R,作为署名的单个字母。露丝。这是否有可能真是露丝日记中的一页?她并不认为卡塔莉娜会伪造这样的东西,尽管它与她的堂姐写下的那封凌乱的信件之间有着离奇的相似之处。但卡塔莉娜到底是从哪儿找到它的?这屋子又大又旧。她可以想象卡塔莉娜在幽暗的走廊中走动的模样。一块松动的地板被撬了起来,而这难以理解的日记碎片就隐藏在木板下。

　　她低头看信,咬着嘴唇。这片有着奇异句子的纸能让任何人相信这世上存在鬼魂或诅咒,亦可能二者都有。当然,她从未相信真有什么东西能在夜间作怪。幻想和幻觉,她这么告诉自己。

MEXICAN
GOTHIC

她读过《金枝》①,对其中讲述驱逐邪祟的段落频频点头,她曾好奇地翻阅详细记录了鬼魂与汤加发生的疾病之间有联系的日记,也曾好奇地阅读过寄给《民俗研究》编辑的一封信,那上面详细记载了与一个无头鬼魂遭遇的事。她没有相信超自然存在的习惯。

这是证据,卡塔莉娜这么写道。但什么的证据呢?她将这封信放在桌上,将它展平。她又读了一遍。

把事实拼在一起,你这傻瓜,她咬着指甲,对自己说道。但事实又是什么?是她的堂姐提到这个屋子里有某种存在,有各种说话声。露丝也提到了各种说话声。娜奥米没有听到有人说话,不过她确实做了噩梦,还在许多年之后重又梦游了。

你可以将这一点总结成三个神经质的傻女人的案例。从前的医师可能会将它诊断为癔症。但首先,娜奥米没有癔症。

如果她们三个人都没有癔症,那么三人应该确实都接触到了这屋子中的某样东西。但它就必然是某种超自然的存在吗?必然是诅咒?幽灵?难道不可能有更理性的答案?她是在无中生有地寻找某种模式吗?毕竟,这就是人类的习性:寻找既定的模式。她可以将三个分离的故事编织成一个。

她想与其他人聊聊,不然她就只能在房间里来回踱步,磨穿鞋底。娜奥米将那张纸塞进毛衣的口袋里,抓起她的油灯,去找弗朗西斯。过去两天,他一直避着她,她估计弗洛伦丝也给他发表了一番什么职责和家务的演说,但她觉得假如她去找他,他不会直接将门甩在她脸上,另外,不管怎么说,这一次她不是去找

---

① 《金枝:巫术与宗教之研究》,是英国人类学家 J. G. 弗雷泽的经典著作,是一部研究原始信仰和巫术活动的严肃学术作品。

他帮忙的。她只是想找人聊聊天。如此这般地鼓起勇气后,她找到了他。

他打开了门,在他给予恰当的问候前,娜奥米就开口道:"我能进门吗?我需要和你谈谈。"

"现在?"

"就五分钟。可以吗?"

他有些不确定地眨眨眼,又清了清喉咙。"可以。可以,当然。"

他房间的四壁上覆盖着色彩斑斓的画作和植物学样本的印刷品。她数了数,有一打小心地钉在玻璃板下的蝴蝶,还有五张可爱的蘑菇水彩画,画作下方分别用小小的印刷字体写着蘑菇的名字。房间里有两个书架,摆满了皮面的卷册,地板上则摆着一个个整齐的小书堆。旧书和墨水的气味在整个房间内弥漫,仿佛异国花束带来的芬芳。

弗吉尔的房间里有一小块会客区,但弗朗西斯的房间里没有。她可以直接看到铺着深绿色被单的窄床和满是雕刻的床头板,那上面雕饰着树叶,中央则是这屋子里到处可见的衔尾蛇主题。房内有一张配套的书桌,上面还有更多的书。书桌一角摆着空杯子和托盘。这一定是他用餐的地方。他没有使用房间正中央的桌子。

走到这张桌子旁时,她明白了原因:桌上满是纸张和绘图工具。她看着那些削尖的铅笔、墨汁瓶子和钢笔尖。一个满是水彩颜料的盒子,插着笔刷的杯子。这儿有不少木炭画,其他则是钢笔画。许多是植物素描。

"你是个艺术家。"她边说边触碰一张蒲公英画的边缘,另一只手提着油灯。

"我只是画画而已，"他局促地说道，"恐怕我没有能招待你的东西。我把我的茶都喝完了。"

"他们在这儿泡的茶我可看不上。难喝极了，"她说着又看向另一张画，那上面描绘的是大丽花，"我以前也试过画画。我觉得我去干这事儿还挺有道理的，对吧，你懂的。毕竟我的父亲经营的是染料和颜料的生意。但我画得不好。另外，我也更喜欢拍照。只要一瞬间，它们就能捕捉事物了。"

"但绘画是对事物的重复曝光。它捕捉的是事物的本质。"

"你还是个诗人。"

他看起来很尴尬。"坐吧。"他说着接过娜奥米手中的油灯，将它放在书桌上，他原本在那地方摆了几支蜡烛。床头柜上则是另一盏油灯，与她的那盏很像，只是更大一点。它的玻璃被染成了黄色，由此便让它给这房间装饰出了温暖的琥珀色。

弗朗西斯指了指一张铺着玫瑰花环图案椅罩的大椅子，又迅速地推开摆放在椅子上的几本书。他抓过书桌椅坐在她对面，双手交叠，身体微微前倾。

"你看过许多自己家族的生意？"他问。

"还是个孩子的时候，我会去父亲的办公室里，装模作样地打字写报告，记一些笔记什么的。但我现在对这些已没那么感兴趣了。"

"你不想参与其中？"

"我的兄长喜欢。但我不理解，为什么我的家族在经营涂料公司，我就非得画画。或者更糟的，和另一个涂料公司的后代结婚，好让我们能有个更大的公司。或许我想要的是做别的什么事。或许我还有惊人的秘密天赋有待发掘。要知道，你这会儿说不定就正在和一个顶尖的人类学家聊天呢。"

"这么说的话,就不可能是钢琴演奏家了。"

"为什么不能二者皆是?"她耸耸肩,问道。

"当然。"

这椅子坐起来挺舒服,她也喜欢他的房间。娜奥米四下环顾,看着蘑菇的水彩画。"这些也都是你画的吗?"

"是的,我在几年前画的。画得不是很好。"

"它们很美。"

"你说是就是。"他回道,声音很是庄重,面带微笑。

他相貌平平,甚至可说其貌不扬。原本她喜欢雨果·杜阿尔特是因为他长得漂亮,她欣赏处事圆滑的人,他们可以穿着得体,玩些魅力游戏。但她也喜欢眼前这个男人的怪癖和不完美,喜欢他缺乏花花公子式的小聪明和他安静的智慧。

弗朗西斯又穿着灯芯绒外套,不过在他的房间这么私密的地方,他赤着脚,里面穿着一件皱巴巴的旧衬衣。他这副模样看起来总有些特别可爱又亲密的地方。

娜奥米心中产生了一种渴望,想凑近去亲吻他,这种感觉类似于希望点燃一根火柴,那是一种焦灼、明亮、饥渴的感受。但她犹豫了。当亲吻某个人无关紧要时,要这么做很容易,但当这个举动可能意味深长时,要这么做就困难多了。

她不想让情况变得更混乱了。她不想玩弄他。

"你还没来恭维过我的画。"像是感受到了她的犹豫,他说道。

她还没有。完全没有。娜奥米清了清喉咙,摇摇头。"你有没有觉得,你家可能闹鬼?"

弗朗西斯的笑容十分浅淡。"你这么说有点古怪。"

"我对此很确信。但我找不到什么好理由来问。说吧,你觉得呢？"

沉默。他慢慢将双手插进兜里，低头看向脚下的地毯。他皱起眉。

"就算你告诉我你观察过鬼魂，我也不会嘲笑你的。"娜奥米补充道。

"这世上没有鬼魂这样的东西。"

"但假如真的有呢？你难道从没怀疑过？我不是说披着床单、身后还拖着铁链的那种。我以前读过一本有关西藏的书。它的作者是个叫做亚历山大莉娅·大卫·妮尔①的女人，她说那儿的人能制造出鬼魂来。他们以命令让鬼魂存在于世。她把它们叫做什么来着？幻人。"

"这听起来像个编造出来的故事。"

"确实。不过杜克大学有个教授叫 J. B. 莱茵，他研究的是超心灵学。就是类似心电感应这类超感觉知觉的学科。"

"你到底在说什么？"他问道，他的话中点缀着可怕的警惕。

"我在说的是，或许我的堂姐可能精神完全正常。或许这座屋子里确实有个作祟的东西，但它能用逻辑来解释。我还不知道具体该怎么说，或许它和超心灵学根本没关系，但就像老话说的：疯得像个帽子商。"

"我不明白。"

"大家都说卖帽子的人总是疯得厉害，但这是因为他们工作

---

① 亚历山大莉娅·大卫·妮尔（ALexandra David‑Neel, 1868—1969），法国东方学家、汉学家、藏学家和探险家，前后五次到西藏及其周边考察，1924 年因成为第一位进入拉萨的现代欧洲女性而举世闻名。幻人（Tulpa）的部分主要出现在她的《西藏的奥义与秘术》一书中，她号说说根据秘术通过长时间冥想创造了一个幻人，并令其物化，掌握了实体。

时接触的材料造成的。他们制作毡帽时会吸入汞蒸汽。即使到了今天,你在处理这些材料时仍得提高警惕。你可以把水银混入涂料中来控制霉菌,但在合适的状态下,这种混合物会挥发出足以让人生病的汞蒸汽。你可以让一个房间里的所有人发疯,完成这件事的则是涂料。"

弗朗西斯突然站起身,抓住她的双手。"一个字都别说了。"弗朗西斯压低了声音对她说。他这句话用的是西班牙语。自娜奥米抵达这座屋子以来,他们就一直用英语对话,她完全记不起他什么时候曾在上高地说过一个西班牙语的字眼。她也不记得他是否触碰过她。就算有,那也肯定不是他故意的。但此刻他的双手正坚定地握着她的手腕。

"你觉得我疯得像那些帽子商吗?"她也用西班牙语问道。

"老天,当然不。我觉得你清醒而聪明。或许是太聪明了。你为什么不听我的话?真的,听着。今天就走。马上离开。这不是你该待的地方。"

"你还有什么瞒着我的?"

他盯着她,双手还紧紧地攥着她的手。"娜奥米,这世上没有鬼魂,并不意味着你不会遇上作祟。也不意味着你不该为此感到恐惧。你的胆子太大了。我的父亲也是如此,他为此而付出了莫大的代价。"

"他摔进了一条山涧里,"她说,"还是说除此之外还有些别的事?"

"谁告诉你的?"

"我先提问的。"

恐惧的寒意刺中了她的心脏。弗朗西斯从她身前离开,心神不宁,这一次轮到她抓住他的双手。将他拉住不放。

"你会告诉我吗?"她坚持问道,"除此之外是否还有些别的事?"

"他是个醉鬼,摔断了脖子,他也确实摔进了一条山涧里。我们非得现在讨论这些吗?"

"对。因为其他时候你似乎什么也不会跟我说。"

"这话说得不对,我已经告诉你很多事了。只要你认真听。"他说着抽出了自己的双手,郑重地将手放在她的肩头。

"我正在听。"

他发出几近叹息的声音表示反对,正当她以为他可能会开始与她交谈时,一声响亮的呻吟在下方的大厅中回荡,接着又是另一声。弗朗西斯后退一步,远离了她。

这地方的声学构造真够古怪的。她不明白什么声音的传播效率能有这么高。

"是霍华德叔祖父。他的身体又疼了,"弗朗西斯说着,做了个苦瓜似的鬼脸,看上去简直好像正处于痛苦之中的人是他,"他撑不了太久了。"

"我很抱歉。这对你来说一定很难吧。"

"你不明白。要是他现在已经死了就好了。"

这句话着实可怕,但她觉得,要在这样一座朽烂发霉的屋子里一天天地住下去,走路时还得踮着脚尖以防让那老人心烦意乱,绝不是什么轻松的事。当所有情与爱都遭到否定,在年轻的心中又会孕育出怎样的愤恨?她甚至想不出来有谁会爱弗朗西斯。他的舅舅不会,他的母亲也不会。弗吉尔和弗朗西斯是朋友吗?他们是否会疲惫无聊地彼此对视,坦言心中的不满?弗吉尔虽然也有属于他的委屈不平,但至少见过整个世界。而弗朗西斯,他一直被紧紧地绑在这座屋子里。

墨西哥哥特

"嘿。"她说着，伸出一只手触摸他的手臂。

"我记得，我还小的时候，他用他的手杖打过我，"弗朗西斯喃喃道，他的声音成了嘶哑的低语，"'教你该怎么使用力量'，我们都这么说。那时我就想，天哪，露丝是对的。她说得对。只是她没法干掉他。这么尝试没有意义，但她说得对。"

他看起来那么可怜，尽管他所说的话极为可怕，但娜奥米的心里依然同情多于恐惧，她没有退缩，手坚定地贴着他的胳膊。反过来，却是弗朗西斯转开了自己的脑袋，逃避着她。

"霍华德叔祖父是个怪物，"弗朗西斯告诉她，"别相信霍华德，别相信弗洛伦丝，也别相信弗吉尔。你现在该走了。我希望我不用那么快就送你走，但我必须这么做。"

他们都安静下来。他的头低垂着，双眼视线向下。

"我可以再留一会儿，如果你希望的话。"她提议。

他看着她，笑容很浅。"我母亲如果发现你在这儿会大发脾气的，而且她随时会到这里来。霍华德像这样的时候，她会需要我们随时就位。去睡吧，娜奥米。"

"说得好像我睡得着似的，"她叹了口气，说道，"不过我可以数羊，你觉得这有用吗？"

她的手指划过她刚才坐着的椅子旁的书堆顶上那本书的封面。她没有什么能说的了，却还不想走，希望弗朗西斯能再多和她说几句，尽管他有所保留；她想说他刚才已经提到了幽灵的事，想说她希望能探索作祟到底是怎么回事，但这些都没有用。

他抓住她的手，将它从书上抬起来，低头看着她。

"娜奥米，求你了，"他轻声说道，"我说他们会来抓我，这不是谎话。"

他将油灯递还给她，替她开了门。娜奥米走了出去。

在走过转角之前,她回头望向身后。弗朗西斯还站在门口,身影似乎有些像鬼魂,他房间里的油灯和蜡烛的光将他那头金色的头发照亮,宛如非尘世的火焰。据说,在这个国家里满是尘土的小镇上,女巫会变成火球,在空中飞行。人们以此来解释鬼火。她想起这件事,也想起了那个有着金色女人的梦。

17
CHAPTER SEVENTEEN

墨西哥哥特

娜奥米没有躺在床上数羊。她太兴奋,脑海中充斥着作祟、谜团的答案等等想法,很难轻松进入睡眠状态。让她想凑近去在弗朗西斯的唇上种一个吻的那一刻,依然鲜明地映在她脑海中,仿佛带着电流。

娜奥米觉得她最好去冲个澡。

浴室很老旧,不少瓷砖已经碎裂,但在油灯的灯光下看,即使天花板上有着不雅观的霉斑痕迹,浴缸还似乎完好无损,显然是干净的。

娜奥米将油灯放在一张椅子上,又把浴袍挂上椅背,打开水龙头。弗洛伦丝曾经对她说,所有人都应该用温水沐浴,但娜奥米不想泡在冰冷的浴缸水里,因此不管锅炉可能会产生什么问题,她还是设法给自己倒了满满一浴缸热水,蒸汽很快便充满了整个房间。

要是在家,她会往水里倒点香精油或浴盐,但这二者在这里都没有。不管怎么样,娜奥米还是滑入浴缸中,将脑袋枕在后方。

上高地不完全算垃圾场,但有太多小地方不对劲。太多疏漏之处。对,就是这个词。有太多地方疏于照料。娜奥米不知道卡塔莉娜来到这里之后是否改变过某些东西,整体的氛围是否因此而产生一点细微的变化。她怀疑没有。这儿已经腐烂了。

这想法令人不快。她闭上了双眼。

水龙头出水很慢。她将身子浸入更深,直到脑袋彻底沉入水下,她屏住了呼吸。她上一次去游泳是什么时候的事了?她得尽快去韦拉克鲁斯。或者更好的是去阿卡普高。她再想不出有哪个地方能比它更与上高地不同了。阳光、海滩、鸡尾酒。她可以给雨果·杜阿尔特打个电话,看他是否能跟着一起去。

浮出水面时，娜奥米似有些生气地将头发从眼睛前抹开。雨果·杜阿尔特。她在开谁的玩笑呢？这些天里她根本就没想起他来。弗朗西斯的房间里的经历突然唤起了她的渴望，这叫人忧虑。这种感觉与她从前的逾矩行为不同，成了欲望。尽管如她这般社会地位的年轻女人本不该了解任何与欲望有关的事，但娜奥米已体验过了亲吻、拥抱以及某种程度的爱抚。她之所以还没有和任何约会对象上床，与其说是因为对罪孽的恐惧，不如说是担心这些人会和朋友说她的闲话，或者更糟的，坑骗她。她心里始终有这一丝恐惧，对各种事物的恐惧，但当她和弗朗西斯在一起时，她遗忘了这丝恐惧。

你越来越恶心了，她对自己说。他甚至都算不上英俊。

她单手上下滑过胸骨，凝视着天花板上的霉斑，随后叹了口气，转开了头。

就在此时，她见到了它。站在门口的人影。娜奥米眨了眨眼睛，想了一会儿，觉得那是个光学幻象。她把油灯摆在了浴室里，它能提供足够的光源，但又不像电灯泡那样能彻底照明。

那人影向前走了几步，她意识到它是弗吉尔，他身穿着海军蓝色西服套装，系着领带，神情若无其事，仿佛他走进的是自己的浴室，而不是她的。

"你在这儿啊，漂亮的小东西，"他说，"别说话，别动。"

羞耻、惊讶和愤怒贯穿她的全身。他妈的他觉得他在做什么？她要冲弗吉尔大叫。她要朝他大叫，找东西遮住自己的身体，而且不仅是大叫。她要给他一耳光。等她穿上浴袍就给。

但她完全没有动弹。没有任何声音从娜奥米的嘴里发出来。

它们能让你产生一些想法，一个声音悄声低语。她之前听到过这个声音，在这座屋子里的某处。它们能让你做一些事。

墨西哥哥特

她的左手搁在浴缸的边沿,她用尽力气,设法将手捏成拳头。她能稍稍张开嘴,却没法说话。她想叫他滚,但说不出,这让她惊骇得发抖。

"你会做个好姑娘的,对吧?"弗吉尔说道。

他已来到浴缸边,跪下看着她,面带微笑。那是个狡猾而扭曲的笑容,落在这么一张如雕塑般完美的脸上,他离她如此之近,她甚至能看到他双眼中闪动的金光。

他拉扯颈上的领带,将它取下,接着解开了衬衫的纽扣。

她仿若石化,像是旧日神话中粗心大意的角色。她成了戈耳工①的牺牲品。

"多么好的姑娘,我就知道。对我好一点。"

睁开你的眼睛,那声音说道。

但她的双眼已经睁得大大的了,而他将手指插入她的发丝,让她不得不抬起头。这是个粗鲁的动作,完全没有他向她要求过的一丝好意。她想将他推开,却依然无法动弹,他的手攥紧了她的头发,身体凑近了准备亲吻她。

娜奥米尝到了他唇上的甜腥。或许是葡萄酒留下的痕迹。它的味道不错,让她松弛了原本紧张的身体。她松开浴缸边沿,原本一直在对她低语的声音此刻也消失了。浴缸的水冒出蒸汽,那男人的嘴贴在她的嘴唇上,他的双手如蛇般盘绕着她的身体。他的吻沿着她纤长的脖子向下,在她胸脯上逗留成了轻咬,让她不由得发出一丝喘息。他的胡楂擦过她的皮肤。

她的脖子向后弓起。如此看来,事实上,她还是能动弹的。

---

① 希腊神话中长有尖牙、头生毒蛇的恐怖女孩,看到其颜面的人将变为石头。

她抬起双手，触摸他的脸颊，将他拉近自己。他不是个闯入者。他不是敌人。没有理由朝他大喊大叫，甩他耳光，反而是触碰他的理由更为充分。

他的手沿着她的腹部向下，消失在水面下，爱抚她的大腿。她不再因为惊恐而颤抖。此刻让她发抖的是欲望，它甜美而浓郁，传遍周身，他的动作很重，他的手指玩弄着她，她的呼吸因此而停滞。他的身体火热发烫，紧贴着她的皮肤。他的手指再次轻触，又是一个深吸气，但接着——

睁开你的眼睛，那声音嘶嘶地说道，猛地拉着她，她将脸扭开，远离了弗吉尔，再次望向天花板。天花板已消融不见。

她看到一个蛋，从那里面探出一条又细又白的杆状物体。一条蛇。不对，不，她见过这一幕。几个小时前，就在弗朗西斯的房间里，在墙上，那些蘑菇的水彩画，还有它们底下整齐的标签，其中之一写着"菌伞膜"。是了，就是它。蛋，被刺穿，薄膜被顶开，而那蛇，正是从地里长出来的蘑菇。雪花石膏质的蛇，滑行盘结，吞噬自己的尾巴。

而后黑暗降临。油灯的光熄灭了。她已经不再在浴缸里。她被包裹在一块厚厚的布中，它阻碍了她的行动，但她还是设法将它拉开，从中滑了出去，那块布从她肩头落下，整齐得就像她刚才观察到的薄膜。

木头。她可以嗅到潮湿的泥土和木头的气息，当她抬起一只手，她的指关节敲到了坚硬的表面，一片碎屑刺伤了她的皮肤。

棺材。这是在一口棺材里。那些布料是寿衣。

但她还没有死。还没有。她张开嘴想呼喊，想告诉他们自己没有死，即使她知道她绝不会因此而死去。

蜂鸣，仿佛有百万只蜜蜂突然暴动，娜奥米将双手按住耳

墨西哥哥特

朵。刺目的金光闪动，它触碰到了她，从她的脚尖一直移动到她的胸口，而后来到她的脸，让她无法呼吸。

睁开你的眼睛，露丝说道。露丝的双手沾满鲜血，脸上沾满鲜血，指甲上覆盖着干涸的血，而那嗡鸣，它来自娜奥米脑袋的内部，贯穿了她的双耳。

娜奥米猛地睁开眼睛。水从她的背部和她的手指间滴落，她身上的浴袍没有系带子，就这么松松垮垮地搭在她身上，敞露出她的裸体。她光着脚。

她正站立的房间被阴影笼罩，但即使在黑暗中，看这屋里的布置结构她显然明白，这不是她自己的房间。一个昏暗的油灯点亮了，仿佛萤火虫，在敏捷的手指调整之下，它的光逐渐变亮。弗吉尔·多伊尔正躺在他的床上，抬起原本放在床边的油灯，向她致意。

"这是什么情况？"她问道，一只手抵着自己的咽喉。

她能说话了。上帝啊，她能说话了，尽管她的声音嘶哑，身体颤抖。

她的呼吸太急促了。她觉得自己像是一直在奔跑，只有上帝知道她到底有没有做过这样的事。一切都有可能。她以双手笨拙地设法拉紧了浴袍。

弗吉尔拉开被子，套上天鹅绒的睡袍向她走来。"你全身都湿了。"他说。

"我刚才在泡澡，"娜奥米喃喃道，"你刚才在干什么？"

"我刚才在睡觉。"他说着，走到她身旁。

她觉得他要触碰她，于是后退一步，差点撞倒身旁的屏风。弗吉尔用一只手扶住了它。

"我给你拿条毛巾。你一定很冷吧。"

"还好。"

"你是个小谎话精。"他这么说了一句,而后便去大衣柜里翻找。

她不打算等他找到毛巾。她想立刻回自己房间去,最好能置身于彻底的黑暗中。但这一夜经历的事已经让她惊得呆滞了,令她陷入了焦虑得无法离开的状态。就像在梦中一样,她石化了。

"给你。"他说。娜奥米将毛巾攥了一分钟,才终于拿来擦干脸上的水珠,接着慢慢用它擦拭头发。她不知道自己在浴缸里躺了多久,接着又在走廊里游荡了多久。

弗吉尔没入阴影中,她听到玻璃敲击的清脆响声。回来的时候,他手里拿着两杯酒。

"坐下喝点葡萄酒,"他说,"能让你暖和起来。"

"让我借你的油灯用一用,我好从这儿出去。"

"把酒喝了,娜奥米。"

他坐到上次坐过的那把椅子上,将油灯和她那杯酒一起摆在桌上,喝着自己的酒。娜奥米用双手搅动毛巾,坐了下来。她任毛巾掉落在地板上,拿起那杯酒,抿了一口——只喝了一口,如他建议的那样——很快,又将酒杯放回桌上。

尽管她已经醒了,但她仍觉得自己像是依旧飘浮在梦中。阴霾在她的脑海中缭绕不去,这屋子里唯一能清晰看见的就只有弗吉尔,他的头发有点乱,那张英俊的面庞一心一意地盯着她。很显然,他在等她开口说话,而她则竭力在脑海中寻找合适的词语。

"你出现在了我的梦中。"她说。这么说更多的是为了她自己,而不是为他。她想明白自己见到的究竟是什么,又发生了什么事。

墨西哥哥特

"我希望那不是个噩梦。"他回道。他微笑了。那微笑带着一丝狡猾,那是与她梦中相同的微笑。略有些恶毒。

曾让她觉得如此强烈而舒适的情热,此刻却成了内心深处的不适,他的微笑却仿佛一颗迷途的火星,让娜奥米记起她的渴望,他的触碰。

"你刚才在我的房间里吗?"

"我以为我是在你的梦里。"

"感觉完全不像梦。"

"那像什么?"

"像是遭到了入侵。"她说。

"我刚才在睡觉,你把我吵醒了。今晚你才是入侵的那个人。"

她确实眼见着他起床,抓起天鹅绒睡袍,但她也不觉得他完全无辜。不过他不可能滑进浴室里,像中世纪的梦魇兽似的坐在她的胸口,仿效福塞利的油画,溜进她的卧室里,奸污她。

她碰了碰手腕,想感受那串蓝白相间的串珠。她之前取下了抵御邪眼的手链,现在她的手腕上空无一物。说到这一点,此刻的她除了包裹着身体的白色浴袍之外什么也没穿,水珠还黏在她的身体上。

她站起身。

"我得回去了。"她表示说。

"你知道吗,刚从梦游中醒来时,最好不要立刻回到床上去,"他说,"我真觉得你该再喝一点葡萄酒。"

"不,我刚经历了一个可怕的夜晚,不想让它变得更长。"

"嗯。但如果我不同意让你拿走我的油灯,而你则被迫得再在这儿逗留几分钟,那你怎么办?除非你打算靠摸索墙壁找到回去的路。这屋子很暗。"

"对。如果你不能友好地帮我忙,那我确实就打算这么干。"

"我以为我一直在帮你忙。我给了你一条毛巾让你可以擦头发,给你一把椅子让你有地方坐,还给你一杯酒来稳定情绪。"

"我的情绪本就很稳定。"

弗吉尔单手举起酒杯,不动声色地看向她。"你今晚梦到什么了?"

她不想在他面前脸红。在一个如此精心地向她展现出敌意的男人面前,像个傻子似的全身发红。但她想起他的嘴贴着她的唇,他的双手抚过她的大腿,就像在梦中一样,电流般的战栗沿着她的脊椎蔓延。那个夜晚,那个梦,感觉像欲望,危险,丑闻,以及她的身体和她渴望的心神梦寐以求的所有秘密。可耻的,为他而生的战栗。

她终究还是涨红了脸。

弗吉尔微笑了。尽管不可能,但她仍很确信他完全清楚她梦到了什么,正等着她给他最细微的邀请信号。不过,她脑海中的迷雾已经散去,她记起了耳边的话。那个简单的句子。睁开你的眼睛。

娜奥米单手握紧成拳,指甲深深地挖进掌心。她摇摇头。"梦到了可怕的事。"她说。

弗吉尔似乎有些困惑,接着是失望。他咧嘴一笑时,脸显得很丑陋。"或许你本希望自己能梦游进弗朗西斯的房间,嗯?"他问。

这些话让她震惊,但也给了她信心,让她能回瞪他。他怎么敢这么说。而且是在他号称他们可以做朋友之后。但现在她明白了。这个男人完全是骗子,玩弄她,想让她迷惑分心。有需要时

墨西哥哥特

他会暂时地表现出和蔼的一面,给她一分真挚,然后再将它夺走。

"去睡了。"她说,但在心里,她想的是去你的,她的口气明确地表示出了这一点。她抓起油灯,将弗吉尔留在了阴影中。

回到自己的房间里,她意识到屋外开始下雨了。是那种一开始下就不会停歇的雨,一直不停地拍打着玻璃窗。她小心地走进浴室,看向浴缸。水已经冷了,蒸汽也已消散。她拔起了栓子。

18
CHAPTER EIGHTEEN

墨西哥哥特

娜奥米睡得断断续续，唯恐自己又陷入另一场梦游之中。最终，她昏迷了过去。

她的房间里传来布料摩擦的沙沙声，地板嘎吱作响，她转过头惊恐地望向房门，双手攥紧了床单。

是整整齐齐地穿着另一条深色裙子，戴着珍珠项链的弗洛伦丝。她进了娜奥米的房间，双手拿着一只银托盘。

"你在做什么？"娜奥米坐起身问道。她的嘴里很干。

"午饭时间了。"弗洛伦丝说道。

"什么？"

不可能这么晚的，对吧？娜奥米站起身，将窗帘拉开。光线流泻入室内。外面还在下雨。清晨的时光已不知不觉地过去，精疲力竭榨干了她。

弗洛伦丝放下午饭的托盘。她给娜奥米倒了一杯茶。

"啊，不用，谢谢，"娜奥米说着摇了摇头，"用餐前我想先见卡塔莉娜。"

"她上午已经醒来又回到床上去了，"弗洛伦丝回答，并将茶壶放下，"她用的药让她昏昏欲睡。"

"如果是这样，那医生来的时候能叫我一下吗？他应该今天来的，对吧？"

"他今天不会过来。"

"我以为他每周都会来访。"

"外面还在下雨，"弗洛伦丝冷淡地说道，"雨下成这样，他不会来的。"

"明天也可能会下雨。毕竟，现在是雨季了，不是吗？那要怎么办？"

"我们会自己设法挺过去，我们一直就是这么过来的。"

她对一切问题的回答都这么简洁干脆！怎么回事，简直就像弗洛伦丝已写下并记住了所有该说的话。

"那我堂姐醒来后，请你告诉我。"娜奥米坚持道。

"我不是你的仆人，塔波阿达小姐。"弗洛伦丝回道。不过，她的声音缺乏生气。只是陈述事实。

"我十分清楚地明白这一点，但你要求我不能不通知你就去见卡塔莉娜，然后又给我一套根本不可能做到的时间表。你这到底算怎么回事？"她问。她意识到自己非常粗鲁，但又希望能让弗洛伦丝平静的表象上出现裂缝。

"如果你对此有疑问，最好去找弗吉尔商量。"

弗吉尔。她最不想做的事，就是去找弗吉尔商量任何问题。娜奥米双臂交抱，盯着那个女人。弗洛伦丝也回望过来，她的眼神冷酷，嘴角略微弯起，展露出最细微的一丝嘲讽。

"祝你午餐愉快。"弗洛伦丝总结道，她的微笑中带有优越感，仿佛她觉得自己赢得了一场战役。

娜奥米用勺子搅动着汤，喝了一口茶。她很快将这二者都放弃了。她觉得头开始痛了起来。她应该吃一点，但还是顽固地决定先去这屋子里转转。

娜奥米抓起毛衣，走下楼梯。她是希望能找出什么东西来吗？正在门口偷窥的幽灵？就算真有这种存在，它们也会避开她。

家具都被布单蒙上的房间看起来很可怕，植物都已枯萎的玻璃暖房同样如此。除了激起一股淡淡的忧愁之外，它们什么也没有展示。最终她来到书房寻求庇护。窗帘都拉着，她将它们拉开了。

她低头看向地上描绘了蛇的圆形地毯，她第一次来这里时就注意到了它，此刻，她绕它走了一圈。她的梦里也出现了一条蛇。它从爆裂的蛋中出现。不，是从一具开花结果的身体内。如果梦境有意义，那这又告诉她什么了？

好吧，不需要给精神分析师打电话，她也能确定其中含有性的意味。火车穿过隧道就可以形成简洁的隐喻，真是谢谢了，弗洛伊德先生，如此看来，外形如阴茎一般的蘑菇从土壤中穿透而出也具备了相同的目的。

弗吉尔·多伊尔穿透了她。

这根本不是什么隐喻，它一清二楚。

他的双手插在她的发丝中，他的嘴唇压着她自己的唇，这些与他有关的记忆让她战栗。但这些回忆中没有一丁点叫人愉快的部分。她觉得又冷又不安，于是将视线转向书架，怒气冲冲地想在这些大部头里找本能看的书。

娜奥米随手抓起两本书，回到了自己的房间。她站在窗边，看往窗外，咬了一会儿指甲，最后认定自己太紧张，需要抽支烟。她找出烟和打火机，还有那个被她当做烟灰缸来用，装饰着半裸丘比特的杯子。抽了一口后，她上了床。

她拿那两本书时都没有看一眼书名。《血统遗传：适用于人类进步的规律与事实》，书上这么写着。另一本书更有趣些，详细讲述了希腊和罗马的神话。

她打开书，看到首页有一些淡淡的霉斑。她小心地翻动书页。内页保存得更好些，只有一两个角上有一些小点。它们让她想起摩尔斯代码。自然在纸张和皮革上书写着信息。

娜奥米左手夹烟，将烟灰掸进她摆放在床头柜上的杯子里。书上告诉她说，金发的珀耳塞福涅曾被哈迪斯拖入冥界。她在那儿吃了几颗石榴籽，这便让她被囚禁在了他的阴影世界中。

书上还有一张版画，展现了珀耳塞福涅被冥王抓走的那一瞬间。珀耳塞福涅的头发上点缀着鲜花，其中有几朵已落到地上；她的胸膛赤裸。哈迪斯从她身后伸出手，将她抱了起来，用双臂固定住了她。珀耳塞福涅的一只手举在空中，几欲昏厥，她的双唇发出尖叫。她的脸上带着恐怖的表情。冥王则看向前方。

娜奥米猛地合上书页，转开眼睛，她的视线落在房间的一角，在那儿，玫瑰色的墙纸被霉菌染成了黑色。当她看向那儿的时候，那块霉斑移动了。

天哪，这到底是什么光学错觉？！

她从床上坐起来，一手夹着烟，另一只手抓紧被单。她站起身，目不转睛地慢慢靠近那面墙。不断变动的霉斑让她入迷。它不停地移动，变化，将自身重组为各种失序的图案，让她联想到了万花筒。但驱动着这块霉斑、让它令人目眩神迷地扭曲转动、创造出螺旋和花环、消解又重新组合的，不是镜面反射的玻璃碎片，而是有机物的疯狂。

它还有颜色。第一眼望去，它看上去似乎是黑色和灰色的，但娜奥米看得越久，就越是觉得它的某些部分呈现出明显的金色光泽。金色，黄色，琥珀色，随着霉斑重组为另一个叫人惊讶而又对称的全新的美丽图案而逐渐暗淡或增强。

她抬起一只手，想要去触碰那块被霉斑脏污的墙壁。霉斑再度移动，惊恐地从她的手前溜走了。接着它似乎又改了主意。它抽动起来，像焦油上要冒出泡泡似的，鼓起一根长而细的手指，向她招了招。

墙内似乎隐藏了千百只蜜蜂，当她昏昏沉沉地凑近，想将自己的双唇按压在那块霉斑上时，她听到了蜜蜂的嗡鸣。她想用双手摸索这些微微发光的金色图案，它们将会散发出土地和树木的气息，雨水的气息，而后它们将会讲述出千百个秘密。

霉斑应和着她心跳的节奏，它们仿佛同一个生物一般地跳动，接着她的嘴唇从那块霉斑上分开了。

她还在着魔的状态里，那支被她遗忘的烟烧到了她的皮肤，她喊了一声，松开了手。很快，她弯下腰捡起烟蒂，将它扔进她的临时烟灰缸里。

她转过身去看那块霉斑。它完全静止不动。墙壁上只有老旧肮脏的墙纸，没有发生任何改变。

娜奥米冲进浴室，甩上了门。她抓住洗脸盆的边缘，撑住身子。她的双腿软得要摔倒，她慌乱至极，觉得自己要晕过去了。

她打开水龙头，将冷水泼在脸上，尽管已经失去了全身的力气，她依然不想就此倒下。她深吸气，再深吸气。

"该死。"娜奥米轻声道，她双手撑在洗脸盆上。那叫人目眩神迷的魔咒已经消失了。但她还没从中走出来。至少，还得再等一会儿。等到她确定……要确定什么？确定她的幻觉已经消失了？她没有发疯？

娜奥米将一只手抵着自己的脖子，检视自己的另一只手。她的食指和中指间有一大片严重的烧伤痕迹，那是烟烧成烟蒂留下的。她得去找点药膏来涂。

娜奥米又往脸上泼了点水，盯着镜子，手指抵在唇上。

响亮的敲门声把她吓得向后跳了起来。

"你在房间里吗？"弗洛伦丝问道。娜奥米还没回答，这个女人就打开了门。

"等我一分钟。"娜奥米咕哝道。

"说了禁烟，你为什么还抽？"

娜奥米猛地抬起头，嘲笑着这个愚蠢的问题。"哈？我觉得更重要的问题是这个屋子里他妈的到底发生了什么?"娜奥米说。她的声音不算叫喊,但也很接近了。

"你这是什么用词!注意和我说话时的方式,小姑娘。"

娜奥米摇摇头,关上水龙头。"我要见卡塔莉娜,就现在。"

"你怎么敢对我下命令。弗吉尔随时都会过来,你会看到——"

她抓住了弗洛伦丝的手臂。"听着——"

"放开你的手!"

弗洛伦丝想将她推开,娜奥米却攥得更紧。

"怎么了?"弗吉尔问道。

他站在门口,好奇地望着她们。他身上穿的细条纹外套与他在她梦中穿的一模一样。这让她猛地一震。她可能确实见过他穿这件衣服,所以才会在梦中想象出他穿这件衣服的场景,但她依然不喜欢这个细节。它将现实与幻想混合在了一起。它让她不安得松开了弗洛伦丝。

"她在破坏规矩,就像她平时那样。"弗洛伦丝说着,小心翼翼地将头发往后梳理平整,尽管她根本不需要这么做。就像她们这短短的冲突能破坏她精心做好的发型似的。"她是个讨厌的麻烦精。"

"你来这儿干吗?"娜奥米双臂交抱,问道。

"你在大喊大叫,我来看看出了什么问题,"弗吉尔告诉她,"我想弗洛伦丝会过来也是同样的原因。"

"没错。"弗洛伦丝回道。

"我没有叫任何人。"

"我们都听到你的声音了。"弗洛伦丝坚持道。

娜奥米肯定没有叫喊。确实有些吵闹声,但那是蜜蜂制造的。当然,实际上屋里没有蜜蜂,但这并不意味着她叫喊了。要是她喊过,他妈的她肯定记得。香烟确实烧到了她的手,但她也没有因此而发出太大的声响,另外——

他们都看着她。"我想见我的堂姐,就现在。我向上帝发誓,如果你们不让我见她,我就把她的门撞开。"她要求道。

弗吉尔耸耸肩。"没必要这样。来吧。"

她跟着他们。有一会儿,弗吉尔回过头来看了她一眼,面露微笑。娜奥米擦了擦手腕,转开了视线。当他们走进卡塔莉娜的房间,她很惊讶地看到堂姐醒着。玛丽也在房间里。感觉就像是组织起了一场大聚会。

"娜奥米,怎么啦?"卡塔莉娜双手捧着一本书,问道。

"我想来看看你在做什么。"

"跟昨天一样,基本上就是在休息。感觉我就像睡美人。"

睡美人,白雪公主,此刻娜奥米最不关心的可能就是这些了。但卡塔莉娜正亲切地微笑着,就像她从前那样地微笑。"你看起来很累。怎么了?"

娜奥米犹豫了一番,摇了摇头。"没事。你需要我给你读点什么吗?"她问。

"我打算喝杯茶。你也来一杯吗?"

"不用。"

娜奥米不太确定自己在找什么,但至少不是兴高采烈的卡塔莉娜,女仆则正静静地往一只花瓶里插花枝,那都是在玻璃暖房里培育的贫瘦的花骨朵。这一幕让她觉得充满了人造矫饰的意味,但又找不出哪儿有问题。她盯着她的堂姐,想在她的脸上找出最微弱的不适信号。

"真的,娜奥米。你似乎有点怪。你该不会是着凉了吧?"卡塔莉娜问道。

"我很好。不打扰你喝茶了。"娜奥米说道,她不想在有其他人在场时多说什么。当然,这倒不是说他们对这番对话很有兴趣。

她走出房间。弗吉尔也离开了房间,关上房门。他们彼此对视。

"你满意了?"他问。

"我得到了安抚。暂时是这样。"她简短地回答,又想独自回到自己的房间里,但他也向同一个方向走去,显然是希望继续交谈,而且根本不在意她生硬的态度。

"我本以为这不足以安抚你。"

"你说这话是什么意思?"她问。

"你正在到处挑刺。"

"挑刺?不,我找的是答案。让我来告诉你,问题很大。"

"是吗?"

"我看到了一个可怕的东西,移动着——"

"昨晚还是刚才?"

"刚才。昨晚也见到了。"她低声喃喃,将一只手撑着前额。

她意识到如果她直接回自己的房间,就得看着那张有可怕污迹的丑陋墙纸。她还没做好面对它的心理准备。娜奥米更改了路线,迅速向楼梯走去。她可以一直在会客厅里躲着。那儿是整座屋子里最舒服的房间。

"如果你最近常做噩梦,下次医生再来时,我可以让他给你配些助眠的药。"弗吉尔说道。

她走得更快,想拉开他俩之间的距离。"这没有任何用处,因为我根本不是在做梦。"

"你昨晚没有做梦？但你明明在睡觉时走动了。"

她转过身。他们正站在楼梯上，他比她高三级台阶。

"这不一样。今天我明明醒着。今天——"

"你说的这些太混乱了，根本听不懂。"他打断道。

"那是因为你没有给我开口说话的机会。"

"你累得糊涂了。"他一边向下走，一边不屑一顾地说道。

娜奥米也向下走了三级台阶，想保持他们之间的距离。"你也是这么和她说的？你累得糊涂了？她相信你的话了吗？"

一会儿后，弗吉尔与她并行，绕过她，又向下走了几步，来到底楼。他转过身看向她。

"我觉得我们最好就聊到这里吧，你现在太激动了。"

"我不想聊到这里就结束。"她说。

"哦？"

弗吉尔的手滑过楼梯底部螺旋角柱旁的宁芙女神雕像的肩头。他的双眼中闪动着肮脏的火星。还是说，这也是她的想象？在那声随意的"哦"背后，在他脸上逐渐明显的微笑中，是否又有什么别的意味？

她也走下那几级楼梯，挑衅地看了他一眼。然而，当弗吉尔凑上前来，她以为他要把他的手换到她的肩头上时，她的勇气蒸发了。

在梦中，他的嘴里散发出怪异的味道，仿佛熟烂的水果，当时他就穿着这件细条纹外套，身子悬停在她上方，接着脱去了他的衣服，滑入浴缸中，触碰她，而娜奥米用双臂环抱住了他。这记忆有种性觉醒的意味，但也带有相当程度的羞辱感。

你会做个好姑娘的，对吧？他这么对她说。而现在，他们站在这里，处于相当清醒的状态，娜奥米意识到他完全有可能在现实世界里对她说出同样的话。他完全可以嘲讽地吐出这样的句子，他那双强壮的手在日光下或在黑暗中，都能找到她。

她担心他触碰到自己，也担心自己因此会做出的反应。"我希望离开上高地。你能叫谁来开车送我去镇上吗？"她快速地说道。

"你今天特别冲动，娜奥米，"他说，"为什么要离开我们？"

"我不需要理由。"

她会回来的。对，这就对了。或者就算她不离开，只要她能到火车站去，给她父亲写一封信，一切也会有所好转。世界似乎围绕着她崩塌，成了一团混沌，梦境与清醒的时刻交织在一起。如果她能踏出上高地，与卡马里奥医生讨论她在这里的怪异体验，或许她就能找回自我。卡马里奥或许甚至能帮她指出这究竟是怎么回事，或告诉她该怎么做。空气。她需要新鲜空气。

"当然可以不需要。但在雨没有停之前，我们没法开车载你回去。我告诉过你，这些路很危险。"

她可以看到雨珠溅落在二层楼顶的彩色玻璃窗上。"那我走回去。"

"你是打算在泥里拖着你的行李箱？或许你想将它当做船来用，划桨离开？别傻了，"他说，"今天雨肯定就会停的，明天一早我们可以试试能不能开车。满意了吗？"

既然他已答应带她去镇上，她觉得自己又能呼吸了，也松开了握紧的手。娜奥米点点头。

"如果你真打算明天就走，那么你该和我们最后用一次晚餐。"弗吉尔说着，手松开了宁芙女神的肩头，望向通往餐厅的走廊。

"很好。我还想和卡塔莉娜谈谈。"

"当然。还有什么别的事吗?"他问。

"没有了,"她说,"没有别的了。"

这是个谎话,但她还是回避着他的视线,而且,有那么一会儿,她站着一动不动,因为不知道他是不是会继续跟着她进起居室。但站着不动对她来说,也没有任何好处。

她走了起来。

"娜奥米?"他说。

她停下脚步,回头看他。

"别再抽烟了。这打扰我们了。"他说。

"别担心。"她回道,接着,她想起手上的烟头烫伤,便看向自己的手指,但那粗糙的红印子已经不见了。完全没有了烫伤的痕迹。

娜奥米怀疑自己可能弄错了受伤的手,又举起另一只手。但那只手上也没有痕迹。她收起手指,匆匆前往起居室,走路时她的脚步声显得十分响亮。她觉得自己听到了弗吉尔的咯咯笑声,但又不确定那是否确实存在。她现在对任何事都已无法确定了。

19
CHAPTER NINETEEN

墨西哥哥特

娜奥米慢慢地收拾着行李,她觉得自己是个叛徒,心里止不住地胡思乱想。对。错。或许最好还是留下来。她自然不希望把卡塔莉娜单独留下。但她已经说了要去镇上,而且能让自己保持头脑清醒至关重要。她决定不直接回墨西哥城。相反,她要去帕丘卡,她可以在那儿给她的父亲写封信,然后找个肯陪她回上高地的好医生。多伊尔家的人肯定会对此很不情愿,但总好过什么也没有。

她用一套施展攻击的计划来让自己鼓起勇气,结束了打包,准备前往餐厅。这是她在上高地的最后一个夜晚,加上她又不想让自己看起来太憔悴,或是展现出一副落败了的模样,于是便穿上了参加舞会的礼服。那是一条浅黄色的刺绣薄纱裙,用金属金色强调了重点,手腕上则戴着黄色的醋酸纤维蝴蝶结,另外,她还穿了完美的鱼骨撑起的紧身胸衣。虽然不像她平时喜欢穿的一整套裙子那么多件,但也足够讨人喜欢,而且完全适合去参加晚宴。

显然多伊尔家的人也有同样的想法,他们将这顿饭视为重要且近乎庆祝的时刻。餐桌铺上了白色锦缎的桌布,摆上了银质枝状大蜡烛台,还点燃了不少蜡烛。因为要准备娜奥米离开的事,用餐时不能交谈的禁令也解除了,尽管这个晚上,她可能更希望保持沉默。她的精神仍旧受到怪异幻象的影响。即使到了此刻,娜奥米依然不知道究竟是什么引起了那段奇异的插曲。

她的头很疼。娜奥米将之归因为葡萄酒。它的口感太浓郁,又太腥甜,在味觉器官中徘徊不去。

出席晚餐的可怜小群体没能让情况有任何改善。她必须再装上一阵子热诚友善的模样,但她的耐心已到极限。弗吉尔·多伊尔是个欺凌弱小的混蛋,弗洛伦丝也没比他好到哪里去。

她望向弗朗西斯的方向。在她身边坐着的是她欣赏的多伊尔家族成员。可怜的弗朗西斯。这个夜晚他看起来很悲惨。她不知道第二天早上是否将由弗朗西斯送她去镇上。她希望是。如此或许就能给他俩一点私下说话的时间。在帮她照顾卡塔莉娜这件事上,她能信任他吗?她必须向他寻求帮助。

弗朗西斯也望向她,但那是一掠而过的视线。他的双唇张开,正打算悄声说话,弗吉尔响亮的声音让他安静下来。"当然,晚饭后我们会冒险上楼去。"

娜奥米抬起头。她看向弗吉尔。"抱歉?"

"我刚才说,我父亲希望我们能在晚餐后一起去拜访他。他想和你告别。你不会介意短暂地去一趟他房间的,对吧?"

"我完全没想过不打招呼就离开这种事。"她回道。

"但就在几个小时前,你还滔滔不绝地坚持说自己要走回镇上。"弗吉尔说道。这些话里带着一丝尖酸的气息。

如果她对弗朗西斯的态度是喜欢,那她对弗吉尔则是坚定的不理睬。他冷酷无情,令人不快,在卑鄙的教养掩饰之下,她清楚他能变得非常野蛮。最主要的是,她厌恶他此刻看着她的神情,以前他也有过这样的表情,令人胆寒的假笑挂在嘴角,盯着她的眼神中更是有种令她想掩面的粗野。

在梦中,在浴缸里,她的感受与此很相似。但当时弥漫她周身的还有另一种感受。它是愉悦,却以糟糕的方式呈现,感觉就像牙齿上出现了一个洞的时候,会忍不住把舌头压在上面。

令人气喘不止的,狰狞而病态的欲望。

坐在这餐桌旁,弗吉尔在她对面,而她低头看着盘子,此时此刻产生这样的念头实在有些邪恶。这个男人能够看穿秘密,能够预言不能宣之于口的欲望。她不能看他。

墨西哥哥特

长时间的沉默在他们之间蔓延,直到女仆走进房间,开始收起碟子。

"你要在明天上午回镇上可能会有些麻烦,"众人面前倒上葡萄酒,又摆上甜点后,弗洛伦丝再次开口道,"路况可能会很糟糕。"

"对,都怪这些洪水。"娜奥米点点头,"你们就是这样失去矿场的?"

"很多年前的事了,"弗洛伦丝在空中摆了摆手,回道,"弗吉尔当时还是个娃娃。"

弗吉尔点点头。"它被水淹没了。不管怎么说,就算没有这事也维持不下去。革命爆发后,你就没法在这附近雇用到足够的工人了。他们都去参加战争了,不是站这一边,就是站另一边。像这样的矿场,你需要持久不断地招来工人才能维持。"

"我猜革命结束后是没法让人再回来了?他们都离开这儿了吗?"娜奥米问道。

"是的,另外,我们也没办法雇用更多工作人员,我的父亲久病不愈,因此也没法监工。当然,要不了多久,这一切都会发生改变的。"

"怎么会?"

"卡塔莉娜没有告诉你?我们打算重开矿场。"

"但它不是已经关闭很久了。我以为你们的资金收入很紧张。"娜奥米反对道。

"卡塔莉娜已经决定投资了。"

"你都没有提过这件事。"

"我没想起来。"

他的口气如此随意,你可能会因此而真的相信他。但娜奥米

265

敢打赌,他是故意一个字也不说的,因为他知道她会从中得出什么样的结论:卡塔莉娜将成为他们温顺的储钱罐。

他选择现在说出口,也只是因为他想稍稍激怒她,好向她露出他已不止一次熟练地展露过的那种刻薄的微笑。他想得意洋洋地幸灾乐祸。毕竟她就要走了,因此一点儿幸灾乐祸在此时也不会造成什么危害。

"做这样的事明智吗?"娜奥米问,"当你的妻子处于现在这种状态的时候?"

"至少不会让她的病情变得更糟,你不觉得吗?"

"我觉得这行为很冷酷无情。"

"很长一段时间以来我们就只是在上高地这个地方存活,娜奥米。太久了。现在到了再次成长的时候。植物必须找到光,我们也要找到我们在这个世界上的存活之道。你或许会觉得这很冷酷无情,但我觉得它很自然。另外,说到底了,前些天是你自己让我做出改变的。"

他将这事的责任甩给她的样子可真是可爱极了。娜奥米推开座椅。"或许我现在该上楼去和你的父亲道晚安。我累了。"

弗吉尔握着玻璃酒杯的柄,挑起一边的眉毛看向她。"我想我们可以跳过甜点。"

"弗吉尔,现在还太早了。"弗朗西斯反对道。

这个夜晚他只说了这几个字,但弗吉尔和弗洛伦丝两人都突然将脸转向他,仿佛他一整个晚上都在说些冒犯的话。娜奥米猜他不该提出任何类似的意见。这一点并未让她感到惊讶。

"我要说现在时间刚刚好。"弗吉尔回道。

他们站起身。弗洛伦丝拿起一盏摆在边桌上的油灯,在前方领路。那天晚上,这屋子寒冷彻骨,娜奥米将双臂交抱在胸前,想知道霍华德是否会谈很久。老天啊,她希望不会。她希望钻进被子里,尽快睡下去,这样她就能早早地醒来,跳进那辆破旧的车里。

弗洛伦丝打开了霍华德房间的门,娜奥米跟着她走了进去。屋内燃着壁炉,大床上的帷幔都放下来了,拉得严丝合缝。空气中有种恶心的气味。非常刺鼻。像熟烂的水果。娜奥米皱起眉。

"我们来了,"弗洛伦丝说着,将油灯摆在壁炉上方的壁炉架上,"我们把你的客人带来了。"

弗洛伦丝走到床边,将帷幔拉开。娜奥米控制住脸上的表情,挂上了礼貌的微笑,准备着看到霍华德·多伊尔整齐地缩在被子里,抑或是穿着绿色睡袍,斜靠在枕头上的画面。

但她绝没有想到,他竟然就这么躺着,躺在毛毯上,浑身赤裸。他的皮肤苍白得可怕,在这片雪白的对比下,他的血管看起来极为怪异,成了无数靛蓝色的线,贯穿他全身。但这还不是最可怖的。他的一条腿浮肿得惊人,上面覆盖着几十个颜色很深的大疖。

她完全不清楚它们到底是什么。不是肿瘤,不可能是,因为它们正快速地脉动,相较于它们的肥满,他的身体显得十分瘦弱,皮肤紧绷在骨头上,只除了长满疖的那条腿,密密麻麻的仿佛无数藤壶吸着船的龙骨。

这太恐怖,太恐怖了,她以为他已成了一具尸体,承受着腐烂的怒火,但他还活着。他的胸膛仍在上下起伏,他还有呼吸。

"你得走近一点儿。"弗吉尔贴着她的耳朵悄声说着,紧紧地抓住了她的手臂。

娜奥米原本震惊得无法动弹,但此时她感觉到他的手靠近了,便想将他推开,冲到门边。然而弗吉尔以能折断她骨头的恶毒力气将她拖了回来,她因为疼痛而喘气,却仍旧反抗。

"来,来帮把手。"弗吉尔说着,看向弗朗西斯。

"放开我!"她尖叫道。

弗朗西斯没有靠近他们,但弗洛伦丝抓住了娜奥米的另一只手臂,与弗吉尔一起将娜奥米拖向床头。她扭动身体,踢到床头柜,让一只瓷便壶摔裂在地。

"跪下。"弗吉尔命令她。

"不。"娜奥米说。

他们推倒了她,弗吉尔的手指掐进她的肉里,他的一只手放在她的后颈上。

霍华德·多伊尔在枕头上转过脑袋,看向了她。他的双唇和他那条腿一样浮肿,覆盖着一层黑色的增生物,一串深色的液体从他的下巴滴落,脏污了他的床单。那是屋里恶臭的来源,靠近后这股气味更是可怖,她觉得自己要呕吐了。

"上帝。"她说着想起身逃开,但弗吉尔的手如同铁带一般箍着她的脖子,甚至还将她推得更靠近这个老人。

老人从病床上起身,转过身体,探出一只细瘦的手,他的手指插入娜奥米的发丝,将她的脸拉得更靠近自己。

这种叫人恶心的近距离让她看清了他双眼的颜色。它们不是蓝色的。它们的颜色被一层明亮的金色光辉稀释了,那种光辉仿佛熔化的黄金细粉。

霍华德·多伊尔朝她微笑,露出脏污的牙齿——带有点点黑斑——接着将他的嘴唇印上了她的嘴。娜奥米感觉到他的舌头伸进她的嘴里,他的唾液沿着她的喉咙一直向下灼烧,他将身体贴着她,弗吉尔则撑住了她,不让她离开。

在经过了漫长而痛苦的数分钟后,他松开了她,娜奥米终于能够喘息并转过头去。

她闭上了双眼。

她觉得自己的身体变得很轻；她的思想散乱分裂。昏昏欲睡。老天，她对自己说，天哪，站起来，快跑。一遍又一遍。

当她终于能够四下环顾，她尝试着集中视线，发现自己正在一个洞穴里。还有其他人。有个男人刚收下了一只杯子，此刻正在从中喝水。那可怕的液体灼烧了他的嘴，让他几乎晕倒，但其他人都笑了起来，还用友好的态度勾着他的肩。当他刚抵达此处，在这一带尚属于陌生人时，他们待他可就没有那么友好了。这些人很难打交道，而且他们有充分的理由。

这个男子的发色很浅，有一双蓝色的眼睛。他的外貌和霍华德，和弗吉尔之间有着相似之处。比如下颌的形状，还有鼻子。但他的服饰、他的鞋子，还有他和洞穴里的其他人的一切，都说明这属于一个从前的时代。

这到底是什么时候的事？娜奥米想。但她的脑袋依然晕晕沉沉的，大海的声音也让她分心。这个洞穴，在海边？洞穴里很暗，一个男人提着油灯，但它没能提供多少光亮。其他人还在讲着笑话，两个人扶着金发男子站起身。他的脚步蹒跚。

这个男人表现不佳，但这不是他们的错。他已经病了很久。他的医生已宣判无药可医。没有希望，但多伊尔依然希望着。

多伊尔。正是他，没错。她正与多伊尔在一起。

多伊尔正在死去，在绝望中他找到了来这里的路，他来这儿寻求无药可救之人的灵药。他没有前往圣所朝圣，而是来到了这个邪恶的洞穴。

他们从前不喜欢他，并不喜欢，但这些人很穷，而他则有满满一口袋的银子。当然，他曾担心他们会切开他的喉咙，抢走这

MEXICAN
GOTHIC

些银矿,但不然他又能怎么办?他能做的就只有向他们承诺,交易完成后还能再给更多。

当然,钱不是一切。他很了解这一点。他们将他视为他们天生的领袖。习惯的力量,他想。我的主自他们的口中流溢,尽管他们都是些食腐之人。

在洞穴的一角,娜奥米看到了一个女人。她的头发黏稠,面容苍白如糨糊。她用瘦骨嶙峋的手按住肩膀上围着的大披巾,饶有兴致地望向多伊尔。洞穴里还有一名祭司,那是个负责照顾祭坛的老人,祭坛上祭奉的是他们的神。洞穴的墙壁上没有蜡烛,真菌从壁上悬挂下来,散发出荧光,如同天然的祭坛。在那上面摆着一只碗,一个杯子以及一堆陈旧的骨头。

如果他死了,多伊尔想,那么他的骨头也将加入骨堆。但他对此并不害怕。他早已是个活死人了。

娜奥米用手擦了擦太阳穴。她的颅骨内部疼得厉害。她眯缝着眼睛,这房间摇曳起来,仿佛火焰。她想将视线集中在某样东西上,于是便盯着多伊尔。

多伊尔。她曾见他蹒跚着四处走动,他的脸因为疾病而憔悴不堪,但现在他精神饱满,她差点将他错认成了另一个人。他的生命力恢复了,人们会觉得他应该立刻回家。但他还逗留此处,一只手抚摸着那女人赤裸的背部,一直向下。他们已经结了婚,遵循的是她族人的传统。娜奥米可以感觉到他在触摸这女人时的厌恶,但他的脸上依然保持着微笑。他必须掩饰。

他需要他们。需要被他们接纳,需要成为这些粗鄙之人中的一员。只有这样他才能知道他们的全部秘密。永生!它就在那儿,唾手可得。这些蠢货不明白。他们用这些真菌来治愈伤口,保持健康,但事实上,它能做到的远不止如此。他已经见到了它，证据就在他们盲目地服从的祭司身上，他尚未见到的，他也已想象到了。各式各样的可能性！

这个女人，她不行。从一开始他就明白这一点。但多伊尔有两个妹妹，她们都在他的大屋中，等待他归来，而这就是窍门所在。它在血液中，在他的血液中，祭司已经这么说了。如果它能在他的血液中，那么它也能在她们的血液中。

娜奥米用指尖按住前额。头痛愈发剧烈，她的视野变得模糊。

多伊尔。他是个敏锐的人。他一直如此，甚至在他的身体辜负了他时，他的意志依然如同利刃。而现在，他的身体也已活了过来，充满生气，他便带着渴望开始活动。

祭司认出了他的力量，悄声告诉他，他将成为他们这些会众的未来，像他这样的人必不可少。这个圣人年事已高，他为未来而担忧，为这洞穴里的一小群人而担忧，为这些胆小的人而担忧。在残骸中翻拣，在泥垢中扒梳，这是他们的生活。他们为寻求安全之所而逃到此处，一直存活至今，但世界正在不断改变。

圣人是正确的。或许，太过正确了。因为多伊尔确实在构想着彻底的改变。

肺里呛进了水，祭司的身体坠落下去。死亡是多么简单！

而后是混乱、暴力和烟。火，火，熊熊燃烧。这个洞穴几乎被它的居民视为碉堡。当潮水上涨，它便与陆地隔开，只能靠船只靠近，这令它成为舒适而安全的藏身处。他们一无所有，但他们有它。

他只有一个人，而他们的人数将近四十人，但他已杀了祭司，支配了他们。他就是圣人。当他将他们的衣服、他们的所有物放入火中时，他们被迫保持跪姿。洞穴里满是浓烟。

271

有一条船。他将那个女人推进船里。她麻木而恐惧地服从了。当他划船离开时,她盯着他,而他转开了视线。

他原本只觉得她缺乏吸引力。而现在,她看起来丑得吓人,肚子鼓胀,双眼无神。但她是必需的。她有作用。

在这一切发生时,娜奥米都跟着他,贴近得如同他的影子,而此刻,她已经不再与他同在。她正与另外的人在一起,那是一个女人,她的发丝垂落在肩头,正与另一个女孩说话。

"他已经变了,"年轻的女人轻声说道,"你看到了吗?他的眼睛已经和以前不一样了。"

另一个女孩编着辫子,她摇了摇头。

娜奥米也摇头了。他们的兄长曾去远游,现在回来了,她们有那么多问题要问,他却不让她们开口。前一个女人觉得他是遭遇了可怕的事,有邪恶之物迷住了他,而另一个姑娘,她知道,这一直都是他,就在皮肤下。

很早以前我就开始害怕邪恶之物。我害怕他。

在皮肤下,娜奥米低头看向她的双手,看向她的手腕,那儿痒得要命。在她能伸手去抓之前,她的皮肤上就爆发出了肿包,又从中生出毛发一般的藤蔓。她那醇熟的身体结出了果实。新鲜的,白色的,雨伞状的蘑菇伞帽从她的骨髓和她的肌肉上一片片落下,当她张开嘴,液体喷涌而出,金色和黑色的液体,如同河流一般玷污了地板。

一只手放在她的肩头,她的耳边传来低语。

"睁开你的眼睛。"娜奥米对自己说道。她的嘴里满是鲜血,她吐出了自己的牙齿。

20
CHAPTER TWENTY

墨西哥哥特

"**呼**吸。快呼吸。"他对她说。

他只有声音。娜奥米没法看清他,因为疼痛模糊了她的视线,泪水更加剧了这一点。她在呕吐时,他帮忙将她头发撩到身后,又扶她站起身。当她闭上双眼,黑色和金色的光点在她眼睑下舞动。她这辈子都没有受过如此严重的病痛。

"我要死了。"她嘶哑地说道。

"不会的。"他向她保证。

还是说她已经死了?她想一定是这样。刚才她的嘴里满是血和胆汁。

她盯着那个男人。她觉得自己认识他,但想不起他的名字。她觉得自己很难思考,回忆,控制自己的思想,不让它们混淆于其他思想。其他记忆。她到底是谁?

多伊尔,之前她是多伊尔,而多伊尔杀了所有那些人,烧死了他们。

蛇,衔尾蛇。

年轻而瘦削的男子扶着她走出浴室,将一杯水抵在她的唇上。

她躺在床上,转过了脑袋。弗朗西斯坐在一把椅子上,靠近了轻拍她额头的汗珠。弗朗西斯,对。而她是娜奥米·塔波阿达,这里是上高地。她记起来了,她想起她经历的恐怖,霍华德·多伊尔肿胀的身躯和他流入她口中的唾液。

她瑟缩身体。弗朗西斯的动作凝滞了,一会儿后他才慢慢将手中的手帕递给她。她用单手紧紧攥住它。

"你们对我做了什么?"她问。说话让她疼痛。她的咽喉刺痛。她回忆起倾泻进她嘴里的污物,突然有了再次冲进浴室里,将肠胃都吐出来的冲动。

MEXICAN
GOTHIC

"你要起身吗？"弗朗西斯问，一只手做好了帮她的准备。

"不用。"她说，她知道单凭自己没法去浴室，但也不希望他触碰到她。

弗朗西斯将双手滑入外套的口袋。就是那件她原本觉得穿在他身上看起来还不错的灯芯绒外套。狗杂种。她为自己曾认为他拥有的一切美好品质而遗憾。

"我应该解释。"他说，声音很平静。

"你他妈还能怎么解释？霍华德……他……你……怎么说？"

基督啊，她甚至无法将它宣之于口。那该死的恐怖景象。她嘴里的黑色胆汁，还有后来她看到的那些幻象。

"我把这个故事告诉你，然后你就能向我提问了。我想这应该是最简单的。"他说。

娜奥米一句话也不想说。她觉得就算她努力尝试，也说不了多少。最好是让他开口，虽然她更想揍他。她太累了，病得太重。

"我想现在你应该已经意识到了，我们和其他人不一样，这座屋子也和其他屋子不一样。很久很久以前，霍华德发现有一种真菌，能将人类的生命延长不少。它能治愈疾病，能让你保持健康。"

"我看到了。我看到他了。"她喃喃道。

"是吗？"弗朗西斯回道，"我想你是进入了幽暗地。你进入得有多深？"

娜奥米盯着他。他让她更糊涂了。他摇了摇头。

"那种真菌，就生长在这座屋子底下，从这里一直蔓延到墓地。它在墙里。就像巨大的蜘蛛网。在这张网里，我们能保存记忆、思想，如真实存在的网捕获无意中落入的飞虫一般，将它们捕捉。那片贮藏我们思想和记忆的处所,我们称之为幽暗地。"

"这怎么可能?"

"真菌能与它寄宿的植物形成共生关系。即所谓的菌根关系体。好啦,总之它也能与人类共生。这座屋子里的菌根创造了幽暗地。"

"靠某种真菌,你们取得了已故之人的记忆。"

"是的。只是其中有些人的记忆并不完全;你只能获得一些模糊的回响,而且它们混乱不堪。"

这和收音机调频不一样,她想。娜奥米望着那块被黑色霉斑污损的墙壁角落。"我见过还梦到过奇怪的东西。你的意思是说,它们都是这座屋子导致的?因为有真菌在屋子里?"

"是的。"

"那它为什么要对我做那些事?"

"这不是它有意为之。我想这是它的天性特征。"

她体验到的每一个该死的幻象都很可怕。不管这东西的天性是什么,她没法理解它。它是噩梦。如此而已。噩梦、罪恶和恶毒的秘密生生地捆绑在一起。

"如此说来,我说你们的屋子闹鬼是一点没错。我的堂姐也没有发疯,她只是见到了这所谓的幽暗地。"

弗朗西斯点点头,娜奥米咯咯笑了起来。难怪她说卡塔莉娜的怪异行为应该有理性的解释,还提到了鬼魂的时候,弗朗西斯会如此激动。只是她没猜到这一切都与蘑菇有关。

她望着床边燃烧的油灯,意识到她完全不知道时间已经过去了多久。她在幽暗地待了多久。可能数个小时,也可能有数日。她已经听不到雨点拍打的声音了。

"霍华德·多伊尔对我做了什么?"她问。

"真菌在这座屋子的墙壁里,也在空气中。你没有意识到,但你已将它吸入你的身体。慢慢地,它会作用在你身上。但如果你以其他方式与之接触,它起作用的速度就会更快。"

"他到底对我做了什么?"她重复了一遍。

"绝大多数与这种真菌接触的人都会死亡。矿上的工人遇到的就是这样的情况。它杀了他们,其中部分人比其他人死得更快。但看得出来,不是每一个人都会遭遇毁灭。有些人对此更有抵抗力。不过,即使他们不会因此死亡,它也能影响他们的思维。"

"就像卡塔莉娜?"

"有些人只受到很少的影响,有些人的情况则比卡塔莉娜更糟。它能消融你原本的自我。我们的仆人,你或许已经注意到了,他们很少说话。他们已经不剩多少自我了。几乎就好像他们的意识已被挖空。"

"这不可能。"

弗朗西斯摇了摇头。"你认识的人里有酒鬼吗?酒精影响他们的大脑,情况与此类似。"

"你的意思是在告诉我,这就是以后会发生在卡塔莉娜和我身上的事?"

"不!"弗朗西斯迅速回道,"不,不是。他们的情况很特殊,霍华德叔祖父称他们为他的奴仆,而那些矿工,则是有机覆盖物①。但你可以与真菌形成共生关系。这些事就不会发生在你身上。"

---

① 耕种上的专业术语,指树皮、木片、树枝等有机材料,将它们粉碎、加工处理后铺设到栽培植物周围,能起到保持土壤湿润、降低地表扬尘、增加土壤肥力、抑制杂草、促进植物生长、装饰美观等作用。

墨西哥哥特

"那么在我身上会发生什么事?"

弗朗西斯的双手还紧紧插在口袋里,但他的情绪十分焦躁不安。她可以看得出来,他的手指正不停地握紧又松开,眼睛直直地盯着她床上的被子。

"我已经把幽暗地的事告诉你了。我还没有告诉你血脉的事。我们是特殊的。那真菌与我们有联系,这种联系没有害处。它甚至能让我们获得永生。霍华德已经活了好几辈子,在不同的身体里。他将自己的意识传输到幽暗地,再从幽暗地获得生命,进入他的某个孩子的身体里。"

"他附身在他的孩子身上?"娜奥米说道。

"不……他成了……他们成了他……他们成了某个新的人。只有家族中的孩子会这样,它会沿着血脉传下去。在许多代里血脉一直保持隔绝,从而保证我们都能与真菌相互作用,以保持这一共生关系。没有外来之人。"

"近亲通婚。他和他的两个妹妹结婚,还将露丝嫁给她的堂兄,在此之前他一定……他的妹妹们,"娜奥米说着,突然想起自己看到的幻象。那两个年轻女人。"他有两个妹妹。天哪,他一定和他们生了孩子。"

"是的。"

多伊尔家的长相。肖像画中的所有人。"到底可以追溯到多久以前?"娜奥米问道,"他到底几岁了?多少代?"

"我不知道。三百年吧,可能更久。"

"三百年。和他的亲属结婚,与她们生下孩子,然后将自己的意识传输到其中之一的身体里。一遍又一遍。那你们所有人呢?你们就允许这样的事发生?"

"我们别无选择。他是神。"

"你们他妈的有选择!这恶心的狗屎才不是什么神!"

弗朗西斯盯着她。他的双手已经从口袋里拿出来了,此时正紧紧交握。他看起来很疲惫。他慢慢抬起一只手,撑着额头;他摇了摇头。

"对我们来说他是,"他说,"而且他希望你成为我们家的一员。"

"所以他才会将那种黑色的烂泥倒进我的喉咙。"

"他们担心你会离开。他们不会让你这么做的。现在你已经没法去其他任何地方了。"

"我才不想成为你们这该死的家的一员,弗朗西斯,"她说,"相信我,我要回家,我要——"

"它不会让你走的。我的父亲,我想我已经把他的事告诉过你了,不是吗?"

娜奥米刚才一直盯着墙上的黑色印记,她房间角落里的那块霉斑,但现在,她慢慢地转过脑袋来,看向弗朗西斯。他从他的口袋里拿出一张小小的肖像。这就是他刚才一直攥在手里的,她想。藏在他外套口袋里的小照片。

"理查德,"弗朗西斯给她看一个男子的黑白照,同时悄声说道,"他的名字是理查德。"

从弗朗西斯那张面黄肌瘦的脸的轮廓上,娜奥米依稀能看出与弗吉尔·多伊尔的相同之处,但现在,她看到的是他父亲的痕迹:尖下巴、宽额头。

"露丝造成了很大的破坏。不只是因为她杀了不少人,更因为她将霍华德伤得很重。在被她开枪射击后,没有任何一个正常人能活下来,这不是她采取的方式出了问题。他活下来了。但他的掌控能力,他的力量,都减弱了。我们正是因此失去了所有的工人。"

"他们都被催眠了？就像你们那三个仆人一样？"

"不是。不完全是。他没法一次操纵那么多人。这需要更精妙的操作。不过，它确实对他们产生了作用。这屋子，这种真菌，都影响到了矿工。它是一片雾，在他需要时，能让你的感官麻木。"

"那你的父亲是怎么回事？"娜奥米问，同时将照片递还给他，而他将它塞进了口袋里。

"霍华德被枪击后，渐渐地开始自愈。我们家族到了最近几代后很难再有子嗣。当我的母亲到了年龄，霍华德就试着……但他那时已经太老了，受伤太重，没法让她怀孕。另外，还有些别的麻烦。"

他的侄女。他想和他的侄女生孩子，娜奥米想，她见过的那个赤身裸体的恶心玩意儿爬上一个女人，将他瘦骨嶙峋的躯体压在弗洛伦丝身上，这一闪而过的念头让她又想愤怒地大喊大叫。她将手帕压在嘴上。

"娜奥米？"弗朗西斯问道。

"什么麻烦？"她回答着，催他继续说下去。

"钱。霍华德的掌控断开后，剩下的工人都离开了，没有人看管矿场，因此它才会被水淹没。我们没有钱进账，革命本就对我们的经济状况造成了很大的破坏。他们需要钱，他们也需要孩子。要不然，血脉会变成什么样？我的母亲发现了我的父亲，她觉得靠他可以起到帮助。他有一点钱。不算很大一笔财富，但足以让我们撑过去，最重要的是，她觉得他可以让她生个孩子。他来这儿生活了，来到上高地。他们有了我。我是个男孩，不过他们觉得他或许可以让她生下更多孩子，让她生出女孩。

"幽暗地,也影响了他。他觉得自己渐渐疯了。他想离开,却做不到。他从没能到很远的地方去。最后他将自己扔进了山涧里。如果你与它搏斗,那它会伤害你。情况会变得很糟,"弗朗西斯警告她说,"但如果你遵从它,如果你与它连接,如果你同意成为这个家的一部分,一切都会很好。"

"卡塔莉娜与它搏斗了,是吗?"

"是的,"弗朗西斯承认道,"但这也是因为她不那么……她与它之间不那么相容——"

娜奥米摇了摇头,"是什么让你们觉得我会比她更顺从?"

"你的相容性更好。弗吉尔,他选择卡塔莉娜是因为他知道她能相容,但当你来到这里,明显你比她更合适。我猜他们希望你接下来能更理解这些。"

"希望我能乐于加入你们的家庭。乐于干什么?把我的钱给你们?或许甚至给你们生孩子?"

"对。对,二者都有。"

"你们这群怪物。还有你!我信任过你。"

他紧紧盯着她,嘴唇颤抖。她觉得他要哭出来了。这让她怒火中烧。凭什么他成了那个精神崩溃、号啕大哭的人。你怎么敢,她想。

"我很抱歉。"

"抱歉!你们这些狗娘养的杂种!"她喊道,尽管身体还因为严重的钝痛而阵阵抽痛,她依然站起身。

"我很抱歉。我也不想这样的。"他说着将椅子向后推开,也站起身。

"那你就帮帮我!帮我从这儿出去!"

"我做不到。"

墨西哥哥特

她打了他。这不算很用力的一击，打出去后，她立刻觉得自己要倒在地板上。它夺走了她的全部力气，突然之间她觉得自己像被抽去了骨头。要不是弗朗西斯扶住了她，她定然会将自己的脑袋砸个开花。但她依然挣扎着，想将他推开。

"放手。"她命令道，但她的声音被闷在了他外套的褶皱里。她甚至没法将脑袋抬起来。

"你需要休息。我会想个办法出来的，但你需要休息。"他悄声说道。

"去死吧！"

他小心地将她放回床上，盖上被子，她想最后一次叫他去死，但她的双眼已经合上了，房间角落里的那块霉斑则如同心脏一般地跳动，向外探出，让墙纸产生了阵阵涟漪。地板也在摇晃，像某种活物的皮肤般颤抖着。

一条大蛇从地板下探了出来，它那光滑的黑色身体从被子上滑过。娜奥米盯着它，而它触碰了她的双腿，它冰凉的皮肤贴在她发烫的肌肤上，她担心它会抬起脑袋来咬她一口，因此没有动弹。在这条蛇的皮肤上有千百个小突起，那是微小的搏动着的圆点，它们微微颤抖，喷出孢子。

这是另一个梦，她想。是幽暗地，而幽暗地不是真实存在的。

但她不想看到这样的景象，她不想，因此她终究还是动了动双腿，想把那东西踢开。当她触碰到那条蛇的皮肤，它突然裂开，里面是白色的死肉，是已惨遭腐烂蹂躏的蛇的尸体。生命在这白色的尸体上涌现，霉斑在它的周身盛开。

Et verbum caro factum est，这条蛇说。

此刻她正跪在地上。这是个石头砌成的房间，里面很冷。很暗，没有窗。一个祭坛上点燃了一些蜡烛，但依然还是太暗。相比于她在洞穴中瞥见的那个祭坛，这一个制作得显然更为精美。桌上盖着红色的天鹅绒布，摆着银色的枝状大蜡烛台。但这儿依然很暗，潮湿寒冷。

　　霍华德·多伊尔还往这地方加了一些挂毯。它们红黑相间，展现了衔尾蛇的图案。华丽，多伊尔明白华丽是这个游戏中很重要的一部分。他也同样如此，多伊尔，他身着深红色服饰。在他身边站着的是他从洞穴里带出来的女人，她身怀六甲，看上去像是病了。

　　Et verbum caro factum est，那条蛇在她耳边悄声述说着秘密。蛇已经离开了，但她依然能听到它说话的声音。它的嗓音独特而嘶哑，娜奥米不明白它在对她说什么。

　　两个女人扶着她走下祭台，躺在祭坛下。两个金发的女人。她见过她们。两个妹妹。另外，这个仪式也是她见过的。在墓地。那个在墓地里生产的女人。

　　生产。孩子叫了出来，多伊尔抱住了那个孩子。接着她明白了。

　　Et verbum caro factum est。

　　她明白了她在之前的梦中未能看全的事，此刻她不想看清，但她确实看清了。刀子和婴儿。娜奥米闭上双眼，但即使藏在眼睑后她也依然彻底看清了这一切，血红色，黑色，婴儿被撕裂，他们正在吃他。

　　诸神的血肉。

　　他们双手高举，多伊尔放下肉块和骨头碎片，放在他们的手中，他们开始啃咬苍白的肉。

　　他们以前也做过这样的事，在洞穴里。但当时吃的是祭司，

281

当祭司们死了，便会将自己的肉体作为牺牲。多伊尔令这仪式变得更完美。聪明的多伊尔，他富有学识，读过神学、生物学、医学的诸多著作，寻求答案，而现在，他找到了它们。

娜奥米还闭着眼睛，那女人的双眼同样紧闭。他们将一块布蒙在她脸上，娜奥米觉得他们会在此时杀了这个女人，会同样将她切成肉块，把它们吃掉。但这一次她错了。他们裹住了她的身体。将她裹紧，祭坛旁有一个坑，他们将她扔了进去，但她还活着。

她还没死，娜奥米告诉他们。但这一点根本不重要。因为这是一段记忆。

必须这样做，总是如此。真菌会勃发，从她的躯体上，从土壤中勃发，将自身织入墙壁，将自身延伸到这座建筑的地基里。而且幽暗地需要一个意识。它需要她。幽暗地是活的。它以不止一种方式活着；在它腐烂的核心，是一个女人的尸体，她的四肢扭曲，她的发丝松脆地挂在颅骨上。尸体的上下颌大张，在土地中尖叫，惨白的蘑菇从她干涸的嘴唇上冒了出来。

原本祭司应该将自己献为牺牲：部分身体被人吞食，剩下的埋入土中。生命从这些残骸中勃发，会众因此而维系在他周围。最终维系在他们的神周围。但多伊尔不是傻子，他不会奉献出自己。

多伊尔将成为一个不遵循他们晦涩而愚蠢的规则的神。

多伊尔是神。

多伊尔活了下来，持续不断地活了下来。

多伊尔始终活着。

怪物。畸形之物，啊，你就是这么看待我的对吗，娜奥米？

"你看够了吗，好奇的女孩？"

他正在她房间的一角玩牌。娜奥米望着他那双满是皱纹的手,洗牌的时候,他食指上的那只琥珀戒指在烛光下闪动着明亮的光。他抬起头来看向她。娜奥米盯着他。这是现在的多伊尔。霍华德·多伊尔,他的脊椎已经弯曲,呼吸艰难。他放下三张牌,小心地将它们一一翻过来。佩带宝剑的骑士和拿着金币的侍从。在他单薄的衬衫下,娜奥米可以看到他的背上散布的黑疖。

"为什么你要让我看这些?"她问。

"是这屋子给你看的。这屋子爱你。你喜欢我们的款待吗?你想和我一起玩吗?"他问。

"不想。"

"可惜,"他说着翻开了第三张牌:一个空空如也的酒杯,"你终究还是会放弃你自己的。你已经和我们很像了,你已成了这个家的一员。只是你现在还不知道。"

"你吓唬不了我,你这狗屎怪物,只会那套梦的把戏。这根本不是真的,你也永远不可能把我留在这里。"

"你真这么想?"他问,一个个疖子从他背部滚落。黑得如同墨汁一般的液体形成了涓涓细流,滴落在他脚下的地板上。"我可以让你做任何我希望你做的事。"

他用长指甲切下一个脓包,将它压进一只银杯里——它看起来很像他刚才手中拿着的牌上的高脚杯——脓包破裂,让杯子里满是腥臭的液体。"喝一口。"他说。在厌恶和警觉冻住她的四肢前,有那么一秒,她觉得受到了强迫,让她想迈步向前,喝上一口。

他微笑了。他正在尝试向她展示他的力量;即使在梦中,他也是主宰。

"等我醒了我会杀了你。只要给我一个机会,我会杀了你。"

她咒骂道。

娜奥米冲向他,将手指掐进他的肉里,拧住他细瘦的脖子。多伊尔的皮肤仿佛羊皮纸,在她的双手下裂成碎片,露出肌肉和血管。他朝她咧嘴一笑,是弗吉尔那种野蛮的微笑。她掐得更紧,他则将她往后推,他的大拇指抵在她的唇上,抵在她的牙齿上。

弗朗西斯看向她,他的双眼因为痛苦而睁大,他的手滑落在地。娜奥米放开了他,后退一步。弗朗西斯张开嘴向她恳求,成百的蛆从他的胃里爬了出来。

蠕虫,蘑菇伞柄,草丛中的蛇抬起头来,卷在娜奥米的脖子上。

无论你是否乐意,你都是我们的了。你是我们的,你就是我们。

她想将这条蛇扯下来,但它越卷越紧,深深地嵌入她的血肉,它张开大嘴,准备将她整个儿吞入腹中。娜奥米的指甲抠进了蛇的身体,它悄声低语道:"*Et verbum caro factum est*。"

但还有另一个女人的声音也在说话,她说:"睁开你的眼睛。"

我必须记住这一点,她想。我必须记住要睁开我的眼睛。

21
CHAPTER TWENTY-ONE

墨西哥哥特

阳光。她从未如此感激过这么日常的景象,太阳的光束从窗帘下方渗入,让她的情绪高涨。娜奥米拉开窗帘,将手掌抵在窗上。她又试了试门。如她所料,门上了锁。

他们给她留了一个装有食物的托盘。茶早已凉了,她也不敢喝,不知道里面放了什么。甚至在面对面包时她也犹豫了。最后她只轻轻咬了一点面包片的边,喝的水则是从浴室水龙头里放出来的。

不过,如果空气里也有真菌,那这样做还有必要吗?不管怎么做,她都得吸入空气。衣柜的门开着,她可以看到他们已清空了她的手提箱,将所有裙子都挂回了挂钩上。

屋里很冷,因此她穿上了长袖的圆领白袖口格子裙。这样就暖和了,虽然她一直不怎么很喜欢格子花纹。她都想不起自己为什么要把这条裙子打包进行李箱里,不过现在她很高兴自己这么做了。

梳好头,穿上鞋子后,娜奥米又试了试去推那扇窗,但它纹丝不动。门也是一样。他们给她留的餐具里有一个汤勺,它似乎对她没什么帮助。正当她思考是否能用汤勺来撬开门时,门锁转动,弗洛伦丝出现在门口。如往常一样,她似乎对见到娜奥米很是恼火。而这一天,她俩的这种心情,完全是彼此厌恶。

"你是打算绝食自尽?"弗洛伦丝看着摆在门边,娜奥米几乎没怎么碰的托盘,问道。

"在发生了这些事之后,我没法说自己胃口很好。"娜奥米冷淡地回道。

"会有你不得不吃的时候。不管怎么说,弗吉尔要见你。他在书房等着。跟我来。"

娜奥米跟着这个女人经过走廊,走下楼梯。弗洛伦丝没有开口和她说话，娜奥米则一直在她身后，与她保持两步的距离，直到她们来到一楼，娜奥米冲向大门口。她担心他们锁上了它，但门把手转动了，她冲进了早晨的迷雾之中。这雾很重，但没有关系。她盲目地冲了进去。

高高的草擦过她的身体，她的裙子在某样东西上挂住了。她听到裙子撕裂的声音，但她用力扯开它，继续向前跑。外面在下雨，那种最细微的毛毛雨打湿了她的头发。就算外面打雷闪电下冰雹，她也不会停下的。

但实际上娜奥米还是停下来了。她突然觉得自己喘不上气来，甚至当她站定，试图让自己平静下来，大口吸气，她还是几乎无法做到。她觉得好像有一只手正攥紧她的喉咙，她喘着气，踉跄靠在一棵树旁，它低垂的枝丫擦过她的太阳穴，她轻轻嘶了一声，摸了摸自己的头，发现指尖上出现了血。

她需要慢点向前走，需要看清自己身在何处，但雾太重，无法呼吸的感觉也没有缓和。她滑倒了，摔在地上，丢了一只鞋。它原本在她脚上的，突然就没了。

娜奥米想爬起来，但无情地抵在她喉咙上的压力让她很难获得足够的力量。她先设法跪在地上。接着她想摸索她丢了的那只鞋，但最后又放弃了。它在哪儿不重要。她干脆把另一只鞋也脱了。

赤脚，她宁可赤脚继续走。她单手捏着剩下那只鞋，尝试进行思考。浓雾包裹了一切。树木，灌木和那座屋子。她不知道自己该往什么方向走，但她可以听到草在沙沙作响，她很确定有人正向她走来。

她依然无法呼吸，她的喉咙像是起了火。她喘着气，想强使空气进入她的肺里。娜奥米的手指嵌入湿润的土地，她终于站起身，拖着身子向前走。四步，五步，六步，然后她又摔倒了，重又回到了跪着的姿势。

此时已经太迟了。在浓雾中，一个高大的模糊人影在她身旁弯下了腰。她抬起双手去抵抗，却徒劳无功。他弯下腰，这个男人，像捡起一只破布娃娃似的，轻而易举地将她拉起，她摇了摇头。

她盲目地反抗，那只鞋砸中了他的脸，他愤怒地咕哝了一声。他松开她，让她落进泥里。娜奥米向前移动，想的是若真有必要就爬走，但她其实没能伤着他，他抓住了她，将她拉进自己的怀抱中。

他带她往那座屋子里走，而她甚至无法反抗；感觉就像如果抵抗她的喉咙会被彻底封死，而此刻，她已几乎无法吸入任何空气。更糟的是，她意识到屋子其实与她非常近，在她摔倒之前，她几乎没走出几米。

她看到了门廊，看到了前门入口，然后她转过脸去看那个男人。

弗吉尔。他出来时已打开了门，此刻他们直接上了楼梯。楼梯上方那圆形彩色玻璃窗的边缘，蚀刻着一圈红色的细蛇。此前她未曾注意到，但现在，这个形象已十分清晰：那是一条衔尾蛇。

他们走向娜奥米的房间，进了浴室。他小心地将她放入浴缸里，当她不住喘气时，他打开水龙头，让水流入浴缸中。

"把衣服脱了，自己洗干净。"他说。

她又能呼吸了。仿佛开关拧开了。但她的心脏还在怦怦直跳，她盯着弗吉尔，嘴巴微微张开，双手撑在浴缸的两侧。

"你会感冒的。"他简单说道，接着伸出一只手，像是打算要解开她裙子最上面的那颗扣子。

娜奥米将他的手拍开,攥紧了裙子的领口。"别碰!"她喊道,说话让她嘴里生疼,这两个字像是刀割在她的舌头上。

他咯咯笑着,仿佛觉得很有趣。"这是你的错,娜奥米。你自己决定要在泥里,在雨里打滚,现在,你得把自己洗干净了。所以,在我动手前,你最好把所有的衣服都脱了。"他的话音里没有威胁的意味,听起来像是斟酌过语气,他的脸却充斥着强烈的憎恨。

她哆哆嗦嗦地解开纽扣,脱下裙子,将它卷成团,扔在地上。她身上还剩内衣裤。她觉得这样的羞辱对弗吉尔来说应该已经够了,他却靠在墙上,抬起头,看着她。

"怎么?"他说,"你身上很脏。全部脱了,洗干净。你的头发一团糟。"

"你踏出浴室我就洗。"

他抓起那张三腿凳坐下来,表情平静。"我哪儿也不去。"

"我不会在你面前赤身裸体的。"

他身体前倾,像是要与她分享秘密。"我能让你把那些衣服都脱了。要不了我一分钟,而且我会伤害到你。你也可以像个好姑娘,自己脱了。"

他是认真的。娜奥米依旧觉得自己头重脚轻,水又太热,但她还是脱去了内衣裤,将它们扔了出来,自己缩在浴缸的一角。她抓起放在一个瓷盘中的条皂,擦洗头发,用肥皂涂抹她的双臂和手。很快,她便用清水将肥皂泡冲去。

弗吉尔在此之前便关上了水龙头,他的左手肘搁在浴缸边缘。至少他正看着的是地板而不是她,似乎满足于欣赏瓷砖。他用手指擦了擦自己的嘴。

"你用你的鞋砸破了我的嘴唇。"他说。

他的嘴唇上留有一道血迹,娜奥米很高兴至少她做到了这一点。"所以你现在来折磨我了?"

"折磨?我只想保证你不会晕倒在浴缸里。要是你在浴缸里淹死就太遗憾了。"

"你可以守在门外的,你这只猪。"她将一束湿发从脸前拨开,说道。

"对。但这样乐趣就少了一大半。"他回道。倘若她是在舞会上遇到的弗吉尔,倘若她不了解他,那他的笑容甚至算得上富有魅力。他就是用这种微笑骗了卡塔莉娜,然而那是一种掠夺者的狞笑。它让她又想打他了,为了她的堂姐而打他。

水龙头在滴水。滴答,滴答,滴答。这是浴室里唯一的声音。她抬起一只手,指着他身后。

"现在你可以把浴袍递给我了。"

他没有回答。

"我说了,你可以——"

他的手落进水里,落在她的腿上,娜奥米身子向后缩,砰地撞在浴缸上,水溅了一地。她的本能让她站起来,跳出浴缸,跑出这个房间。但弗吉尔占据的位置意味着假如她这么做,她的行进路线将被他封锁。他也明白这一点。浴缸,水,于这年轻女人而言是她的盔甲,她将膝盖缩起来抵着胸口。

"出去。"她说道,竭力让声音听起来平稳而不恐惧。

"怎么?你是突然害羞起来了?"他问,"上一次我们在这儿的时候你可不是这样的。"

"那是个梦。"她结结巴巴地说道。

"但这不意味它不是真的。"

她难以置信地朝他眨了眨眼睛,接着张开嘴想要表示反对。弗吉尔凑近了,将手放在她的后颈上,她尖叫起来,推开他,但他抓住了她的头发,将她的头向后扯,拉得很用力。

在梦中他就是这么做的,或者至少是个类似的动作。将她的头拉得仰起,吻她,然后她就会想要他。

她试图转开自己的脑袋。

"弗吉尔。"弗朗西斯大声说道。他正站在门边,双手放在身体两侧,紧紧握成了拳头。

弗吉尔转过脸去看向他的侄子。"怎么了?"他严厉地问。

"卡明斯医生到了。他准备好见她了。"

弗吉尔叹了口气,朝娜奥米耸耸肩,放开了她。"好吧,看来我们得下次再谈了。"他表示道,说完走出了浴室。

她没料到他会放过她,这让她大大地松了一口气,以至于双手按住嘴巴,蜷缩起身体,大口喘气。

"卡明斯医生想给你检查身体。你需要我扶你出浴缸吗?"弗朗西斯问道。他的声音十分轻柔。

娜奥米摇了摇头。她的脸烧了起来,因为屈辱而涨得通红。

弗朗西斯从架子上的毛巾堆里拿起一块叠好的毛巾,一声不吭地递给了她。她抬头看他,然后抓住了毛巾。

"我在房间里等你。"弗朗西斯说道。

他走出浴室,关上了身后的门。娜奥米用毛巾擦干身子,披上浴袍。

当她走出浴室,卡明斯医生已经站在窗边了,他伸手示意她坐在床上。他量了量娜奥米的脉搏,检查了她的心跳,接着打开一个装着药用酒精的瓶子,用它浸湿了一团棉花。他将这团棉花按在她的太阳穴上。娜奥米早就忘了自己被树枝划拉出来的擦伤,这时候瑟缩了一下。

"她怎么样?"弗朗西斯问道。他站在医生身后,担忧地看着。

"她很快就没事了。只是一点擦伤,没什么大不了的。甚至都不用绑绷带。但本不该出现这样的伤。我以为你们已经和她解释过情况了,"医生说道,"要是伤了她的脸,霍华德会很痛心的。"

"你不该朝他发火。弗朗西斯确实解释过,说我就在一个满是乱伦的怪物和它们的马屁精的屋子里。"娜奥米回道。

卡明斯医生的手指停止了动作,他皱起眉头。"好吧。看来你提起长辈时的迷人态度还没丢。倒一杯水来,弗朗西斯,"医生边擦拭她的发际线边说,"这女孩有点脱水。"

"我自己来。"她回道,同时抢过棉花团,将它抵在头上。

医生耸耸肩,将听诊器扔进他的黑包里。"弗朗西斯本该和你好好谈谈的,但想必昨晚他没能说清楚。你没法离开这座屋子,塔波阿达小姐。没有人可以。它不会让你走的。如果你想尝试逃走,就会再一次经受你已承受过的这种袭击。"

"屋子怎么可能做到这样的事?"

"它就是可以。重要的正在于此。"

弗朗西斯拿着一杯水走到床边,将它递给了她。娜奥米抿了两口,小心地偷看这两个男人。卡明斯的脸吸引了她的目光,有一个她之前没能注意到的细节,现在看来似乎极为明显。

"你和他们有血缘关系,对吧?你也是多伊尔家的成员。"

"远亲,所以我才能住在村里,经营家族事务。"医生回道。

远亲。这听起来像个笑话。她根本不觉得多伊尔家的家族树上能有什么相距比较远的亲属。这家族树压根没有枝丫。弗吉尔说过,他与卡明斯医生的女儿结过婚,这也就意味着,他们曾经企图将这"远"亲拉近到他们的内部。

他希望让你成为我们家族的一部分,弗朗西斯这么说。娜奥米用双手握住那只玻璃杯。

"你得吃早餐了。弗朗西斯,把托盘拿过来。"医生命令道。

"我没有胃口。"

"别傻了。弗朗西斯,托盘。"

"茶热吗?我很乐意给这位好医生的脸泼上滚烫的一杯。"她淡淡地说道。

医生脱下眼镜,用手帕擦拭,同时皱起眉头。"如此看来你今天是打定了主意不合作了。我不该为此而惊讶的。女人总是善变得可怕。"

"那你的女儿很好相处吗?"娜奥米问道。医生猛地抬头盯着她,她知道自己击中了要害。"你把你自己的女儿交给了他们。"

"我不懂你在说什么。"他低声道。

"弗吉尔说她离开了,但这不是真话。没有人能离开这地方,你刚才是这么说的。它永远不会放她走。她死了,对吧?是他杀了她吗?"

娜奥米和医生彼此瞪视。医生僵硬地站起身,一把抓起她双手捧着的玻璃杯,放到床头柜上。

"或许你该留我们两人说说话,就我们两个。"弗朗西斯对年长者说道。

卡明斯医生抓住弗朗西斯的手臂,眯着眼睛看着娜奥米。"对,你得好好劝导劝导她。他不会容忍这种行径,你明白的。"

离开房间前,医生在床边逗留了一会儿,一只手紧握着医疗袋,对娜奥米说道:"若你非得知道不可,那我可以告诉你,我的女儿死于生产。她没能给家族带来他们需要的那个孩子。霍华德觉得你和卡塔莉娜会更困难。血液不同。我们会看到的。"

他关上了身后的门。

弗朗西斯抓起银托盘,将它拿到床上。娜奥米攥住了被子。"你真得吃一点。"他对她说。

"里面没下毒?"她问。

弗朗西斯俯下身,将托盘放在她的膝盖上,以西班牙语在她耳边悄声说道:"你吃下去的食物,还有茶,他们往里面放过些东西,没错。但鸡蛋没问题,吃吧。我会告诉你的。"

"什么——"

"用西班牙语,"他说,"他能听见,通过墙壁,通过这座屋子,但他不会说西班牙语。他听不懂。压低声音,然后吃一点,我说真的。你现在脱水了,昨晚又吐得太多。"

娜奥米紧盯着他。她慢慢抓起勺子,用它来敲那只煮过头的鸡蛋的壳,与此同时视线一直盯着他。

"我想帮助你,"他说,"但这很困难。你已经见识过这屋子能做的事了。"

"显然,它能把人关在屋子里。我真不能离开吗?"

"它能诱导你去做某些事,同时阻止你做另一些。"

"控制你的意识。"

"从某种角度来说是。但更原始。它能触发人的某些本能。"

"我当时没法呼吸。"

"我知道。"

娜奥米慢慢咽下一点鸡蛋。她终于吃完后,弗朗西斯指着烤面包点了点头,但又对果酱摇了摇头。

"总有办法从这儿出去的。"

"应该有，"他从口袋里拿出一个小烧瓶给她看，"你认得这个吗？"

"是我给我堂姐带的药。你用它要做什么？"

"那件事发生后卡明斯医生让我处理掉它，但我没有。那种真菌，它存在于空气中，另外，我的母亲也会确保将它加入你的食物。它就是这样慢慢控制了你的。但它对某些触媒非常敏感。它不太喜欢光，也不太喜欢某些气味。"

"我的香烟，"她说着打了个响指，"它刺激到了这座屋子。还有这种酊剂，这个一定也刺激到了它。"

镇上那位治疗师知道这件事吗？还是说这只是意外之喜？卡塔莉娜说过这种酊剂会影响这座屋子，她说得没错。无论是意外还是有意为之，她的堂姐都发现了钥匙，只是她被阻止了，没能转动得了它。

"不止如此，"弗朗西斯说，"它会妨碍到屋子。你服下这种酊剂，这座屋子，这种真菌，都会放松对你的控制。"

"你为什么能这么确定？"

"卡塔莉娜。她以前曾想逃走，但弗吉尔和亚瑟抓住了她，将她带了回来。他们发现了她服用的药，认为它会影响这座屋子对她的控制，因此他们拿走了它。但他们没有意识到这种作用还能持续一段时间，因此她一定是请镇上的某个人替她寄了信。"

卡塔莉娜，聪明的姑娘。她设计出了能造成故障的工具，还向外发出了求救的信号。不幸的是，现在娜奥米这位原本应该来营救她的人，自己也陷身其中了。

她伸手去拿那瓶子，但弗朗西斯抓住了她的手，摇了摇头。"你还记得你的堂姐身上发生了什么事吗？一次服用太多会让你癫痫发作。"

"那它不就没有用了?"

"也不是。你得少量多次地服用。看,卡明斯医生来这儿是有理由的。霍华德叔祖父快要死了。没有什么能阻止这一点。真菌能延长寿命,但没法把它延长到永恒。他的身体很快就会被舍弃,在此之后,他会开始转世。他会夺取弗吉尔的身体。等到那时,当他死时,所有人的注意力都会转移到这件事上。他们会忙着在这两人周围打转。屋子在那时也会变弱。"

"要到什么时候?"

"要不了多久,"弗朗西斯说道,"你已经见过霍华德那副样子了。"

娜奥米并不怎么想回忆起自己见到的东西。她放下咬过的鸡蛋,皱起眉。

"他想让你成为这个家的一分子。随他的意思,耐心点,我会让你离开这儿的。这屋子里有些通道,它们通往墓地,我想我可以在里面藏些物资储备。"

"你说'随他的意思',具体是什么意思?"弗朗西斯躲闪着娜奥米的视线,因此她问道。

她用一只手抓住他的下巴,迫使他看着自己。他站得非常直,屏住了呼吸。

"他希望你能嫁给我。他希望你能和我生孩子。他想让你成为我们中的一员。"弗朗西斯最后说道。

"那如果我说不呢?会怎么样?"

"他会采用他的方式。"

"他会挖去我的意识,变得像那些仆人一样?还是说直接强暴我?"她问。

"不会到这个地步的。"弗朗西斯低声含糊地说道。

"为什么？"

"因为他喜欢以其他方式来控制别人。这么做太粗鄙了。在很多年里他都允许我父亲去镇上，他让卡塔莉娜去教堂。他甚至让弗吉尔和我的母亲远离镇子，去寻找配偶。他知道他需要人来遵循他的意志，依照他的命令行事，而他们必须乐于如此，否则就太费力了。"

"而且他也没法一直控制他们，"娜奥米猜测道，"毕竟露丝设法抓起了来复枪，卡塔莉娜也尝试过告诉我真相。"

"没错。还有，卡塔莉娜绝不会说出谁给她制作了这种酊剂，无论霍华德如何想方设法地试图从她口中挖出这个信息。"

另外，那些矿工也组织过罢工。尽管霍华德·多伊尔很乐意将自己视为神，但他没法迫使每一个人都一天二十四小时地彻底遵从他。不过，在过去的几十年里，他想必成功地微妙操纵过许多人，当这么做还不够的时候，他就会杀了他们，或是让他们消失，就像他对待贝尼托时一样。

"直接反抗是没有用的。"弗朗西斯说道。

娜奥米查看着黄油刀，她知道他说得对。她能做什么？又踢又打只会让她沦落到现在的境地，甚至更糟。"如果我答应演这场戏，那么你得答应我，让卡塔莉娜也离开这里。"

弗朗西斯没有回答，不过从他皱眉的样子，她可以猜得到，他并不乐意接受带两个人逃走的想法。

"我不能把她留在这儿，"她说着，握紧了他还拿着瓶子的那只手，"你必须把酊剂给她，你一定得让她也获得自由。"

"嗯，好吧。记得压低你的声音。"

她松开了他的手，压低声音说道："你必须发誓，拿你的生命起誓。"

墨西哥哥特

"我发誓。现在,我们能开始试试吗?"他问道,同时拿下药瓶的玻璃塞,"它会让你有点想睡觉,不过你很可能也确实需要休息。"

"弗吉尔能看到我的梦,"她将指节抵在嘴唇上,过了一会儿,低声说道,"如果他能看到我的梦,他难道不会知道吗?他难道不知道我在想什么?"

"它们不是真正的梦。那是幽暗地。但当你在那儿时,你要小心一点。"

"我不知道我是否能信任你,"她说,"你为什么要帮我?"

在千百个细微之处,他都与他的叔叔完全不同,他有细瘦的双手和瘠薄的嘴唇,弗吉尔强壮有力,而他却显得十分贫弱。他年轻而苍白,周身透着友善。但谁知道这一切是否都是表演,他完全不会彻底陷入冷漠无情吗?毕竟,在这个地方,所有的一切都与它们的表象不同。秘密叠加在秘密之上。

她摸了摸自己的后颈,就是弗吉尔的手指拉扯她头发的地方。

弗朗西斯单手把玩着那个玻璃塞。它反射了一道自窗帘中透入的光,就此成为一个小小的棱镜,在她的床脚画出一道彩虹。

"有一种寄生在蝉身上的真菌。*Massospora cicadina*[①]。我记得自己读到过一篇杂志文章,讨论了它的性状:这种真菌会在蝉的腹部生长。杂志说,这些蝉被感染得很严重,身体内部已被消耗,却依然'还在歌唱'。歌唱,求偶,半死不活。你能想象吗?"弗朗西斯说道,"你说得对,我确实有选择。我不会就这样一辈子唱着歌,装成一切都没有任何问题的样子。"

---

① 蝉团孢霉的拉丁文学名。

他不再把玩玻璃塞,望向了她。

"你都一直装到现在了。"

娜奥米盯着他,而他庄重地与她对视。"是的,"他说,"但现在你来到这里,我就再也装不下去了。"

娜奥米望着他,一言不发,他则往汤勺里倒入了少量酊剂。娜奥米将它咽了下去。它的味道很苦。他将盘子边上摆放的餐巾递给她,娜奥米擦干净了嘴。

"让我把它带走。"弗朗西斯说着将瓶子放进口袋里,拿起托盘。娜奥米碰了碰他的手臂,他停下脚步。

"谢谢。"

"别谢我,"他回道,"我该早点说的,但我是个胆小鬼。"

而后她睡到了枕头上,让困意接掌了身体。过了一阵子——她不确定这一阵子到底有多久——她听到了衣服的沙沙声,于是便坐起身。露丝·多伊尔正坐在她的床脚,低头凝视地板。

不是露丝。是回忆?是幽灵?也不太像幽灵。她意识到她之前见到的,听到在她耳边低语,催她睁开眼睛的,都是露丝的意识,它还栖息在幽暗地,在被裂隙和霉斑覆盖的墙里。还有些其他意识,其他人格的碎片,也潜藏在墙纸下,但它们都不像露丝那么立体有形。或许,唯一的例外是那个金色的存在,她依然不确定它的身份,甚至不知道是否能称之为人。它的感觉不像人。和露丝不一样。

"你能听到我说话吗?"她问,"还是说你其实像黑胶唱片上的沟?"

娜奥米一点也不害怕这个女孩。她是个年轻的女人,饱受虐待,惨遭遗弃。她的存在并不恶毒,不过有些忧心忡忡罢了。

"我并不感到遗憾。"露丝说道。

墨西哥哥特

"我的名字是娜奥米。我见过你,但我不确定你是否听得懂我的话。"

"不遗憾。"

娜奥米不觉得这个女孩能再多说出些超过这只言片语的话来,但突然露丝抬起头,盯着她。

"母亲不能也不会保护你。没有人会保护你。"

母亲已经死了,娜奥米想。是你杀了她。但她怀疑提醒一个早已是尸体、早已被埋葬的人这样的事,到底是否有意义。娜奥米伸出一只手,碰了碰女孩的肩头。她觉得手指下的触感很真实。

"你得杀了他。父亲绝不会让你离开。这是我的错。我没能正确地完成这件事。"女孩摇了摇头。

"你本来应该怎么正确地完成的?"娜奥米问。

"我没能正确完成。他是神!他是神!"

女孩啜泣着,将双手抵在嘴上,身体前后摇摆。娜奥米想拥抱她,但露丝猛地撞向地板,在地上蜷成一团,双手还盖在嘴上。娜奥米在她身边跪下。

"露丝,别哭。"她说。在她说话时,露丝的身体渐渐发灰,白色的霉斑在她的脸和手上蔓延,女孩哭泣着,黑色的泪水从双颊上滑落,胆汁从她的嘴和鼻子里如细流般淌下。

露丝开始用指甲抓挠身体,嘶哑地号叫。娜奥米向后推开自己的身子,撞在床上。女孩翻滚蠕动,此刻她抓挠着地板,她的指甲撕扯了木板,飞溅的木屑刺入她的掌心。

娜奥米害怕得牙齿打颤,她觉得自己也要跟着哭了,但这时候她想起了那几个字,那句真言。

"睁开你的眼睛。"娜奥米说道。

娜奥米照做了。她睁开眼睛，房间里很暗，只有她一个人。外面又下雨了，远处雷声隆隆个不停。她的手链在哪儿？那条能抵御邪眼的手链。但它现在已经没用了。在床头柜的抽屉里，她找到了她的那包烟和打火机，它们还在原处。

娜奥米按燃打火机，望着火焰不住跳动，然后关了它，将它放回抽屉里。

CHAPTER TWENTY-TWO

墨西哥哥特

第二天早上,弗朗西斯回来看她,又给了她一小份酊剂,还给她指出了吃下去不会有事的食物。夜晚降临后,他带着一托盘的食物重又出现,并告诉她说,等她用完晚餐后,他们得去和弗吉尔会面,后者正在办公室等着他们。

通往书房的走廊太暗,尽管弗朗西斯手里拿着油灯,她依然没法看清墙上的肖像画,但她希望自己若是曾经停下脚步,看过露丝的照片就好了。这是一种好奇与共情催生的冲动。露丝曾经是个囚犯,就像她一样。

弗朗西斯刚打开通往办公室的门,娜奥米便感受到了发霉的书本散发出的令人不适的气味。过去那几天里她竟然能对它如此习惯,几乎完全没有注意到它,这一点想来着实有些有趣。她不知道这是否意味着酊剂已经起效。

弗吉尔坐在书桌后面。在有镶嵌板的房间里,暗淡的灯光让他的外表看起来如同卡拉瓦乔的油画中的人物,更让他的肌肤失去了所有血色。他的身体上有种静止不动的气息,就像伪装了的野生动物。他的手指交叠在一起,看到他们后,他身体前倾向他们致意,脸上露出微笑。

"你似乎好些了?"弗吉尔说。娜奥米在他对面坐下,弗朗西斯则坐在她身边,她以无声的瞪视回答了他的问题。"我让你过来,是为了澄清几个问题。弗朗西斯说你已经明白了形势,愿意与我们合作。"弗吉尔继续说道。

"如果你的意思是说,我明白自己没法离开这座讨厌的屋子,那没错,很不幸地我很明确这一点。"

"别为此而生气,娜奥米——等它和你熟悉起来了,它会是一座很可爱的屋子。现在,我想问的是,你是决意要成为一个讨人厌的家伙,还是说你会自愿地加入我们的家庭?"

墙上的三个鹿头投下了长长的阴影。"你提到了一个很有趣的概念,'自愿',"娜奥米说道,"你这是在给我提供其他选项吗?我觉得不是。如果你想知道,那我做出的决定是我要活下去。我不想自己最后完结在一个坑里,就像那些可怜的矿工一样。"

"我们没有把他们倒进坑里,他们都埋葬在墓地。另外,他们也需要去死。你必须让土壤肥沃多产。"

"靠的是人的尸体。有机覆盖物,这个词用得对吗?"

"不管怎么样,他们本来就是要死的。不过是一群吃不饱饭、身上满是跳蚤的农夫罢了。"

"那你的第一任妻子是否也是个吃不饱饭、身上满是跳蚤的农夫?你是否也用她来让土壤变得更肥沃多产?"娜奥米问。她不知道他的第一任妻子的肖像是否也挂在外面,和所有其他多伊尔家庭成员的照片挂在一起。一个悲惨的年轻女人,下巴高高抬起,试图在镜头前保持微笑。

弗吉尔耸耸肩。"没有。但她也有她的不足,我没法说我很想念她。"

"真感人。"

"你怎么说都没法让我对此产生愧疚,娜奥米。适者生存,弱者则会被抛下。我觉得你很强大,"他说,"另外,你有张这么漂亮的脸。深色的皮肤,深色的眼睛。多么新奇。"

深色的肉,她想。除了肉之外什么都不是,她和被屠夫检视后再用蜡纸包装的牛肉没什么不同。一个有点异国风情的小玩意儿,能让人激动,舌底生津。

弗吉尔站起身,绕过桌子,走到他俩身后,双手稳稳地分别放在两人的椅背上。"如你们或许已经知道了的,我的家族一直

墨西哥哥特

致力于保持血脉纯净。经过我们选择的育种让我们能将最需要的特质传递下去。我们与这座屋子里的真菌之间保持的相容性正是它的结果。这里只有一个小小的问题。"

弗吉尔绕过他们，看向桌子，拿起一支铅笔来把玩。"你知道吗，单独生长的栗子树无法繁殖？它们需要其他树来异体授粉。我们遇到的似乎也是这样的情况。我的母亲给我的父亲生下了两个活着的孩子，没错，但她怀过不少死胎。回顾过去，一切似乎都在重演。死胎，早夭的婴儿。在阿格尼丝之前，我的父亲还有过两任妻子，她们也没有什么成果。

"这么说吧，偶尔你也需要注入新血。当然，我的父亲对这些事一直很顽固，坚持认为我们不能和那些贱民混血。"

"归根结底，还是优等和劣等种族那一套。"娜奥米冷淡地说道。

弗吉尔微笑道："完全正确。那个老头甚至从英格兰带了土壤过来，就为了保证这里的环境条件能与在我们的祖国时一样。他本不打算接纳本地人。但时事有变，现在非这么做不可。这是个生存问题。"

"因此有了理查德，"娜奥米说道，"也正因此，有了卡塔莉娜。"

"是的。虽然若我先见到的人是你，我可能会选择你而不是她。你健康又年轻，而且幽暗地很喜欢你。"

"而且我的钱不伤手。"

"嗯，这显然是个先决条件。你们那愚蠢的革命夺走了我们的财富。我们必须拿回来。如我所说，这是生存。"

"这是谋杀，我想这才是正确的用词。你们谋杀了所有矿工。你们让他们生病，你们不让他们知道自己身上发生了什么事，还有你们的医生,他让他们死去。露丝的恋人一定也是你们杀的。虽然她已经让你们为此而付出了代价。"

"你表现得不怎么好啊,娜奥米。"他说,视线一直紧盯着她。他的声音听起来有些恼怒,而后他转向弗朗西斯。"我以为你已经说服她了。"

"娜奥米不会再尝试逃跑了。"弗朗西斯说,同时将他的手放在了娜奥米手上。

"这算是很不错的起步。接下来你要做的是给你的父亲写封信,说你会在这儿留到圣诞节,陪着卡塔莉娜。等到了圣诞节,你再告知他你已经结婚了,打算和我们生活在一起。"

"我的父亲会感到不安。"

"那你就再多写几封信,打消他的顾虑,"弗吉尔不假思索地说,"现在,为什么你不马上开始写第一封信呢。"

"现在?"

"对,来这儿。"弗吉尔说着,拍了拍书桌后他适才坐着的椅子。

娜奥米有些犹豫,但最终还是站起身,坐到了那张椅子上。桌上已准备好了一叠纸和一支钢笔。娜奥米盯着那些书写工具,却没有动笔。

"写啊。"弗吉尔说道。

"我不知道要说什么。"

"写点有说服力的就行了。我们可不希望你父亲来拜访我们,结果反而染上怪病,对吧?"

"你不会的。"她轻声说道。

弗吉尔俯身,紧紧抓住她的肩膀。"陵墓里还有很多空位,而且你刚也说了,我们的医师不太擅长治疗疾病。"

墨西哥哥特

娜奥米将他的手推到一边,开始写信。弗吉尔转身离开。

她一直潦草地写着,最后签了名。等她写完,弗吉尔回到她身边,将信读了一遍,点了点头。

"你满意了吗?"弗朗西斯问道,"她已经完成了她的任务。"

"她远不算完成了她的任务,"弗吉尔低声道,"弗洛伦丝正在这屋子里到处翻找,想找到露丝以前的旧婚纱。我们要给自己组织一场婚礼仪式。"

"为什么?"娜奥米问道。她的嘴里发干。

"霍华德对这些细节很执着。仪式。他确实热爱这些东西。"

"你们要去哪里找牧师?"

"我的父亲可以做司仪,他以前也做过。"

"这么说我是要在圣乱伦蘑菇大教堂里结婚了?"她吟咏一般地说道,"我怀疑这是否合法有效。"

"别担心,我们当然会找个时间把你拽去治安官那儿登记的。"

"拽这个词用得不错。"

弗吉尔砰地将信拍在桌上,瞪着娜奥米。她瑟缩了。她回想起了他的力量。他曾将她扛回屋子里,动作仿佛她轻如羽毛。他抵在桌上的手很大,足以造成可怕的伤害。

"你该觉得自己很幸运。其实我对我们这位弗朗西斯好神父说过,他完全可以将你绑在床上,今晚就上了你,直截了当,但他觉得这么做不对。毕竟,你是个良家妇女。老实说我不同意。良家妇女可不会这么放荡,我俩都清楚,你其实也不是什么天真纯洁的小羔羊。"

"我完全不知道——"

"哦,你显然知道不少。"

弗吉尔的手指擦过她的头发。那最轻微的触碰,将战栗传到她的身体上,阴暗而甜美的感觉贯穿她的血管,就像香槟喝得太快时那样。就像她梦中那样。她想将自己的牙埋入他的肩头,咬下去,用力。饱含欲望和恨意的残忍一击。

娜奥米跳起来,将椅子推到她和弗吉尔之间。"别!"

"别干吗?"

"够了。"弗朗西斯说着,匆忙走到她身边。他抓住她的一只手,让她平静下来,并看了她一眼,以此来迅速地提醒她,毕竟,他们已经做好了计划。接着他转向弗吉尔,坚定地说道:"她是我的新娘。你得对她展现出你的尊重。"

弗吉尔似乎因为他侄子的话而很不愉快,他嘴角那种尖酸的浅笑变得更浓,时刻准备回以嘲讽。娜奥米很确定他会回嘴,但让她惊讶的是,他将双手举在空中,动作夸张地摆出了投降姿势。

"好吧,我猜你这辈子也算是有种过一次了。行吧,"弗吉尔说道,"我会保持礼貌的。但她需要注意她的用词,认清自己的位置。"

"她会的。来。"弗朗西斯说着,迅速领她走出办公室,他手中拿着油灯,阴影因为光源的突然运动而摇曳流溢。

刚走出办公室,他就看向了她。"你还好吗?"他转为西班牙语,悄声问道。

她没有回答。娜奥米推着他经过走廊,进入一间未被使用、满是尘埃的房间,屋里的椅子和沙发上都盖着白布。一面巨大的镜子有地面到天花板那么高,它反射着他们的倒影,顶上装饰着精巧的水果与花朵雕刻,还有躲藏在这座屋子每一个角落里的蛇。娜奥米盯着那条蛇,停住了脚步,弗朗西斯差点撞到她,轻声道了歉。

"你说你会给我们准备物资,"她的视线还落在那条装饰着镜子周边的可怖的蛇上,说道,"但武器呢?"

"武器?"

"对。来复枪和手枪?"

"这屋里没有来复枪,自从露丝的事发生后就没有了。我的叔祖父霍华德的房间里保存着一把手枪,不过我没法拿到它。"

"那总得有点什么称手的工具吧!"

她的激动情绪把她自己吓了一跳。在镜中,娜奥米看到了自己的脸,她的倒影显得很焦虑,看到这些让她十分厌恶,于是她转开了视线。她的双手在微微发抖,她得握住椅子背才能稳住身子。

"娜奥米?你怎么了?"

"我觉得不安全。"

"我觉得——"

"这是个诡计。我不理解你们的这个什么思维游戏,但我知道,当弗吉尔出现在我身边时,我就不完全是我自己,"她说着,双手神经质地拍掉挂在脸前的发丝,"不只是最近。有魔力。卡塔莉娜以前就是这么形容他的。嗯,不奇怪。但这不只是他的魅力,对吧?你说过这座屋子能引诱你去做某些事……"

她的话音渐渐减轻了。弗吉尔会引出娜奥米心中最糟糕的那一部分,她很不喜欢他,但在最近几日,他同样也唤醒了她心中堕落的战栗。弗洛伊德提起过死亡冲动:这种冲动让站在悬崖边的人突然想跳下去。想必就是这种古老的原理在发生作用,让弗吉尔拉起了一根她曾无视的潜意识的丝线,玩弄了她。

她不知道弗朗西斯提过的那种蝉是否也是如此。当它们被活生生地从内而外地吞噬时,还在唱着求偶的歌;当它们的器官变为粉末,还在为彼此而摇摆。或许甚至会让它们叫得更响,因为死亡的阴影在它们小小的躯体里创造出需求的狂澜,促使它们奔向灭亡。

弗吉尔激发的是暴力和肉欲,但同样还有令人头晕目眩的欢欣。这种残酷的欢愉和黑色天鹅绒般的堕落,她从前只略微尝试过。这是她最冲动而贪婪的自我。

"你不会遇到任何事的。"弗朗西斯将油灯放在一张裹了白布的桌子上,向她保证。

"你怎么知道。"

"我陪着你的时候绝不会。"

"你不可能一直陪在我身边。他在浴室里抓着我的时候你就不在。"她说。

虽然极难察觉,但弗朗西斯咬紧了牙关,羞愧和愤怒涌上了他的五官,让他涨红了脸。他的勇气用错了地方。他想成为她的骑士,却又做不到。娜奥米双臂交抱,收起下巴。

"必须要有武器,真的,弗朗西斯。"她坚持道。

"我的折叠剃须刀,或许可以。我可以把它给你。如果这能让你更有安全感。"

"会有的。"

"那我把它给你。"他说,他的声音听起来很真诚。

她意识到这不过是个小小的姿态,实际上并没有解决她的问题。露丝当时有来复枪,但这一点也没能救得了她。如果这确实是个死亡冲动,是一个被这屋子放大或扭曲的她精神上原本就有的缺陷,那普通的武器也保护不了她。然而她很感激弗朗西斯愿意帮助她。

墨西哥哥特

"谢谢你。"

"没什么。我希望你不介意男人胡子拉碴,因为要是把剃须刀给了你,我就没法刮胡子了。"他试图说些俏皮话来让气氛变得更轻松一些。

"偶尔有点胡楂不会伤害到任何人的。"她接上了他的语气,回道。

他微笑了,这微笑和他说话的语气一样,都很真诚。上高地的一切都扭曲而污秽,但他依然成长得明亮而理智,仿佛一株被栽种错了花床的另类植物。

"你真的是我的朋友,对吧?"她说。她不怎么相信这一点,有些怀疑这其中有诈,但又不觉得真有什么诡计。

"都现在了,你该知道答案了。"他回答道,不过语气倒也并不刻薄。

"在这个地方,要从虚伪中辨认出真诚来很难。"

"我知道。"

他们静静地注视着彼此。娜奥米开始在这屋子里漫步,将手放在这些被蒙住的家具上,感受手掌下的木雕装饰,掸去白布上的积灰。她抬起头,看到弗朗西斯正盯着自己,双手插在兜里。娜奥米拉开其中一张白布,露出一张以蓝色为装饰的沙发,盘腿坐了上去。

他在她身边坐下。占据着这个房间最重要位置的镜子此刻正在他们面前,但它已因为岁月而变暗,照出来的倒影扭曲失真,将他们变成了幽灵。

"你的西班牙语是谁教的?"她问。

"我的父亲。他喜欢学习新知识,学语言。他以前会辅导我,他甚至还辅导过一阵子弗吉尔,但弗吉尔对这些课程没有兴趣。

他死后，我就帮亚瑟整理文件，干各种差事。亚瑟也会说西班牙语，所以我就有了练习的对象。我一直觉得我会接替亚瑟的位置。"

"以中间人的身份在镇上为你的家族服务。"

"我也是这么期待的。"

"你难道没有除此之外的愿望吗？就只是为家族服务？"

"更小的时候，我梦想过离开。但这是那种年纪很小的孩子才会做的梦，比如说想着有朝一日你或许会加入一个马戏团之类的。后来我就不去想了。没有意义。等我父亲的事发生后，我想，嗯，他的性格比我更强，也比我更大胆无畏，甚至连他都只能遵从上高地的意志。"

这么说着，弗朗西斯将手伸入外套的口袋里，拿出了她见过的那张小小的肖像照片。她俯下身，比第一次更仔细地看着它。那是个珐琅彩的盒式吊坠的一部分，它的一面涂着蓝色，装饰着金色的铃兰。她用指甲勾画花朵的形状。

"你父亲本来知道幽暗地的事吗？"

"你是说他来上高地之前？不知道。他和我母亲结了婚，然后才来了这儿，但她显然没有提过幽暗地的事。有一阵子他什么都不知道。等他知道整件事的真相时，已经来不及了，最终他答应留下来。"

"我想，和他们强加于我的一样，"娜奥米说道，"成为这个家庭一员的机会。说得好像有很多选择似的。"

"我想，他爱我母亲。他爱我。我不知道。"

娜奥米将吊坠还给他，他又将它塞进口袋里。"真的会举行结婚仪式吗？还有婚纱？"她问。

她回想起走廊上那一排排照片，它们将每一代人凝固在时光中。还有霍华德卧室里的那两张婚礼肖像画。如果可以,他们会以同样的风格制作卡塔莉娜的肖像。他们也会绘制娜奥米的肖像。这两张油画将会并排挂在一个壁炉架上。这对新人也会拍一张婚纱照,身上装饰着上好的丝绸和天鹅绒。

镜子让她隐约看出了这种婚纱照可能的模样,因为镜中照出了娜奥米和弗朗西斯两人,面容肃穆。

"这是传统。在过去会举办盛大的宴会,出席的每一个人都会给你一份银质的礼物。我们家族一直以采矿为业,一切都从银矿开始。"

"在英格兰时?"

"对。"

"然后你们到这儿来寻求更多银矿。"

"那儿都开采光了。银矿,锡矿,我们的运气。还有英格兰当地的人,他们怀疑我们是怪异的存在。霍华德觉得这里的人不会问那么多问题,是以他就能按照他的期望行事。他想得不错。"

"死了多少工人?"

"没办法确切地知道。"

"你没有想过这个问题吗?"

"没有。"他轻声说道,声音里满是羞愧。

这座屋子建造在尸骨之上。没有人注意到这场暴行,一排排人流涌入这座屋子,涌入矿场,再也没有离开。他们不知所终,没有人为他们哀悼。巨蛇吞噬的不是它自己的尾巴,而是它周围的一切,贪婪地,它的食欲永不止息。

她看向装饰着镜子边缘的那条蛇的血口利齿,转过脸来,将下巴搁在弗朗西斯的肩头。他们就这样坐了很久,她的肤色黝黑而他极为苍白,在这所有雪白布料的映衬下形成了怪异的对比,在他们周围,屋子的黑暗仿佛装饰图案一般地,模糊了周遭的边界。

23
CHAPTER TWENTY-THREE

墨西哥哥特

既然已不需要再假装,他们便让娜奥米直接与卡塔莉娜交谈,不再派女仆监视了。弗朗西斯接替了陪护的职责。她猜他们将他俩视为一个单位。两个共生的有机体,被拴在了一起。又或者,是狱卒与囚犯。不管他们的理由是什么,她很珍惜这样一个与堂姐交谈的机会,将椅子凑近了卡塔莉娜歇息的床边。弗朗西斯站在房间的另一侧,望着窗外,心照不宣地给了她们私语的隐秘条件。

"我很抱歉当初我读到那封信的时候不相信你的话,"娜奥米说,"我该知道的。"

"你不可能提前知道。"卡塔莉娜说道。

"但是,假如我不管他们怎么抗议,就直接把你带走,那我们现在也不会在这儿了。"

"他们不会让你这么做的。娜奥米,你能来就已经够好了。你的存在让我感觉好些了。就像我以前读的那些故事:仿佛你已打破了魔咒。"

其实更有可能是弗朗西斯保管着的酊剂打破了魔咒,但娜奥米只是点了点头,握住堂姐的双手。她多么希望卡塔莉娜说的是真的!卡塔莉娜与她分享的童话总有幸福的结局。邪恶遭到惩罚,秩序得以恢复。王子爬到塔上,救下公主。甚至那些黑暗的细节,比如坏姐姐们的脚后跟被继母切了,也会在卡塔莉娜宣布故事结束所有人都过上了幸福的生活后,被她遗忘。

卡塔莉娜没法吟咏出那些具有魔力的句子——在那之后大家都过上了幸福的生活——娜奥米则不得不希望他们谋划的逃离不是夸夸其谈。他们真正拥有的,就只有希望。

"他知道有事不对劲了。"卡塔莉娜突然说道,慢慢地眨了眨眼睛。

这几个字让娜奥米很不安。"谁?"

卡塔莉娜紧紧闭上了嘴。她这样突然地、戏剧性地安静下来,又或者似乎突然思路中断了,这样的事之前也发生过。每当卡塔莉娜可能想说自己已经好多了时,她又仿佛不再是她自己。娜奥米将她的一束发丝别到耳后。

"卡塔莉娜?什么事不对劲?"

卡塔莉娜摇摇头,躺回床上,背对娜奥米。娜奥米碰了碰堂姐的肩膀,但卡塔莉娜将她的手推开了。弗朗西斯走到床边。

"我想她累了,"他说,"我们应该回去你的房间了。我的母亲说,她希望你去试穿那条裙子。"

她没有构想过那条裙子的样子。这是她最不可能思考的问题。没有任何先入为主的念头,什么样的都可以。但当她看到它摆在她的床上时,她依然很惊讶,她忧虑地看着它。她一点也不希望触碰它。

裙子是雪纺绸和缎子制成的,高领周围装饰着镂空花边,背后则是一长排小小的珍珠贝纽扣。它年复一年地摆在满是灰尘的大箱子里,你可能会料想蛾子早已在这造物上大快朵颐,但尽管布料已有些泛黄,它完好无损。

它不难看。让她心生排斥的不是这一点。但在她看来,它似乎代表的是另一个女孩,一个已经死去的女孩的青春幻想。或许是两个女孩。弗吉尔的第一任妻子是否也穿过它?

它让她联想到了被遗弃的蛇蜕。霍华德会蜕下他自己的皮,钻进一具新的身体里,就像刀刃切入温热的血肉。衔尾蛇。

"你必须试穿,否则没法给你修改。"弗洛伦丝说道。

"我有不少好看的衣服。我的紫色塔夫绸——"

弗洛伦丝站得笔直,下巴微微抬起,双手交握在胸部下方。

墨西哥哥特

"领子上的蕾丝,你看到了吗?那是从另一件旧裙子上拆下来的,它们被吸收进了最终的设计稿里。还有那些纽扣,也是从其他裙子上取来的。你的孩子们将会再次使用这条裙子。这就是行事规矩。"

娜奥米小心翼翼地俯身,注意到衣服的手腕部位有个撕破的痕迹,上身还有两个很小的洞。完美在这条裙子上只是假象。

她抓起裙子进了浴室,等她换上后回到房间时,弗洛伦丝以挑剔的目光看着她。量了尺寸,要修改的地方别上了别针;这里塞进去,那里卷起来。弗洛伦丝对玛丽说了几个字,那女仆打开另一个满是灰尘的盒子,拿出了一双鞋子和一块面纱。面纱的状态比裙子糟糕许多。它已老化成了米黄色,边缘可爱的花朵与涡纹图案也已经被丑陋的霉斑毁了。那双鞋的状态同样没救,而且,它的尺寸也太大了。

"它能派上用场的,"弗洛伦丝说道,"你也是。"她嘲弄地添了一句。

"如果你觉得我不够令你满意,那或许你可以好心地请你的伯父终止这场婚礼。"

"你这蠢货。你觉得他会终止?他的兴致已经被激起来了。"她说着,碰了碰娜奥米的一缕头发。

弗吉尔也触碰过她的头发,但这个姿势于弗洛伦丝有不同的含义。弗洛伦丝在审视她。"他说的是'合适'。种质,还有血流的质量。"她松开娜奥米的头发,严厉地看了她一眼,"这是所有男人都会有的共同欲望。他只是想得到你,就像往收藏品中添加一只小蝴蝶。再添一个可爱的小姑娘。"

玛丽静静地把面纱放到一边,将它叠了起来,动作小心翼翼,仿佛它是件无价之宝,而不是一块带有霉斑坏点的布料。

"上帝知道你身体里有什么样的堕落血脉。一个外来者,一个不协调的种族的成员,"弗洛伦丝说着,把那双脏鞋子扔在床上,"但我们必须接受这件事。他已经开口了。"

"*Et verbum caro factum est*。"娜奥米记起这个句子,不假思索地说道。他是主,是牧师,是父亲,他们都是他的孩子和侍僧,盲目地服从他。

"好吧。至少你已经在学习了。"弗洛伦丝回答,脸上露出了一丝微笑。

娜奥米没有回嘴,只是将自己再次锁进浴室,脱去了婚纱。她换回自己的衣服,当两个女人将裙子放回盒子里,静静地离开时,她感到很高兴。

她穿上弗朗西斯送给她的厚毛衣,将手伸入口袋里,抓住了她藏在那儿的打火机和半包烟。触碰到这些物品让她更有安全感,它们让她有了家的感觉。窗外有迷雾封锁视线,人又被困在上高地的高墙中,如此一来她似乎很容易就会忘记自己其实来自于另一个不同的城市,有可能还会再见到它。

又过了一会儿,弗朗西斯来了。他带来了晚餐的托盘,还有包在手帕里的剃须刀。娜奥米开玩笑说这可真是个可怕的结婚礼物,他咯咯笑了起来。他们肩并肩在地板上坐下,她将托盘放在膝头,吃起了晚饭,弗朗西斯又绞尽脑汁想出了几句俏皮话,她露出了微笑。

远处传来一声叫人不快的呻吟,他们的快乐枯竭了。这声响仿佛让整座屋子震颤。几声呻吟紧随其后,接着一切都静了下来。娜奥米听到过这样的呻吟,但这个晚上,它似乎尤为剧烈。

"转世应该很快就要开始了,"弗朗西斯似乎读出了她眼中的问题,说道,"他的身体正在崩溃。自从露丝朝他开枪之后,他就始终没有彻底痊愈,伤害实在太大了。"

"那他为什么之前没有转世?就在他被枪击之后?"她问。

"他做不到。当时没有他能寄生的新身体。他需要成人的身体。大脑必须生长到某种程度才行。二十四岁,二十五岁,要到这时才能转世。弗吉尔当时还是个婴儿。弗洛伦丝也只是个少女,而且即使她年纪再大一些,他也绝不会转世到女人的身体里。因此他坚持等待,他的身体也自动修复到了能维持健康的假象。"

"但弗吉尔二十四或二十五岁时他就可以转世了,不用一直保持老人的模样。"

"一切都有联系。这座屋子,屋子里遍布的真菌,屋里的人。你伤害了这个家,也就伤害了真菌。露丝对我们存在的整个织里造成了破坏。霍华德不是独自在疗愈的,一切都在疗愈的过程中。但现在,他终于足够强壮,因此他会死去,他的尸体将会结果,然后开始新的轮回。"

她想象这座屋子逐渐长出瘢痕组织,它缓慢地呼吸,鲜血在地板间流淌。这让她想起了之前做过的那个梦,梦中的墙壁会悸动。

"也正是这个原因,我不能和你一起走,"弗朗西斯继续说着,手上摆弄餐具,将叉子拿在手指间旋转,然后将它放下,准备拿起托盘离开,"我们都彼此联通,如果我逃走了,他们会知道的,或许甚至会追踪到我们,轻而易举地找到我们。"

"但你不能留在这里。他们会对你做什么?"

"很可能什么也不会做。就算他们会做什么,那也不是你的问题了,"他抓起托盘,"我把这个带走,然后我就——"

"你不是说真的吧。"娜奥米说完便夺过托盘,放到地板上推远了。

他耸耸肩。"我已经给你们准备了一些物资。卡塔莉娜也试过逃跑,不过她那时候没有做什么准备。两盏油灯,一个罗盘,一张地图,或许还有两件保暖外套,这样你们就能走去镇上,不至于挨冻。你得为你自己和你的堂姐考虑。而不是我。我真不算什么。事实在于,这里就已是我知道的全部世界了。"

"木头、玻璃和一个屋顶没法组成一个世界,"她反对道,"你不是养在温室里的兰花。我不会让你留下来的。把你的孢子印、你喜欢的书或其他任何你想要的东西打包,和我们一起走。"

"你不属于这里,娜奥米。但我却是。我在外面能干什么?"他问。

"任何你想干的事。"

"但这是个掩耳盗铃的想法。你说我像株兰花似的长大,这说得一点不错。精心操纵,精心抚育的成果。而我现在,没错,同样像株兰花。只习惯于某种特定的气候,特定的光和热。我已被塑造成了只能接受一种结局。鱼离开水没法呼吸。我只属于这个家。"

"你不是兰花,也不是鱼。"

"我的父亲尝试过逃走,你看到了他的结局,"他反对道,"我的母亲和弗吉尔,他们也都回来了。"

他毫不愉悦地笑了,娜奥米完全相信他会留在这儿,成为一尊冰冷的枭首托头的殉道圣徒大理石像,让尘埃在他的双肩上积聚,让这屋子轻轻地、缓慢地将他吞噬。

"你要和我们一起走。"

"可是——"

"没有什么可是!难道你不想离开这个地方吗?"她坚持道。

墨西哥哥特

他的肩膀缩了起来,他看起来像是随时会夺门而出,但接着,他轻轻吸了口气。

"看在上帝的分上,你就这么盲目的吗?"他回道,声音低沉而苦恼,"我想跟着你,不管你要去哪儿。就算去该死的南极洲,就算把我的脚趾都冻掉,谁他妈在乎?但那酊剂能切断的就只有你和这座屋子之间的联系,不是我的。我已经和它在一起活得太久了。露丝想找出一个办法来绕过它,她试过杀死霍华德来逃走。但这没有用。我父亲的策略也没有奏效。无计可施。"

他所说的话太有道理。但娜奥米依然顽固地拒绝让步。难道这个屋子里的每一个人都是被抓住了关在杀虫罐里的蛾,随后就会被钉在木板上?

"听着,"她说,"跟我走。我会做你的魔笛手。"

"那些跟着魔笛手走的人没有什么好下场。"

"我忘了这是哪个童话里的故事了,"她生气地说道,"但反正你要跟我走。"

"娜奥米——"

她抬起手,触摸着他的脸,她的手指滑过他的下巴。

弗朗西斯看着她,双唇颤动却没有吐出一个字,就这样静静地凝聚勇气。他伸出手,温柔地将娜奥米拉近自己。他的手从她的背上滑下,手掌紧贴她的身子,娜奥米将脸颊贴在他的胸口。

屋子里很安静,她讨厌这种安静,在她看来这就像所有平常会嘎吱作响、发出呻吟的木板都停止了响动,墙上的钟不再嘀嗒,甚至连落在窗格上的雨,都被人用嘘声阻止。就好像有动物在等待猛扑向他们的时机。

"他们正在听,对吧?"她悄声问道。他俩正在用西班牙语交谈,因此他们不可能听得懂。但这依然让她不安。

"是的。"他说。

她可以看得出来,他也很害怕。在寂静中,他的心跳在她耳边响得惊人。最后她抬起头,看着弗朗西斯,而他将食指压在自己的嘴唇上,起身远离了她。她想知道如果这屋子有听觉,它是否还有眼睛。

幽暗地正颤抖着,等待着,仿佛蜘蛛网,而他们则坐在一片银丝上。最轻微的动作都会让他们显形,蜘蛛将向他们扑来。这种想法非常可怕,但她又开始考虑起是否要自愿地进入那片寒冷而陌生的地方,这是她之前从未做过的。

它让她心生恐惧。

但说到底了,露丝存在于幽暗地中,娜奥米想和她再谈谈。她不清楚要怎么做到这一点。弗朗西斯离开后,娜奥米躺在床上,双手放在身侧,听着自己的呼吸声,尝试想象肖像照片中看到的那个年轻女人的模样。

最后她终于做梦了。她们在墓地,她和露丝,两人在墓碑间穿行。浓雾深重,包裹着她俩,露丝提着一盏灯,它放射出孱弱的黄光。她们在通往陵墓的入口停下,露丝抬起提灯,两人一起抬头看向阿格尼丝的雕像。提灯无法提供充足的光线,因此雕像半隐匿在阴影中。

"这是我们的母亲,"露丝说道,"她睡着了。"

不是你的母亲,娜奥米想,阿格尼丝很小就死了,她的孩子也是。

"我们的父亲是个怪物,他会在夜间前来,在这座屋子里慢慢移动。你可以听到他在门外的脚步声。"露丝说道,她将油灯提得更高,灯光改变了光与影的模式,模糊了雕像的双手和身体,却露出了她的脸。那双目不见物的眼睛,还有紧紧闭着的双唇。

"你的父亲再也不能伤害你了。"娜奥米说道。至少还有这最后的慈悲,她想。幽灵无法遭受折磨。

但那女孩做了个鬼脸。"他始终能伤害我们。他一直在伤害我们。他永远不会停下来。"

露丝将提灯转到娜奥米面前,让她眯起眼睛,抬起一只手来护住双眼。"绝不,从不,绝不。我见过你。我想我知道你。"

这场交谈支离破碎,但它依然比娜奥米此前和这女孩间进行的任何交流都更连贯。事实上,这是娜奥米第一次觉得自己在与某个真实的人说话,而不是在与某个人的暗淡的副本交谈。但实际上她恰是这样的存在,不是吗?她是暗淡的副本,手稿原件则早已被损毁。如果露丝说话无法理解,如果她一边喃喃,一边压低又抬起提灯,一遍遍重复,像个发条玩偶,你也没法责备她。

"是的,你在屋子里见过我,"娜奥米说着,轻轻碰了碰露丝的手臂,让她静止下来,"我要问你一个问题,我希望你有答案。这屋子和你的家庭之间的联系有多紧密?多伊尔家的成员能离开,再也不回来吗?"她一直在想弗朗西斯告诉她的话,因此便这么问道。

露丝歪了歪脑袋,看向娜奥米。"父亲很强大。那时他知道有什么地方不对劲,因此派母亲来阻止我……还有其他人,其他人也阻止了我。我想让自己的思维清晰一点。我把我的计划写了下来,专心写字。"

那页日记。它就像个助记装置?这是否就是通往幽暗地的关键?以这种方式来骗过它?集中在命令和指示上,让它们来引导你接下来的行动步骤?

"露丝,多伊尔家的成员能离开这座屋子吗?"

MEXICAN
GOTHIC

露丝已不再听娜奥米说话,她的双眼变得如同玻璃。娜奥米直接站到她身前。

"你当时是想离开的,对吧?和贝尼托一起?"

年轻女人眨了眨眼睛,点头了。"是的,确实是,"她轻声道,"或许你可以。我本以为我可以的。但它强迫我。它在血液中。"

就像弗朗西斯提起过的蝉。有必要的话,我会扛着他走,她想,尽管露丝的话并不是她寻求的坚实保证,她的决心更坚定了。至少将弗朗西斯从霍华德·多伊尔和他那座有害的屋子的掌握中拽出来,还是有可能的。

"这儿很暗,对吧?"露丝说着,抬头看天。天上没有星星,没有月亮。只有迷雾和夜空。"拿着它。"露丝说着将提灯递给娜奥米。

娜奥米抓着它,她的手指握住了金属把手。露丝在雕像底部坐下,触摸着它的双脚,凝视着它。她在雕像基座旁躺下,仿佛正准备在浓雾与草地组成的床上小睡片刻。

"记得睁开你的眼睛。"露丝对她说。

"睁开你的眼睛。"娜奥米轻声说道。

当她这么做,并将脑袋转向窗口,她看到太阳出来了。在这一天的夜晚,她就要成婚了。

24
CHAPTER TWENTY-FOUR

墨西哥哥特

这场婚礼的闹剧是反过来的。先举行宴会,再开始仪式。他们聚集在餐厅里,弗朗西斯和娜奥米并肩坐着,弗洛伦丝和卡塔莉娜坐在新郎和新娘对面,弗吉尔则坐首座。霍华德和卡明斯医生都没有到场。

仆人们点了不少蜡烛,碟子堆在白色的锦缎桌布上。绿松石玻璃高瓶中塞着野花。那夜用的盘子和杯子是银质的,尽管都经过了精心抛光,但看起来依然很旧,比娜奥米擦过的那些银器更旧。他们用这些银器举行宴会的时间可能是在四百年前。也可能更早。这些珍宝原来藏在地下室中,后来被小心地打进板条箱,就像霍华德带到新世界来的深色泥土一样,重组起了他们曾经以主人的身份统治过的世界。

弗朗西斯坐在娜奥米的右边,身穿灰色双排扣长礼服和白色的背心,配深灰色领带。她想知道这套服装是否属于露丝的新郎,抑或是另一个亲属的遗物。至于娜奥米,他们给她在某个柜子里找到了合适的面纱。那是一块白色的薄纱束发带,它盖住了她的前额,以头梳和别针固定。

娜奥米没有吃东西,只是喝了点水;她没有说话,其他人也没有。寂静的魔法规则又恢复了,唯一的干扰就只有手放在餐巾上时发出的沙沙声。娜奥米望向卡塔莉娜,她的堂姐也回望着她。

这一幕让她想起童年时看过的童话书里的一张插图,图上画着坏仙子走进举行婚礼晚宴的房间。她记得画中桌上摆满了肉和馅饼,女人都戴着高高的发饰,男人们身穿带披肩、大领子的箱式厚大衣。她碰了碰银杯,再次思忖起它的时代,霍华德是否出生在三百年、四百年,抑或是五百年前,当时或许他还会身穿紧身皮大衣和长筒袜四处走动。她曾在一个梦里见过他,但那个梦

MEXICAN
GOTHIC

本身就很模糊，也可能是因为时间推移，她对那个梦的记忆变得模糊不清。他死去并获得一具新的身体有多少次了？她看向弗吉尔，后者回望了她一眼，抬起手中的杯子示意，而这令娜奥米不由得低头盯着自己的盘子。

钟敲响了时刻，这给了他们信号。他们站起身。弗朗西斯握着她的手，他们所有人一起走上楼梯，组成一支小小的婚礼行进队伍，前往霍华德的房间。她原本就本能地知道这一定是他们的终点，但在门口时依然畏缩了，她紧紧攥住弗朗西斯的手，想必将他握得很疼。他在她的耳边悄声说话。

"我们一起。"他说。

他们走了进去。空气中弥漫着食物变酸的恶臭，霍华德还躺在床上，嘴唇发黑，满身脓包，但这一次他身上盖着被子，卡明斯医生站在他身旁。在教堂或许能闻到焚香，而在这里，只有腐败的气息。

霍华德看到娜奥米，咧嘴笑了。"你看起来真美，亲爱的，"他说，"是我有机会见到的新娘里最漂亮的之一。"

她想着究竟有过多少位新娘。往他的收藏品里再添一个可爱的小姑娘，弗洛伦丝说过。

"效忠家族得报偿，粗俗无礼受惩罚。记住这一点，你们会过得很快乐，"老人继续说道，"现在，在这儿，你们两个得结婚了。来。"

卡明斯走到一边，他们取代了他的位置，来到床前。霍华德开始说拉丁语。娜奥米不知道他在说什么，但在某个时刻，弗朗西斯跪下了，于是她便跪在他身旁。这一套向父亲致敬的动作流程有其意义。重复，娜奥米想。一遍遍地遵循着同一条路。轮回。

墨西哥哥特

霍华德给弗朗西斯一只涂了漆的匣子,年轻人打开了它。在长毛天鹅绒上摆着两片小小的黄色蘑菇干。

"你们必须吃下去。"霍华德说道。

娜奥米将一片蘑菇拿在手里,弗朗西斯也是如此。她很抗拒将它放入口中,担忧它会抑制或削弱她正秘密服用的酊剂的作用,但更让她困扰的,是这种蘑菇的来源。它是从屋子附近的地里采来的,还是从满是尸体的墓地?或者它长在霍华德的血肉上,由灵活的手指摘下,当这蘑菇的伞柄被掐断,是否还有鲜血涌出?

弗朗西斯碰了碰她的手腕,示意她将蘑菇喂给他,然后反过来,由他将蘑菇放入她的口中。在她看来这像是圣餐饼的拙劣模仿,想到这一点,她几乎就要傻笑出声。她太紧张了。

她迅速将它咽了下去。蘑菇本身没有味道,但弗朗西斯抵在她嘴唇上让她喝的酒甜得恶心,尽管她几乎都没怎么喝下去。更让人在意的是那侵袭了她鼻腔的酒气,混合着弥漫在房间内的其他气味,形成一片疾病与腐败的瘴气。

"我能吻你吗?"弗朗西斯问,她点了点头。

弗朗西斯凑了过来,这是个淡淡的吻,轻轻地碰了一下,轻如薄纱,随后他站起身,将自己的手递给了娜奥米,好让她轻松地站起。

"让我们来给这对年轻人一些指点,"霍华德说道,"如此一来,他们才有可能丰产。"

在这个婚礼仪式上,他们彼此之间只交换了区区几个字,而此时,仪式似乎已经结束了。弗吉尔示意弗朗西斯跟着他走,弗洛伦丝则抓住娜奥米,将她带出房间,进了娜奥米的卧室。她不在的时候,仆人已装饰过这个房间了。他们将花放入更多高瓶中，又在床上留下一束以旧丝带捆扎的花束,还点燃了不少长蜡烛。这是对浪漫主义的拙劣模仿。这儿有花和蜡的气味,是不合时宜的春季的气息。

"他说的指点是指什么?"娜奥米问道。

"多伊尔家的新娘都是行为端正的女孩,纯洁朴素。男人和女人之间的事对她们来说是个莫大的谜。"

娜奥米对此十分怀疑。霍华德是个好色之徒,弗吉尔也是如此。或许他们不会做到最后,但显然并不节欲。

"我可以说得出身体所有部位的名字。"娜奥米回答道。

"那你应该会做得很好,"弗洛伦丝说着抬起双手来帮娜奥米脱下她的头纱,但她将这女人的手挥开了,尽管她突然觉得有些眩晕,有人帮上一把或许很有助益。

"我自己能行。你可以走了。"

弗洛伦丝将双手在胸下合起,瞪了娜奥米一眼后离开了。

感谢上帝,娜奥米想。

娜奥米小心地走入浴室,看着镜子,取下头梳和别针,将那团发网扔在地上。温度下降了很多。她回到卧室,套上了平时爱穿的毛衣。当她把手伸进口袋里时,手指下的打火机显得又硬又冰。

她觉得有点头重脚轻。没什么不舒服的,没有像她上一次在霍华德房间里时发生的事。这只是酒精带来的眩晕,尽管除了仪式上抿的那一口外,她几乎没有喝一点酒。

她注意到了房间角落里的墙纸上,曾经吓过她的那同一块霉斑。此刻它没有移动,但在它的边缘,有些金色的小点正在舞动。不过,闭上双眼后她发现,显然这些金点是在她眼睛里的,就像她刚才盯着一个发亮的电灯泡看了好一会儿一样。

墨西哥哥特

她坐到床上，双眼依然闭着，她不知道弗朗西斯此刻在哪儿，他们又对他说了些什么，他是否也觉得脊柱上像被针刺过。

她模模糊糊地觉得自己有参加了另一场婚礼的印象，她像是另一个新娘，戴着珍珠花冠。在她的婚礼当天早上，她收到了一个银首饰盒，里面有彩色的丝带、各种珠宝和一条珊瑚项链。霍华德的手放在她的手上，那琥珀戒指，她不喜欢这样，但她必须……这是……她是阿格尼丝还是爱丽丝？娜奥米不确定。可能是爱丽丝吧，因为这个姑娘想到了她的姐姐。

姐姐。

这让娜奥米想起卡塔莉娜，她睁开眼睛，盯着天花板。她希望刚才她们能说上一句话就好了。就一个字，便足够让他俩紧张的精神平静下来。

娜奥米用一只手擦了擦嘴。房间里现在暖和了，之前冷得仿佛起了早霜。她转过头，看到弗吉尔站在床边。

在一秒钟里，她以为是她自己出了错，在床边的是弗朗西斯，她看错了，要不就是幽暗地又一次迷惑了她。毕竟，弗吉尔怎么会在她的房间里？但此时弗吉尔咧嘴笑了，弗朗西斯绝不会朝她露出这样的笑容。他正用不怀好意的眼光看着她。

她跳了起来，想逃开却脚下一个踉跄，他迅速上前，只用两个动作便抓住了她的手臂。

"娜奥米，我们又在这儿见面了。"他说。

他抓得很紧，她清楚光靠体力自己打不过他。她吸了一口气。"弗朗西斯在哪儿？"

"忙着挨训呢。你们觉得我们不会发现？"弗吉尔将手伸入口袋里，给她看了那一小玻璃瓶的酊剂，"不管怎么样它也不会起作用。你现在感觉如何？"

"醉了。你给我们下毒了?"

他将玻璃瓶塞回口袋里。"没有。不过是一点结婚礼物,催欲剂而已。真可惜弗朗西斯没法享受它。"

她想起来,她有把剃须刀。藏在床垫下。它可能可以派上用场。只要她能取得它。但他的手还在如铁爪般紧抓着她的手臂,她想将它甩开却做不到。

"我已经和弗朗西斯结婚了。"

"他不在这儿。"

"但你的父亲——"

"他也不在这儿。有意思吧,他们现在都很忙,"他歪了歪头,"弗朗西斯是个没有任何经验的童子鸡,但我知道自己在做什么。我知道你要什么。"

"你什么都不知道。"她低声说道。

"你梦到了我,做梦时你来找的是我,"他说,"生活让你觉得无聊,娜奥米。你喜欢带点危险的事,但在家里,他们用薄纱包裹你,防止你受伤。但你喜欢受伤,不是吗?你玩弄别人,还希望某个人能有胆量玩弄你。"

这不是提问,不等回答,他的嘴便覆盖在她唇上。她咬了他,但这不是为了阻止他的行动,他也明白这一点。他说得对,她喜欢玩乐,喜欢调情、挑逗和跳舞,她周围的人都因为她是塔波阿达家的成员而对她小心翼翼,因此阴暗偶尔便会出现在她心里,她希望能像猫一般地主动出击。

但即使她承认这些,即使娜奥米知道这是她的一部分,她也同样知道这不是她。

她想必是无意识地将这句话大声说了出来,弗吉尔咯咯笑了。

墨西哥哥特

"这当然是你。我可以推动你,但这是你。"

"不是。"

"你想要的是我,你幻想的也是我。对此我们已有共识,不是吗?我们了解彼此,确实相当了解彼此。在端正礼仪的表象下,你所做的一切是索要。"

娜奥米打了他。但这么做没有任何用处。两人确实停顿了极为短暂的片刻,但随后他就用双手固定住了她的脸,让她转过头,他的大拇指滑过她的脖子。欲望,浓重而令人陶醉,让她的呼吸带上了毁灭性的欢欣。

墙角的霉斑正在游移、模糊,弗吉尔的手指紧紧地捏在她的肉里,将她拉得更近。霉斑上出现了金色的脉络,他则试图掀起她的裙子,将她推到床上,碰触她的双腿之间。这个动作让她恐慌。

"等等!"当他急躁而又毫不动摇地压在她身上时,她喊道。

"别等了,贱货。"

"裙子!"他皱着眉,无视了她的话,但娜奥米又说了一遍,希望能以此来赢得一些时间,"你最好帮我把裙子脱了。"

这么说似乎提升了他的兴致,他给了她一个灿烂的笑容。娜奥米设法站起身,他脱下她的毛衣,将它扔在床上,又拨开她后颈的头发,而她恼火地希望能想出一个办法来——

在她眼角的余光中,那块霉斑带着它的金色条纹沿墙壁蔓延,此刻正向地板滴落。它折射着光,不断变形,图案从三角形变为菱形,接着成了涡纹。她点点头,像是有一只巨大的手按在她的脸上,静静地捂住了她。

她再也不会离开这座屋子了。之前她竟想过这种事,简直愚蠢至极。她想离开这件事本身就是个错误。她现在只希望能成为这儿的一分子，想和这奇异的装置，这上高地的血管、肌肉和骨髓成为一体。她想要和弗吉尔一起，成为其中之一。

想要。

他已解开了裙子背后最上方的扣子。她本可以在很早之前就离开的。在一开始她就该走，第一阵不安侵袭她的时候，但当时她也为此而激动兴奋了，不是吗？诅咒，或是作祟。告诉弗朗西斯这一点时，她甚至还很兴奋。有东西作祟，要解决的神秘事件。

自始至终，她都被病态地吸引着。但又为什么不能呢？为什么不。

为什么不。她要。

她的身体刚还觉得冷，现在却极为火热，那霉斑已滴落下来，在角落里形成了一块黑色的水坑。它让她想起霍华德吐进她喉咙里的黑色胆汁，这回忆唤醒了一阵厌恶的浪潮，她的嘴里发酸，她想到了卡塔莉娜、露丝和阿格尼丝，还有他们对她们做的那些暴行，他们现在对她做的，也正是这一套。

她转过身，背对那片熠熠生辉且不断变动的霉斑，以她全部的意志将弗吉尔推开。弗吉尔撞在她床脚旁的床头柜上，摔倒在地。她立刻在床边跪下，将手臂探入床垫底下，用手指摸索她藏在那儿的剃须刀。

娜奥米抓起剃须刀看向弗吉尔，后者正四肢伸展瘫倒在地。他撞到了头，双眼紧闭。她总算走运了一回。娜奥米慢慢吸气，在他身旁俯下身子，将手伸入他口袋里拿那份酊剂。她找到了它，打开了盖子，喝了一点，又用手背擦了擦嘴巴。

效果立刻显现，十分显著。她只觉得一阵恶心，双手发抖，玻璃瓶从她的手指间滑落，摔在地上。她抓住床柱，急促地呼吸。老天。她觉得自己要晕过去了。她用力咬住了自己的手,好让自己保持清醒。这一招奏效了。

聚积在地板上的那摊黑色的水坑又退了回去,她脑海中的浓雾也消散了。娜奥米穿上毛衣,将剃须刀塞进一边的口袋里,另一边则放上了打火机。

她看到弗吉尔还瘫在地板上,考虑了一会儿是否要将小刀扎进他的脑袋,但她的手又抖了起来,而且她也需要赶快离开这地方,远离他。她必须找到卡塔莉娜。不能再浪费时间。

25
CHAPTER TWENTY-FIVE

墨西哥哥特

娜奥米独自在昏暗的走廊上疾走,一只手扶在墙壁上,好撑住身体。尚且还在发挥着作用的灯散发的光如同幽灵,昏暗得可怕,时亮时灭,但她还能记得路。

快点,快点,她对自己说道。

娜奥米担心堂姐的房间上了锁,不过当她扭转门把手,门还是推开了。

卡塔莉娜身穿白色的睡衣坐在床上。她不是一个人,玛丽正陪在她身旁,双眼盯着地板。

"卡塔莉娜,我们要走了。"娜奥米说着,将一只手伸向堂姐,另一只手则抓着剃须刀。

卡塔莉娜没有动,她甚至没有对娜奥米的话做出任何反应,她双眼无神。

"卡塔莉娜。"她又重复了一遍。那年轻女人纹丝不动。

娜奥米咬了咬嘴唇,走进房间,她的眼睛盯着坐在屋角的女仆,握着剃须刀的手微微颤抖。"看在上帝的分上,卡塔莉娜,振作起来。"她说。

但抬起头的是女仆,金色的眼睛紧盯娜奥米,向她冲了过来,将她推到梳妆台上。女仆的双手掐在她的喉咙上。这袭击来得极为突然,让她丢了手中的刀。梳妆台上的几样物品——香水瓶、发梳,以及一张银框的卡塔莉娜肖像——掉落在地,摔碎了。

女仆推得更为用力,强迫娜奥米后退,在她脖子上的手也掐得更紧,木头梳妆台紧紧地抵在她的背上。她想抓住某样东西作为武器,任何东西都好,却摸索不到一件合适的物品,只拉动了小桌布,扯得一只瓷罐子滚落到地上后摔碎了。

"我们的。"女仆说道。这声音听起来不像这个女人本人的嗓音。它怪异而刺耳。是这座屋子的声音，别的某个人或某个东西的声音，由这些声带复制后得来的近似的声音。

娜奥米想把她脖子上的手指撬下来，这双手却如同钩爪，娜奥米能做的只有喘着气拉扯这个女人的头发，而这点儿反抗完全于事无补。

"我们的。"玛丽重复道，她像只野兽一般咬紧牙关，娜奥米的视野则因为剧烈的疼痛而模糊，几乎什么也看不见。她的双眼中饱含泪水，喉咙则仿佛着火。

突然女人被人拉开，娜奥米得以呼吸，她终于能吸入大量空气，便单手抓着梳妆柜，拼命地猛吸着气。

弗朗西斯走了进来，是他将女仆从娜奥米面前拉开的，但现在，这个女人向他抓了过去，她的嘴张得极大，发出可怖的尖叫。她将弗朗西斯推倒在地，双手环在他的脖子上，向他弯腰俯身的模样如同一只猎食的秃鹫准备吞食腐肉。

娜奥米捡起刮胡刀，向他们靠近。"住手！"她喊道，那女人转过身朝娜奥米尖叫，准备再次用双手掐住她的脖子，捏断她的气管。

当下她只感到一阵让人眩晕的恐惧，它纯粹而无法抵挡，于是她刺向那女人的咽喉。一下，两下，三下，刀刃扎在肉里，那女人一声不吭。她就这么静静地倒在地板上，脸朝下。

鲜血从娜奥米的手指上滴落，弗朗西斯抬起头，茫然地看向她。他站起身，走向了她。"你受伤了吗？"

她用空着的手擦了擦脖子，盯着地板上死去的女人。她肯定已经死了。娜奥米不敢将她的尸体翻过来看她的脸，但在她身下，鲜血形成的水泊正渐渐扩散。

她的心跳如同雷鸣，鲜血滴落下来，脏污了她身上漂亮的古董裙子,脏污了她的手指。她将剃须刀塞回口袋,擦了擦眼中涌出的泪水。

"娜奥米?"

弗朗西斯站在她面前,挡住了她的视线,她猛地抬起眼睛来看向他那张苍白的脸。"你刚才去哪儿了?"她问,手指猛地抓住他双排扣礼服的翻领,她想因为他没有陪着她,因为他离开了她而打他。

"被锁在我的房间里了,"他说,"我不得不把门砸开。我得找到你。"

"你没有说谎?你没抛弃我?"

"没有!求你了,你受伤了吗?"

她咯咯笑了起来,笑声极为阴森,毕竟她才刚从一个强奸犯手里逃走,又差点被人掐死。

"娜奥米。"他说。

他的声音听起来充满担忧。他本该如此。他们都应该担忧极了。她松开了他。"我们得离开这儿。"

她转向卡塔莉娜。她的堂姐还坐在床上。她没有移动分毫,只是将一只手压在张开的嘴上。她的双眼盯着女仆那失去了生命的尸体。娜奥米拉开被子,抓住她堂姐的手。

"来。"她说,卡塔莉娜没有动。于是她看向弗朗西斯,后者的外套已粘上了她的血指印。"她怎么回事?"

"他们一定又给她下了药,要是没有那酊剂——"

娜奥米用双手捧起她堂姐的脸,坚定地说:"我们要走了。"

卡塔莉娜没有反应。她没有看娜奥米。她的双眼如同玻璃。娜奥米看到床边有一双拖鞋,便抓住它们穿到她的脚上。接着娜奥米用力拉起她的手臂,将她从床上拉了起来。她温顺地跟在娜奥米身后。

他们匆匆踏上走廊。穿着白色睡衣的卡塔莉娜仿佛又一位新娘。两个幽灵新娘,娜奥米想。

前方的黑暗中突然出现了一道阴影,它挡住了他们前行的路,让娜奥米吃了一惊。

"停下。"弗洛伦丝说道。她的表情看起来十分沉着。她的声音也丝毫不显得激动。她的手里随意地拿着一把枪,就好像这不过是个寻常事件。

他们站立不动。娜奥米手里有剃须刀,但即使她握紧了它的木刀把,也明白自己没有多少机会,而弗洛伦丝则正正地瞄准了她。

"放下它。"弗洛伦丝说道。

娜奥米的手颤抖了,鲜血让刀把黏滑不堪,很难握紧,但她还是握着举起了它。在她身旁的卡塔莉娜也颤抖起来。

"你不能打死我。"

"我说了,放下它。"弗洛伦丝重复道。

她的声音平静得不可思议,没有一丝波动,但在她那双冷酷的眼睛里,娜奥米可以看到残忍的杀意,然而娜奥米没有放开武器,最后那女人更换了目标,将枪口指向卡塔莉娜。不需要开口,威胁之意已显而易见。

娜奥米咽了咽口水,扔下了武器。

"转过身,走起来。"弗洛伦丝命令道。

他们照做了。经他们来的路返回,直到他们来到霍华德那间有壁炉和他两名妻子油画的房间。如之前一样,老人躺在装饰华丽的床上,卡明斯医生则坐在他身旁。医生的包摆在一张边桌上,包打开着,他从里面拿出一把手术刀,刺破了霍华德嘴唇上的两个疖疮,又刺穿了似乎覆盖在他嘴上的一层薄膜。

这一定减轻了这个男人的痛苦,霍华德叹了口气。卡明斯医生将手术刀放在包边上,用手背擦了擦额头,咕哝了一声。

"你们来了,"他说着,绕过了床,"速度加快了。他没法好好呼吸。我们得开始了。"

"是她的关系,"弗洛伦丝说道,"还有她制造的麻烦。玛丽死了。"

霍华德躺在床上,大量枕头撑着他的身体。他的嘴张着,发出喘鸣,长满凸起瘤子的手紧攥着被子。他的皮肤似乎成了蜡色,血管则颜色很深,在一片苍白中极为显眼,黑色胆汁形成的细流沿他的下巴淌下。

卡明斯医生抬起一只手,用手指指向弗朗西斯。"你过来这儿,"他对年轻人说道,"弗吉尔去哪儿了?"

"受伤了。我刚才感受到他的疼痛了。"弗洛伦丝说道。

"没时间把他找来了,现在就得转世。"医生低声说着,将双手浸入一个装满了水的盆里,清洗干净,"弗朗西斯在这儿,这才是要紧的。"

"你说的不是他吧,"娜奥米说着摇了摇头,"不应该是他的。"

"当然是他。"弗洛伦丝说道。她的表情冷酷而镇定。

娜奥米突然明白了。霍华德为什么要献上儿子,自己喜爱的孩子?选择他不怎么关心的那一个才更合理,抹消后者的意志完全不会让他产生丝毫悔恨。那么,他们是否一直都是这么打算的?在午夜时分让霍华德潜入弗朗西斯的皮肤之下,好让他来钻进娜奥米的床上?冒名顶替。但她不会立刻知道这件事,又或者他们觉得在此之后就没关系了。她会满足的,会喜欢上这个顶着

MEXICAN GOTHIC

弗朗西斯壳子的玩意儿。

"但你们不能这么做。"娜奥米喃喃道。

弗朗西斯正温顺地走向医生。娜奥米想抓住他的手臂,但弗洛伦丝插入到两人之间,将她推向一把黑色天鹅绒的椅子,强迫她坐在上面。卡塔莉娜迷路一般地在屋子里游荡,在床脚站了一会儿,又走了几步,最后在床头站定。

"这一切本可以很简单很安静地结束,"弗洛伦丝盯着娜奥米说道,"你可以平静地在自己的房间里坐着,却偏偏要闹出一番骚动来。"

"弗吉尔想强奸我,"娜奥米说道,"他想强奸我,我本该在那儿就杀了他。"

"嘘。"弗洛伦丝表情厌恶地回答道。这些事不该在上高地说出口,即使现在也不行。

娜奥米作势欲起身,弗洛伦丝用枪指着她。她又坐了回去,抓住了椅子的扶手。弗朗西斯已走到霍华德的床边,正在与医生交谈,他们的声音低沉。

"他是你的儿子。"娜奥米轻声说。

"不过是具身体。"弗洛伦丝回道,面容坚定。

身体。这就是它对他们而言的全部意义。墓地里矿工的身体,给他们生下孩子的女人的身体,还有成为蛇的新皮的孩子们的身体。要紧的只有躺在床上的那具身体。他们的父亲。

卡明斯医生将一只手放在弗朗西斯的肩膀上,向下按去。弗朗西斯跪了下来,忏悔般地双手交握。

"低头,我们要祈祷了。"弗洛伦丝命令道。

娜奥米没有马上照做,但此时弗洛伦丝重重地打了她的脸。这个动作像是十分熟练。耳光带来的刺痛感让娜奥米眼底浮起舞动的黑点。她不知道他们是否也这样打过露丝,好教她服从。

娜奥米双手交握。

在床的另一边,一直沉默着保持静止的卡塔莉娜模仿了他们,也握起双手。她的堂姐看来没有半分忧愁。她的脸像是完全没有任何变化。

"*Et verbum caro factum est*。"霍华德说着,声音浑浊低沉,当他抬起一只手时,琥珀戒指闪动着光芒。

霍华德念诵了一组祷文,娜奥米不明白他在说什么,但她意识到她不需要理解。服从,接受,这才是他们要她做的。对这个老人来说,见证这种恭顺便是愉悦。

放弃你的自我,这是他在梦中下的命令。这是此刻要紧的事。这个过程中有肉体的部分,但也有精神的一面。必须授予的服从。或许在做出这样的服从中,服从的人本身也能体会到愉悦。

放弃你的自我。

娜奥米抬头看。弗朗西斯正在低语,他的嘴唇正在轻轻地动着。卡明斯医生、弗洛伦丝和霍华德也在低语,他们所有人正在一同念诵。这低语声听来怪异地如同出自一个嗓音。仿佛他们所有人的声音都合并到了一人的嘴里,是这张嘴在说话,而且声音渐响,像潮水一般地抬升。

娜奥米听到过的嗡嗡声又开始了,同样越来越响。俨然如同有几百只蜜蜂藏在地板下和墙壁里。

霍华德抬起双手,像要捧起这年轻人的脑袋。娜奥米回想起了这个老人给她的吻。但这一次更糟。霍华德的身体上已满是疖疮,闻起来有一股腐烂的气味,他将结出果实,然后死去。他将死去,他将滑入一具新的身体里,而弗朗西斯将从此不复存在。

一个癫狂的轮回。子嗣中的婴儿被吞食,子嗣中的成人被吞食。子嗣不过是食物。献给残酷之神的食物。

卡塔莉娜轻柔而安静地缓缓靠近床铺。没人注意到她的动作。毕竟所有人都低着头,除了娜奥米。

接着她看到了。卡塔莉娜已经拿到了医生的手术刀,正在看着它,她的动作非常像个梦游的人,非常像是完全没认出来自己手中拿着什么东西,还处于蒙眬的被催眠状态。

接着她的表情变了。她像是突然有了认知,而后脸上又出现了愤怒的火星。娜奥米从没意识到卡塔莉娜的心中竟然能产生如此滔天怒火。那是赤裸裸的仇恨,让娜奥米倒吸一口冷气,最终霍华德似乎注意到有情况不对,转过了他的头,感受到的却是手术刀直接插入他的脸部。

这一击极为凶狠,刺中了他的一只眼睛。

卡塔莉娜成了一个迈纳德①,她那癫狂的刀扎动作——手术刀刺中了霍华德的颈部、耳朵和肩膀——制造出了黑色脓汁和深色的血河,溅得被单上到处都是。霍华德惨叫着,身体像通了电流般颤动,屋子里的其他人也随之抖动,身体痉挛。医生、弗洛伦丝、弗朗西斯,三人一齐发作,摔倒在地。

卡塔莉娜后退了一步,扔下手术刀,慢慢地向门口移动,到了门口后,她停了下来,盯着这个房间里发生的一切。

娜奥米跳起来,冲到弗朗西斯身边。他的眼睛里只剩眼白,她抓住他的肩膀,想把他拉起来,让他坐起来。

"我们一起走!"她说着,重重地打了他一掌,"来啊,我们

---

① 希腊传说中酒神狄奥尼索斯的追随者,会在酒神节时头戴常春藤花冠,身披兽衣,手持节杖,纵情狂饮,流传下许多迈纳德在失去理智时陷入癫狂,将活人撕得粉碎的传说。

一起走!"

尽管还很茫然,他站起身,抓住了她的手,想和她一起穿过这个房间。但此时弗洛伦丝伸手抓住了娜奥米的腿,把她拖得踉跄一步后摔倒在地。弗朗西斯也跟着她一起摔倒了。

娜奥米想再站起来,但弗洛伦丝紧紧地握住了她的脚踝。娜奥米看到了地板上的枪,伸出了手。弗洛伦丝注意到了,像野生动物一般地跳到她身上,当娜奥米的手指刚要碰到这武器,弗洛伦丝的手已经握住了娜奥米的手,用力一握,娜奥米听到了残酷的骨头碎裂的声音,发出一声惨叫。

疼痛极为剧烈,当弗洛伦丝从她虚弱无力的手中夺下枪时,她的眼底涌起了泪水。

"你们没有办法离开我们的,"弗洛伦丝说道,"永远没门。"

弗洛伦丝将枪指着她,娜奥米知道这颗子弹绝不会只让她受伤,弗洛伦丝一定会杀了她,这个女人的脸现在充满渴望,恶毒地咧着嘴。

晚点他们得再将屋子清理干净了,她想。这是个疯狂的念头,但它就这么生出来了,想着他们得清洗地板和布品,刮去血迹,然后将她扔进墓地的一个坑里,连十字架都没有,就像他们对其他许多人做的那样。

娜奥米抬起她受伤的手,像是要护住自己,虽然这么做没有任何用处。她俩之间的距离太近,她根本躲不开。

"不!"弗朗西斯喊道。

弗朗西斯冲向他的母亲,两人一起撞在娜奥米刚才坐的黑色天鹅绒椅子上,撞翻了它。枪声响起。震耳欲聋。她用双手捂住耳朵,缩成一团。

她屏住了呼吸。弗朗西斯被他的母亲压住了。从娜奥米的角

MEXICAN GOTHIC

度看不清中枪的人是谁,但随后弗朗西斯推开弗洛伦丝站起身,双手中拿着枪。他的双眼因为泪水而发亮,他浑身颤抖,但这种微微的颤动与适才折磨着他身体的可怕痉挛并不相同。

地上,弗洛伦丝的身体一动不动。

他踉跄走向娜奥米,无助地摇着头。或许他想开口,想彻底表达出悲伤。但此时传来一声呻吟,让两人都向床上看去,只见霍华德向他们伸出了双手。他已经失去了一只眼睛,手术刀戳出来的伤口毁了他的脸。但另一只眼睛还睁着,极为可怖,散发出金光,正盯着他们。他吐出鲜血,吐出了黑色的黏液。

"你是我的。你的身体是我的。"他说。

他伸出爪子似的手,命令弗朗西斯去床边,弗朗西斯踏出了一步,在那一刻,娜奥米明白这是一种无法违抗的强迫,弗朗西斯生来就得遵从。在这其中有一种无法忽略的拉力。在这一刻之前,她一直以为露丝是自杀的,因为受到自己此前一系列行为的惊吓而朝自己开了枪。

我并不感到遗憾,毕竟她是这么说的。但现在,娜奥米意识到,很可能是霍华德推动了她这么做。在他绝望地想要活下去的那一刻,他刺激露丝,让她调转了枪口。多伊尔家的成员可以做到这样的事。他们可以将你推向他们希望的方向,就像弗吉尔之前推动娜奥米那样。

她想,露丝是被谋杀的。

而现在,弗朗西斯拖着脚向前,霍华德露出了阴森的笑容。"来这儿。"他说。

就是现在,娜奥米想。树木成熟,我们必须采摘果实。

就像这样,霍华德将琥珀戒指从手指上取了下来,将它递给弗朗西斯,好让后者将它戴到自己的手指上去。这是一个符号。

代表尊敬，代表转换，代表顺从。

"弗朗西斯！"她喊道，但他没有看她。

卡明斯医生呻吟着。他随时都能站起身，而霍华德，他正以他剩下的那一只金色的眼睛盯着他们，而娜奥米需要弗朗西斯转过身来离开。她需要他立刻离开，因为他们周围的墙壁开始轻柔地悸动，如同活物，起起伏伏，像一头不住升降的巨大野兽，蜜蜂也回来了。

一千张小小的翅膀令人发狂地振动。

娜奥米向前一跃，将她的指甲掐在弗朗西斯的肩头。

他转过身，他转过身来看着她，他的眼神摇摆不定，瞳孔开始向上翻。

"弗朗西斯！"

"小子！"霍华德喊道。他的声音本不该这么响亮。这声音在他们四周滚动，撞在墙上又弹回，木头吱嘎作响，重复着它，而蜜蜂不住嗡鸣，在黑暗中振动翅膀。

小子小子小子。

它在血液里，露丝说过——但你没法割下肿块。

弗朗西斯的手指松松垮垮地握着枪，娜奥米轻而易举地将它从他的手里抽了出来。她曾经开过一次枪。那是在去洛斯莱昂斯狮子沙漠的旅行中，她的哥哥设了小靶子，他们的朋友则为她的精准命中而喝彩，随后他们都笑了起来，又回去骑马了。她对这种武器了解得很充分。

娜奥米抬起枪，朝霍华德开了两枪。在弗朗西斯的身体里有什么似乎断裂了。他眨了眨眼睛，盯着娜奥米，张开了嘴。接着她又扣下扳机，却没有了子弹。

霍华德开始痉挛，尖叫。以前娜奥米家的人去海边度假时会

MEXICAN
GOTHIC

吃炖鱼，她还记得她的祖母会一刀切掉大鱼的头，给他们准备晚餐。那条鱼鲜活光滑，即使头被切掉了，身体依然还会扭动，想要逃走。霍华德让她想到那条鱼，他的身体像是起了猛烈的涟漪，用力之大，床都为之摇晃不停。

娜奥米丢下枪，抓起弗朗西斯的手，推他离开房间。卡塔莉娜正站在走廊里，双手捂着嘴巴，盯着他们，盯着娜奥米肩后，那正躺在床上不断踢腿尖叫的垂死之物。娜奥米不敢回头看它。

26
CHAPTER TWENTY-SIX

跑到楼梯口时,他们停了下来。上高地的另外两名仆人莉齐和查尔斯正站在他们下方的几级台阶上,抬头看着他们。这两个仆人也在发抖,脑袋歪向一边,双手的手掌痉挛般地不断张开握起,表情凝固成了龇牙的笑容。像是在看两个摔坏了的发条玩具。娜奥米估计刚才发生的一系列事件影响到了这个家里的每一个成员。不过,它没有毁了他们,这两人还在这儿,正盯着逃跑的三人。

"他们怎么了?"娜奥米低声道。

"霍华德没法控制他们了。他们卡住了。至少现在卡住了。我们可以试试从他们身边经过。但前门可能锁上了。钥匙或许在我的母亲那儿。"

"我们不能回去拿钥匙。"娜奥米说道。她不想从这两人身边经过,也不想再去霍华德的房间里翻找尸体的口袋。

卡塔莉娜移动了一步,走到娜奥米身边,也盯着两个仆人,摇了摇头。看来她的堂姐也不怎么想从这主楼梯上走下去。

"还有另一条路,"弗朗西斯说道,"我们可以从副楼梯走。"

他沿着一条走廊跑了起来,两个女人跟着他。"这儿。"他说着,打开了一扇门。

副楼梯很狭窄,照明很差,只有两盏有灯泡的壁灯给他们指引出了向下的道路。娜奥米一只手伸入口袋里,举起了她的打火机,另一只手则抓着栏杆。

随着他们盘旋向下,扶手在她的手指下似乎变得越来越滑,仿佛一条黏腻鳗鱼的躯体。它有生命,它在呼吸,它抬起了身子,而娜奥米则将打火机往下照,去看扶手。她受伤的那只手搏动的频率,与这座屋子保持一致。

"这不是真的。"弗朗西斯说道。

"但你能看到它？"娜奥米问道。

"是幽暗地。它想让我们相信。走，快走。"

她加快速度，来到楼梯底部。卡塔莉娜就跟在她身后，最后是弗朗西斯，他的声音听起来像是喘得上气不接下气。

"你还好吗？"娜奥米问他。

"不怎么好，"他说，"我们不能停下来。前面看上去像是死路，但有个可以走进去的餐具室，里面有一个橱柜。它漆成了黄色。可以移开。"

她发现了一扇门，里面便是他说的那间能进入的餐具室。地板是石头砌成的，室内有些可以挂肉的钩子。天花板上有一条长长的链子，底下悬挂着一个裸露的灯泡。她拉了一下链子，照亮了这块小小的空间。所有架子都是空的。这地方可能曾被用来储藏食物，不过那一定是很久以前的事了，现在它的墙壁上下盖满深色的霉斑，早已让这地方再也无法派上这类用场。

她看到了那个黄色的橱柜。它的顶部呈拱形，有两扇镶嵌着玻璃的门，底部则是两个大抽屉，表面满是印痕和磨痕。它的内部使用了黄色的材料，与外面的颜色相衬。

"我们应该能将它推到左边，"弗朗西斯说道，"然后在那里，在这个橱柜底下，里面有个袋子。"他的声音听起来仍像是在设法平复呼吸。

娜奥米弯下腰，拉开了橱柜底部的抽屉。她找到了一个棕色的帆布袋。卡塔莉娜替她拉开了它的拉链。在这个袋子里有一盏油灯，一个罗盘，两件毛衣。这是弗朗西斯尚未准备完全的装备。它能派上用场。

"我们把它往左推？"娜奥米将罗盘塞进口袋，问道。

弗朗西斯点点头。"但首先我们应该把这里的入口封上。"他指着他们进来的门说道。

"那儿有个书架,我们可以用它。"她回答道。

卡塔莉娜和弗朗西斯拖着一个快散架的木头书架,抵住了门。这不算什么完美的障碍物,但也应该足以完成它的职能了。

他们安全地躲在这个小房间里,娜奥米将一件毛衣递给卡塔莉娜,另一件则递给了弗朗西斯,外面显然会十分寒冷。接着就该处理那个橱柜了。它看起来很重,但意外的是,他们将它移到一边耗费的力气还不及搬动书架。在他们眼前出现了一扇饱受时间磨损的深色的门。

"它通往家族陵墓的地下室,"弗朗西斯说道,"到了那儿之后,问题就在于要怎么走下山去镇上了。"

"我不想去那里。"卡塔莉娜低声说道。在此之前她一句话都没说,因此她的声音吓了娜奥米一跳。卡塔莉娜指着门。"死人睡在那里。我不想去。听。"

就在此时,娜奥米听到了一声低沉的呻吟。它似乎让他们头顶的天花板也随之震颤,灯泡忽明忽灭,悬挂灯泡的链子也在晃动。娜奥米的脊椎上传来一阵战栗。

"那是什么?"她问。

弗朗西斯抬头看了一眼,深吸了一口气。"霍华德,他还活着。"

"我们朝他开枪了,"娜奥米说道,"他已经死了——"

"没有,"弗朗西斯摇了摇头,"他现在很虚弱,痛苦而愤怒。他没有死。这整座屋子都很痛苦。"

"我害怕。"卡塔莉娜轻声说道。

娜奥米面向她的堂姐,将她紧紧搂住。"我们很快就会离开这儿了,你听到了吗?"

"我想是的。"卡塔莉娜呢喃。

娜奥米弯腰去拿油灯。她的手受伤了,要点燃它有些困难,于是她把打火机交给弗朗西斯,让他帮忙。

弗朗西斯小心地将灯罩放回油灯上,看向娜奥米之前一直抵在胸口的手,"要我来拎着它吗?"他问。

"我可以的。"娜奥米对他说,这么说是因为她只是左手断了两根手指,而不是两条手臂,另一方面,也是因为她觉得自己拿着灯更安全。

点燃油灯后,她转过身去看她的堂姐。卡塔莉娜点点头,娜奥米露出了微笑。弗朗西斯扭动了门把手。一条长长的通道在他们面前向远处延伸。她原本以为它会很简陋,就是矿工们随便挖一挖的那种。

事实却并非如此。

墙壁上贴着黄色的瓷砖,瓷砖上则是卷曲的绿色藤蔓和花朵的图案。墙上还有些优雅的银壁灯,形状如蛇。它们张开的上下颚中本可以插上蜡烛,只是现在已失去了光泽,满是灰尘。

她注意到地上和墙上的石头缝隙里钻出了一些小小的黄色蘑菇。通道里又冷又湿,对这种蘑菇而言,地底的这种环境显然十分诱人,因为他们继续向前,便发现蘑菇似乎增多了,挤挤挨挨地形成一丛又一丛。

除了它们的数量之外,娜奥米还注意到了一些别的:这些蘑菇上似乎有光晕,是非常暗淡的荧光。

"这不是我的想象,对吧?"她问弗朗西斯,"它们亮了。"

"是的。它们确实亮了。"

"这太奇怪了。"

"不算很罕见,蜜环菌和鳞皮扇菇都会发光。人们称之为

'狐狸火'。不过它们发的光是绿色的。"

"这是他在那个洞穴里找到的蘑菇,"娜奥米说道,抬头看向天花板,就像在看着几十颗小小的星星,"永生。在这之中。"

弗朗西斯抬起一只手抓住一只银壁灯,像是要用它来撑住自己的身子,接着看向地面。他用微微发抖的手指扒梳头发,低沉地叹了口气。

"怎么了?"她问。

"是屋子。它很痛,而且心烦意乱。它也影响了我。"

"你能继续走吗?"

"我觉得可以,"弗朗西斯说,"我不确定。如果我晕倒了——"

"我们可以在这儿先休息一分钟。"她提出。

"不用,没事。"他说。

"靠我身上。来。"

"你受伤了。"

"你不也是。"

他有些犹豫,但还是将一只手放在她的肩头,他俩并肩向前,卡塔莉娜则走在他们前面。蘑菇的数量继续增加,尺寸也在逐渐变大,此时天花板和墙上也开始散发出柔和的淡淡光芒。

卡塔莉娜突然停住了脚步。娜奥米差点撞在她身上,不由自主地抓紧了油灯。

"那是什么?"

卡塔莉娜抬起手指着前方。现在她看出为什么她的堂姐要停下脚步了。前方通道变得更宽,出现了一道以深色厚木制成的巨大的双开门。两片门板上各镶嵌着一条银蛇,它们衔着尾巴,形成了一个完美的正圆,在这琥珀眼镜蛇的下巴上,分别挂着一个巨大的圆形门环。

"它通往陵墓底下的一个房间,"弗朗西斯说道,"我们必须到那儿去,然后再向上走。"

弗朗西斯拉起一边的门环。门板很沉,但在他用力一拉后还是开了,娜奥米高高提起油灯,走了进去。她向里走了四步后便放下了灯。因为不需要这么做了,不需要用灯照亮前方。

这个房间里满是大大小小各种尺寸的蘑菇,这有机的活挂毯装饰着墙面。它们在高高的墙壁上爬得到处都是,就像藤壶贴着搁浅的古船龙骨,它们还在发光,给这个大房间添加了一份比蜡烛或火炬更亮的恒定不动的光源。那是行将就木的太阳的光。

房间右边有一道金属大门,隔绝了蘑菇的长势,他们头顶的枝形吊灯上盘绕的金属蛇和已烧到根部的蜡烛上,显然也没有长出蘑菇。石质地板上的蘑菇不多,只有零星几个从四处松散的石块间长出,因此很轻松便能看出地上的巨大马赛克图案。那是一条黑色的蛇,它恶毒地咬着自己的尾巴,眼睛散发着红光,在这条爬行动物周围则是卷曲的藤蔓和花朵的图案。它和她在玻璃暖房里看到的衔尾蛇很类似。只是这一个更大,更华丽,蘑菇散发的光芒则让它看来多了一份不祥。

房间内没有什么东西,只有一个石祭坛上摆着一张桌子。桌上盖着一块黄色的布,布上是一只银杯和一个银质的匣子。桌子后面有一条平滑的长布帘,同样是黄色的丝绸,像是用作桌子的背景。它可能是个门帘,可以隐藏起出入口。

"那道门,它通往陵墓,"弗朗西斯说道,"我们该往那边走。"

其实她已经能看到金属大门后的石头阶梯了,但娜奥米没有去打开大门,反而走上了石祭坛,皱眉看着它。她将油灯放在地板上,用一只手抚过桌子,而后打开了银匣的盖。在那里面,她找到了一把有着宝石把手的小刀,她拿起了它。

"我见过这个,"她说,"在我的梦里。"

弗朗西斯和卡塔莉娜已慢慢走入这个房间,此刻都望着她。

"他用它杀了孩子们。"她继续说道。

"他做过不少事。"弗朗西斯回道。

"随意的食人行为。"

"这是一种圣餐仪式。我们的子嗣天生就受到真菌感染,摄入他们的血肉也就意味着摄入真菌;摄入真菌能让我们变得更强,并转而让我们与幽暗地的联系更为紧密。由此也将我们与霍华德联系在一起。"

弗朗西斯突然瑟缩着弯下腰。娜奥米以为他要呕吐,但他保持着这个姿势一动不动,双手抱着肚子。娜奥米将匕首扔在桌上,走下石祭坛,来到他身边。

"怎么了?"她问。

"疼,"他说,"她很疼。"

"谁?"

"她在说话。"

娜奥米渐渐听到了一个声音。它其实一直存在,但她之前没有注意到。它非常低沉,几不可闻,很容易就会觉得那不过是她的想象。它是低哼声,却又很不像低哼。她曾在其他场合听到过这种嗡嗡的声音,只是这一次音高更高一些。

别看。

娜奥米转过身。低哼似乎是从石祭坛上传来的,她走了上去。随着她逐渐接近,那低哼也变得更响。

它是从黄色的布帘后发出来的。娜奥米抬起一只手。

"别，"卡塔莉娜说道，"你不会想要看到它的。"

她的手指触摸到了布帘，那嗡嗡声成了上千只发狂的昆虫撞击玻璃的振翅，一大群昆虫在她的大脑中发出声音，它如此强烈，像是用振动刺穿了空气。她抬起了头。

别看。

仿佛有蜜蜂在她的指间颤动，看不见的翅膀让空气仿佛有了生命，她的直觉让她退后，让她转过身去挡住眼睛，但她还是抓住了那块布帘，将它拉到一边，她用了很大的力气，差点儿将它扯到地上。

娜奥米直面了死者的脸。

一个女人尖叫着张开咽喉，被时间凝结。她是一具木乃伊，嘴里只剩几颗摇摇欲坠的牙，皮肤蜡黄。她在下葬时穿的衣服早已消解成灰，此时包裹着她的是另一种完全不同的服饰：蘑菇藏起了她的裸体。它们从她的躯干和肚子上长出来，一直蔓延到双臂和双腿，聚集在她头部的蘑菇则形成了一顶王冠，一个散发着金色的光环。蘑菇撑起她的身子，让她保持直立，将她固定在墙上，成了一座菌丝大教堂中怪异的圣母玛利亚。

正是这件物体，这已失去并被埋葬了无数年的存在，制造了那种嗡嗡声。它发出了那种可怖的声音。这就是她在梦中见到的模糊的金色之物，生活在屋子墙壁里的骇人造物。它伸出一只手，在那只手上戴着一个琥珀戒指。她认出了它。

"阿格尼丝。"娜奥米说道。

那嗡嗡声可怖而尖锐，拉着她向下，让她看见，让她知道。

看。

布料抵在她脸上，密封住了她的脸，让她窒息，直到她失去意识，最终醒来时，发现自己已在棺材里。她惊恐地喘着气，尽

墨西哥哥特

管她本就知道会有这样的事,本就知道接下来必然会发生这一切,她依然十分害怕。她用手掌向上顶棺材盖,一次又一次,木屑嵌在她的皮肤里,她尖叫起来,想推开木板,棺材却纹丝不动。她尖叫着,尖叫着,没有人出现。没有人会出现。本就该如此。

看。

他需要她。需要她的心灵。那种真菌本身没有心灵。它没有真正的思维,没有真正的意识。有的只是一些淡淡的痕迹,就像消散的玫瑰花香。即使是将祭司们的遗骸吞食也无法带来真正的永生,这么做只能增强蘑菇的功能,在所有活着的人之间创造出松散的联系。它能联合所有人,却无法带来不朽,蘑菇本身能起到治愈的效果,能够延长寿命,却无法提供永恒的生命。

然而,多伊尔,聪明、智慧的多伊尔,他有科学和炼金术相关的知识,又对生物进程极为着迷,由此便理解了所有其他人都无法领悟的可能性。

心灵。

真菌需要的是人类的心灵,让它作为记忆的容器,由此便能达到控制的目的。真菌和恰当的人类心灵融合在一起就像蜡,霍华德则像印章,他以此来将自己印入新的躯体内,就像在纸上盖章。

看。

从前祭司们也曾通过蘑菇,通过他们族人间的联系,将一些游离的记忆从一个人转移到另一个人那儿去,但这些记忆都很粗糙,即使成功也只是偶然。但多伊尔将此事组织成了体系。他需要的就只是像阿格尼丝这样的人而已。

他的妻子。他的血亲。

但现在,阿格尼丝已经不存在了。阿格尼丝成了幽暗地,幽暗地也正是阿格尼丝,至于霍华德·多伊尔,如果他在这一刻死亡,便依然能在幽暗地继续存在,这是因为他已经创造出了蜡、印和纸。

它受伤了。它很疼。幽暗地。阿格尼丝。蘑菇。这座屋子,腐烂得极为严重,看不见的触须在它的下方和它的墙壁里延伸,以各种死物为食。

他受伤了。我们受伤了。看,看,看。看!

嗡嗡声的音高高得惊人,它如此之响,让娜奥米不由得盖住耳朵,发出尖叫,在她的脑海中有个声音不住地咆哮着。

弗朗西斯抓住她的双肩,调转了她的身体。

"别看她,"他说,"我们都不该看到她。"

嗡嗡声突然停止,她抬起头看向卡塔莉娜,后者正望着地面,她又恐惧地看向弗朗西斯。

她的喉咙里发出了一声呜咽。"他们活埋了她,"娜奥米说道,"他们活埋了她,她死了,真菌从她的身体里生长,然后……上帝啊……它再也不是人类的心灵……他重塑了她。他重塑了她。"

她的呼吸急促。太急促了。嗡嗡声虽然停止了,但那女人还在原处。娜奥米转过头,想再看一眼那可怖的骷髅,但他捏住了她的下巴。"不,别看她,看我。留在这儿和我在一起。"

她做了一个深呼吸,觉得自己像是个重新回到了水面的潜水者。娜奥米盯着弗朗西斯的眼睛。"她就是幽暗地。你以前知道吗?"

"只有霍华德和弗吉尔会到这里来。"弗朗西斯说道。他正在发抖。

墨西哥哥特

"但你知道!"

所有的幽灵都是阿格尼丝。或者不如说,所有幽灵都活在阿格尼丝体内。不,这么说也不对。曾经是阿格尼丝的存在如今成了幽暗地,而幽灵们,活在幽暗地。这真叫人发疯。这根本不是什么作祟。这是着魔,甚至不止如此,这是某种她甚至无法开始言说的事。这是一种死后的造物,由一个女人的骨、髓和神经作为装饰,由蘑菇伞柄和孢子组成。

"露丝也知道,但我们对此毫无办法。她让我们留在这儿,霍华德靠她控制一切。我们没法离开。他们也不会让我们这么做。"

他浑身冒汗,滑跪在地上,抓住娜奥米的手臂。"怎么了?你得站起来。"她说着,也滑跪下去,碰了碰他的脸。

"他说得对,他没法离开。就这点来说,你也是一样。"

说话的人是弗吉尔。他推开那道金属门,走了进来。散步似的。非常随意。或许他不过是个幻觉。或许他根本不在那儿。娜奥米盯着他。这不可能,她想。

"怎么了?"弗吉尔说着耸了耸肩,让门在他背后关上,发出锵啷一声巨响。他确实在那儿。它不是幻觉。他没有跟着他们走下地道,而是简单地从地上经过,穿过墓地,自陵墓走下台阶。

"可怜的女孩。你看起来像是真的很惊讶。你该不会真以为自己已经杀了我吧。你也不会觉得我是凑巧才把酊剂放在了自己的口袋里,对吧?我让你拿到了它,让你在短时间内切断了我们对你的控制。我让你制造出这场骚乱。"

她咽了口口水。在她身边的弗朗西斯正在发抖。"为什么?"

"不是很明显吗?这样你才能伤到我的父亲。我做不到,弗朗西斯做不到。那个老人保证了我们当中没有人能反抗他。你看到了他是怎么强迫露丝自杀的。当我发现弗朗西斯打算做的事时，我想，我的机会来了。让这姑娘从束缚中逃脱，让我们看看她能做什么，这个外来者对我们的规矩还没那么顺从，她还能反抗。而现在，他就要死了。感受到了吗？嗯？他的身体正在崩坏。"

"这对你没有好处，"娜奥米说道，"你伤了他也就伤了幽暗地，另外，就算他的身体死了，他仍然能在幽暗地继续存在。他的意识——"

"他被削弱了。现在是我控制着幽暗地。"弗吉尔愤怒地说道，"等他死了，他就彻底死了。我不会让他再获得新的身体。机会。这就是你想要的，对吧？说到底了我们要的是相同的东西。"

弗吉尔已经走到卡塔莉娜身边，得意地笑着望向她。"你在这儿啊，我亲爱的妻子。感谢你对今晚这场娱乐的贡献。"他说着，神情嘲弄地抓住了她的手臂。卡塔莉娜瑟缩了，却没有避开。

"别碰她。"娜奥米说着站起身，伸手去拿银匣里的匕首。

"别多管闲事。她是我的妻子。"

娜奥米的手指紧握住那把匕首。"你最好别——"

"你最好放下匕首。"弗吉尔回答道。

绝不，她想，但她的手在发抖，在她心中有股强烈得可怖的冲动贯穿了她的身体，让她想要服从。

"我喝了酊剂的。你没法控制我。"

"可笑，真的，"弗吉尔说着，放开卡塔莉娜，看向娜奥米，"在那时你确实断开了我们的控制。但酊剂的效果似乎不能持续那么久，你又在屋子里走来走去，还来到这个房间，这段时间里你又再次暴露在幽暗地的影响之下。你们正在将它呼吸入身体，吸入所有这些微小的看不见的孢子。你们就在这座屋子的心脏中。你们三人都是。"

"幽暗地受伤了。你没法——"

"我们所有人今天都挂了彩，"弗吉尔说道，此刻他的前额上挂着汗珠，他那双蓝色的眼睛则带着一片癫狂的光辉，"但现在是我在掌控一切，而你会按我说的去做。"

她的手指发痛，突然之间她的手里像是抓着一块滚烫的煤。娜奥米喊了一声，松开手，让匕首落在地上，发出响亮的铿锵声。

"我告诉过你了。"弗吉尔嘲讽地说道。

她低头看向匕首，它就在她脚边。距离如此之近，她却没法将它捡起来。她觉得像是有别针和缝衣针扎在她的手臂上，让她的手指抽动不已。她的手受了伤，断了的骨头产生了可怕的剧痛。

"看看这地方，"弗吉尔说着，厌恶地望向他们头顶的枝形吊灯，"霍华德被过去攥住了，但我还是向着未来看的。我们将不得不重开矿场，往这儿添点新的家具，真正的电器。我们会需要仆人的，当然，新的汽车，还有孩子们。我想你毫无疑问能给我带来不少孩子。"

"不。"娜奥米说，但她的声音轻如低语，她能感觉到他对她的掌控，就像有一只看不见的手正放在她的肩头。

"来这里，"弗吉尔下令道，"从一开始你就是我的。"

墙上的蘑菇摇曳起来，仿佛有了生命，如同在水下引起涟漪的银莲花。它们释放出金色的云尘，发出了叹息。或者是她在叹息，因为那种黑暗而甜腻的感觉再度包裹了她，让她在突然之间头重脚轻。原本难受得要命的左手上的伤变轻了,消失了。

弗吉尔向她张开双臂,娜奥米想让这双手臂环抱住她,当她遵从他的意志时将会多么快乐。在她内心深处,她希望被撕成碎片,希望在羞愧中尖叫;他的手心将这尖叫声闷在了她的嘴里。

蘑菇的光芒变得更为明亮,她想或许晚一点她可以触摸它们,将她的双手抵在墙上,让她的脸贴在它们柔软的菇肉上。在这儿休息会很快乐,皮肤紧紧地贴着它们黏滑的菌体,也或许它们会覆盖住她,这些可爱的真菌,它们可能会填满她的口腔,进入她的鼻腔和眼窝,直到她无法呼吸,然后它们会在她的腹中定居,沿着她的大腿盛放。而弗吉尔,他也将深深地进入她,这整个世界则将会成为一片模糊的金色。

"别。"弗朗西斯说道。

她已往祭坛下走出了一步,但弗朗西斯伸出手来,抓住了她受伤的手指,他的触摸带来的痛楚让她不由得瑟缩了。娜奥米低头看他,眨了眨眼睛,而后停住了动作。

"别。"他低声说道,娜奥米可以看得出来他很害怕。但不管怎么说,他还是挡在她身前走下阶梯,像是要护住她。他的声音听起来虚弱而紧张,即将崩溃。"放他们走。"

"我为什么要那么做?"弗吉尔一脸无辜地问道。

"这是错的。我们做的一切都是错的。"

弗吉尔指着他身后他们适才经过的地道。"听到了吗?那是我的父亲正在死去,等他的身体最终崩塌,我将会获得彻底掌控幽暗地的力量。我会需要一个盟友。毕竟,我们是血亲。"

娜奥米觉得自己确实听到了什么,像是在远处的霍华德·多伊尔的呻吟,他吐出鲜血,竭力维持呼吸时,黑色的液体还会从他的身体上渗漏下来。

"你看,弗朗西斯,我不是个自私的人。我们可以共享。"弗吉尔爽快地说道,"你想要这女孩,我也想要这女孩。没什么理由为此而争斗的,嗯?卡塔莉娜也是个甜妞儿。好啦,好啦,别这么无趣。"

弗朗西斯已捡起娜奥米掉下的匕首,此刻他将它举起。"你不能伤害到她们。"

"你打算尝试刺杀我?我得提醒你,要杀死我,比杀死女人可要更难一点儿。对,弗朗西斯,你是成功地杀了你的母亲。为了什么?一个姑娘?那现在呢?轮到我了?"

"去死吧!"

弗朗西斯冲向弗吉尔,但突然又停住了,他的手冻结在半空中,手里还紧紧地握着匕首。娜奥米看不到他的脸,但她可以想象得到。他的脸上一定有着与她相同的表情,这是因为她自己也成了一座雕像,卡塔莉娜也静止不动。

蜜蜂骚动起来,嗡嗡声响起。看。

"别逼我杀你,"弗吉尔警告他,他的手落在弗朗西斯那颤抖的手上,"放下。"

弗朗西斯以近乎不可能的力量一把推开弗吉尔,让后者撞在墙上。

在极短的一瞬间,娜奥米感觉到了弗吉尔的痛楚,肾上腺素在她的血管中游走,她的怒火与弗吉尔的愤怒交织。弗朗西斯,你这该死的狗屎。是幽暗地,在瞬间将他们联系在一起,她大喊出声,差点咬到自己的舌头。她后退了,她的脚缓慢地服从了她的意志。一步,两步。

弗吉尔皱起眉。当他向前踏出,掸去黏附在他外套上的细碎蘑菇和尘土时,他的眼睛似乎放出了金色的光芒。

嗡嗡声沸腾了，一开始很低沉，随后便成了隆隆巨响，她缩成一团。

"放开。"

弗朗西斯咆哮着喊出了他的回答，再一次冲向弗吉尔。他的堂舅轻而易举地阻止了他。弗吉尔比他强大许多，而且已经做好了遭受袭击的准备。他挡住了弗朗西斯孤注一掷的一拳，随即恶狠狠地痛击弗朗西斯的脑袋。弗朗西斯脚下踉跄，但还是设法维持平衡，打了回去。他的拳头打中了弗吉尔的嘴，让后者发出一声愤怒而震惊的喘息。

弗吉尔擦了擦嘴，眯起了眼睛。

"我会让你咬掉自己的舌头。"弗吉尔只说了这么几个字。

两个男人改变了相对的姿势，现在娜奥米可以看到弗朗西斯的脸了，当他抬起头或摇头时，鲜血从他的太阳穴汩汩涌出，娜奥米还看到了他双眼大张，双手抖动的模样，他的嘴张开又闭上，像是一条喘不上气来的鱼。

老天，弗吉尔真打算让他这么做。弗吉尔会让他吃下自己的舌头。

娜奥米听到身后的嗡鸣变得更响。

看。

娜奥米转过身，视线落在阿格尼丝的脸上，她那张没有嘴唇的嘴凝固成了永恒的痛苦的圆，娜奥米用双手捂住耳朵，恼火地想为什么这声音永远都不停歇。为什么这个噪声会一遍又一遍地回来，为什么不能彻底消失。

突然她明白了之前一直没有留意到的事实，其实从一开始它就很明显：包围着他们的这个可怕而又扭曲的幽暗地，正是这个女人遭受的一切苦难的表征。阿格尼丝。她被逼得发疯，被逼得发火,被逼得绝望,甚至现在,这个女人仍残留着一小块裂片,而这个裂片还在极度的痛苦中尖叫着。

她正是衔尾蛇。

她是个正在做梦的人,永远被困在一个噩梦里,即使现在眼睛已化为尘埃,仍然双眼紧闭。

那嗡嗡声是她的声音。她再也没法恰当地与人沟通,只能尖叫出施加在她身上无以言说的恐怖,尖叫出毁灭和痛苦。甚至当连贯的记忆和思维变得飘零四散,这被封印了的怒火还保留下来,焚烧着任何一个漫步到它附近之人的意识。她想要的是什么?

只是从这种折磨中获得解放。

只是醒来。但她做不到。她连醒来都做不到。

嗡嗡声还在增强,威胁着要再次伤害她,压倒了她的意志,但她还是探下身子,用手草草地迅速抓起油灯,她想的不是自己将要做什么,而是露丝说过的那个简单的句子。睁开你的眼睛,睁开你的眼睛,她的步伐迅速而坚决,每走一步,她都会低语一声,睁开你的眼睛。

直到她再次凝视阿格尼丝。

"梦游之人,"她悄声说道,"到你睁开眼睛的时候了。"

她将油灯砸向这具尸体的面部。它立刻点燃了阿格尼丝头部附近的蘑菇,制造出一团火焰的光晕,接着火舌迅速沿着墙向下蔓延,这儿的有机质似乎像柴火般易燃,让这些蘑菇不断变黑,爆裂。

弗吉尔尖叫起来。那是嘶哑而可怖的号叫,他倒在地上,抓着地砖,试图站立。弗朗西斯也倒在地上。阿格尼丝是幽暗地,幽暗地是他们的一部分,阿格尼丝和蘑菇网络在突然之间遭到的伤害想必就像是点燃了神经元。娜奥米自身则觉得仿佛突然获得了全部的自我意识，幽暗地将她推开了。

她冲下祭台，立刻走向她的堂姐，将手贴在卡塔莉娜的脸上。

"你还好吗？"她问。

"很好，"卡塔莉娜说着，用力点了点头，"很好。"

地板上，弗吉尔和弗朗西斯都在呻吟。弗吉尔想伸手抓住她，想撑起自己的身子，娜奥米一脚踢在他的脸上，而他向她伸手，摸索着抓住了她的腿。娜奥米后退一步，他伸长了手，依旧抓在她腿上，虽然没法走动，却将他的身子向前拉了出去。他咬紧牙关，向她爬去。

娜奥米怕他突然跳起扑来，又后退了一步。

卡塔莉娜捡起弗朗西斯掉下的匕首，此刻她站在她的丈夫上方，当他转过头去看她时，她将匕首扎入了他的面孔，刺入他的一只眼睛，就像她对霍华德·多伊尔所做的那样。

弗吉尔发出一声闷哼倒了下去，卡塔莉娜将匕首扎得更深，她的嘴唇紧闭，没有发出一个字或一声啜泣。弗吉尔扭动抽搐，他张大了嘴，唾沫横飞，不住喘气。接着他便躺着不动了。

两个女人手拉手低头看向弗吉尔。他的血液沾到了黑色的蛇头上，将它染成红色，娜奥米希望他们手里能有把更大的匕首，好让她把他的脑袋整个切下来，就像她的祖母切掉鱼的脑袋。

看卡塔莉娜攥着她手的方式，她知道，卡塔莉娜也有着和她相同的想法。

此时弗朗西斯喃喃了一声，娜奥米在他身边跪下，想扶他站起身。"来，"她对他说，"我们得跑起来。"

"它正在死亡，我们都在死亡。"弗朗西斯说道。

墨西哥哥特

"对,我们如果不赶紧出去就都得死了。"娜奥米表示同意。整个房间迅速起了火,一大片一大片的蘑菇落入火海,被她拉到一边的黄色门帘也在燃烧。

"我没法离开。"

"可以的,你可以的。"娜奥米说着,咬紧牙关,慢慢哄着他站了起来。但她没法让他迈开步子。

"卡塔莉娜,帮帮我们!"她喊道。

她俩一人抓起弗朗西斯的一边胳膊,环到自己的肩膀上,半扛半拖着他向那道金属门走去。推开它没费什么力气,但随后娜奥米便看到了向上的一级级台阶,她不知道他们要怎么才能爬上去。但也没有其他出路。她回过头,看到弗吉尔躺在地上,火星落在他身上,那整个房间都被火光照亮了。台阶两边的墙上同样长着蘑菇,它们似乎也都着了火。他们得加快动作了。

他们尽可能快地向上爬,娜奥米时不时会捏一下弗朗西斯,让他睁开眼睛,和她们一起动起来。在她俩的帮助下,他设法爬了几级台阶,再后来,便是彻底由娜奥米将他强行拖上了最后两级台阶,跌入一个满是尘土的房间,它的两头都通往墓穴的地下室。娜奥米瞥见了银饰板、腐烂的棺木和可能装过鲜花的空花瓶,地上长着零星几点蘑菇,提供了最微弱的照明。

幸运的是,通往陵墓的门开着,感谢弗吉尔。当他们踏出去时,在外面等待着拥抱他们的是迷雾和夜。

"大门,"她对卡塔莉娜说,"你知道大门往哪边走吗?"

"这雾太暗了。"她的堂姐说道。

是的,这正是曾经吓坏了娜奥米的雾,雾中有神秘的金色光晕,还有其实是阿格尼丝的嗡嗡声。但阿格尼丝现在已在他们脚下成了火柱,而他们则必须找到离开这地方的路。

MEXICAN
GOTHIC

"弗朗西斯,你得领着我们到大门去。"娜奥米说道。这年轻人转过头,用半睁半闭的眼睛看向娜奥米,终于设法点了点头,指向左边。他们朝那方向走去,他靠在娜奥米和卡塔莉娜身上,时不时脚下踉跄。墓石仿佛从地里长出来的烂牙,他咕哝一声,又指了另一个方向。娜奥米完全不知道他们在往哪儿走。可能正在兜圈子。这难道不是个讽刺吗?圈子,轮回。

迷雾对他们似乎毫不容情,直到最后,她终于看到了墓地的铁门在他们面前升起,那条衔尾蛇正向三人致意。卡塔莉娜推开大门,他们终于踏上了通往屋子的路。

"大屋在燃烧。"他们气喘吁吁地站在铁门边时,弗朗西斯说道。

娜奥米意识到确实如此。即使有重重迷雾遮挡,也能看到远处有一团光亮。她看不到上高地,但可以想象得到。书房里那些古老的书迅速着火,纸张和皮革燃烧得十分迅速,桃花心木的家具和带流苏的窗帘闷烧着,满是珍贵银器的玻璃柜噼啪作响,那尊宁芙女神的雕像和她的螺旋中柱被火焰覆盖,天花板的碎片纷纷落在她的脚边。大火沿着楼梯蔓延,仿佛无情的河流,让地板断裂,而多伊尔家的仆人依然站在台阶上,凝固不动。

老旧的油画上咕咕地冒出气泡,褪色的照片卷曲后逐渐消失,门廊带着火焰逐渐弯折。霍华德·多伊尔那两位妻子的肖像画被火焰吞没,他的床在此刻成了火床,他不断起伏的腐坏的身躯被烟呛住,他的医生则一动不动地躺在地板上,火舌开始舔舐被罩,开始一寸又一寸地吞食霍华德·多伊尔,那位老人发出尖叫,却没有任何人会来帮助他。

在那些油画和布品、盘子和玻璃下,看不见的地方,她想象有无数仿佛精美线条般的纤细菌丝同样在燃烧、断裂,成为熊熊

墨西哥哥特

大火的燃料。

这屋子在远处闪耀着。就让它燃烧直到一切归于尘土吧。

"我们走。"娜奥米轻声说道。

27
CHAPTER TWENTY-SEVEN

27
CHAPTER TWENTY-SEVEN

墨西哥哥特

他睡着了,被子一直拉到下巴。这是个很小的房间,仅剩的空间只够摆一把椅子和一个梳妆台,娜奥米坐在椅子上,就靠在床边。梳妆柜上摆着一尊圣徒犹达·达陡的小雕像,娜奥米发现自己不止一次地向它祈祷,还在他脚边摆上一根烟作为供品。她正盯着这尊雕像,嘴唇缓慢地开合,门开了,卡塔莉娜走了进来。她穿着从卡马里奥的一个朋友那儿借来的棉睡衣,披了一条棕色的厚披巾。

"上床睡觉之前我想来看看你是否需要什么帮助。"

"没事,我挺好的。"

"你也该上床去了,"她的堂姐说着,将手摆在她的肩头,"你都没怎么休息。"

娜奥米拍了拍堂姐的手。"我不想他醒来时发现自己独自一人。"

"已经两天了。"

"我知道,"娜奥米说道,"我希望一切会像你给我们读的那些童话一样。在童话里一切都很简单:你要做的就只是给王子一个吻。"

她俩一起看向弗朗西斯,他的脸苍白得如同他脑袋下的枕套。卡马里奥医生照顾了他们所有人。他看了他们的伤口,让他们能洗澡换衣服,给他们准备了住的房间,还去找了玛塔,让她带来了酊剂,只因为娜奥米静静地解释说他们需要它。在摄入酊剂之后,他们都产生了头痛和恶心的反应,但很快就过去了。只有弗朗西斯。弗朗西斯陷入了深度昏迷,至今没有苏醒。

"把你自己耗得精疲力竭也帮不了他。"卡塔莉娜说道。

娜奥米抱起双臂。"我知道,我知道的。"

"你要我陪着你吗?"

"我没事。我发誓,我很快就去上床睡觉了。我只是现在不想。我还不累。"

卡塔莉娜点了点头。她俩都没有再说话。弗朗西斯的胸膛平稳地上下起伏着。如果他在做梦,那梦境想必也不是什么让人不愉快的内容。她几乎要为自己希望他醒来而感到抱歉了。

真相是她害怕睡觉,害怕噩梦会在黑暗中展开。在见证了恐怖之事后,人们会怎么做?真能就这么顺滑地切换到日常生活中去,假装什么也没有发生过,继续生活?她想相信这一点,却害怕睡眠会证明她错了。

"医生说明天就会有两名警察和一名地方行政长官从帕丘卡到这儿来,你父亲也会一起过来,"卡塔莉娜整了整披巾,"我们要怎么对他们说?我不觉得他们会相信我们的话。"

还没等这满身是血和擦伤、精疲力尽的三人确定他们要说出什么样的故事,就已跟跟跄跄地遇到了两名牵驴子的农夫,农夫们对他们所见的一切太过惊讶,没有多问,静静地领三人来到了埃尔特里温弗。后来,他们被领进卡马里奥医生的家时,需要编造一套说辞,娜奥米便简化了他们的故事,只说弗吉尔发了疯,想重复他姐姐的谋杀行径,杀光上高地里住着的所有人,这一次他用的方式是将那座屋子点上火。

不过,这一点没法解释为什么娜奥米身着旧婚纱,弗朗西斯也穿着相应的婚礼礼服,还有,两个女人的衣服上沾着的血也太多了。

娜奥米很确定,卡马里奥并不相信他们叙述的事件,但他装出了相信的模样。在他那双疲惫的眼睛里,娜奥米读出了心照不宣。

"我的父亲会设法平息风波的。"

墨西哥哥特

"我希望如此,"卡塔莉娜说道,"假如他们要控告我们怎么办?你明白的。"

娜奥米很怀疑有谁能关押他们,埃尔特里温弗这地方甚至连监狱都没有。如果非得这么做,就得把他们送到帕丘卡去,但她不觉得他们会这么做。他们会做出陈述,也会写下简略的报告,但这些都无法说明什么。

"明天我们就能回家了。"娜奥米坚定地说道。

卡塔莉娜露出了微笑,娜奥米虽然很累,却也很高兴能看到她的笑容。这是伴随着她长大的这个甜美年轻女孩的微笑。这是她的卡塔莉娜。

"好啦,那就去睡一会儿吧,"卡塔莉娜说着,凑近亲吻了她的脸颊,"他们明天一早就来了。"

两个女人拥抱在一起,那是个漫长的紧紧的拥抱,娜奥米不愿意就这样哭出来。还没到时候。最终卡塔莉娜温柔地将发丝从她面前拂开,又微笑起来。

"我去大厅,要是你需要我就叫我。"她说。

卡塔莉娜最后看了那年轻男人一眼,关上了身后的门。

娜奥米将手探入毛衣的口袋,摸到了打火机。这是她的幸运护身符。最终她拿出了一包皱巴巴的烟,那是卡马里奥前一天给她的。

她点燃了烟,踮了踮脚,把烟灰弹进一个空碗里。她的背很疼。她在那张不舒服的椅子里坐了太久却拒绝离开,尽管卡马里奥和卡塔莉娜先后来找她,让她去休息。她才抽了几口烟,弗朗西斯便被惊动了,她将烟扔进碗里,又把碗放到梳妆柜上,等待着。

之前他也这样动过,不过只是微微歪了一下头,但这一次她

MEXICAN GOTHIC

觉得情况与之前不同。她碰了碰他的手。

"睁开你的眼睛。"她轻声说道。这同样的几个字,露丝曾在恐惧和惊骇中对她说过许多次,但娜奥米此刻的声音却很温暖。

她由此获得了报偿,弗朗西斯的双眼微微动了一下,接着动得更为明显,直到他的视线落在她身上。

"你好。"她说。

"好。"

"我给你去拿点水。"

梳妆柜上摆着一个玻璃水瓶。她倒了一杯水,扶着他喝下。

"你饿吗?"她问。

"老天,不饿。可能晚点儿就饿了。我感觉很糟。"

"你看起来确实很糟。"她回答道。

他的嘴唇上勉强形成了虚弱的微笑,随后他发出一声轻笑。"嗯,我想也是。"

"你已经睡了两天。我还以为自己得拙劣地模仿《睡美人》,从你的喉咙里挖出一块苹果来呢。"

"那是《白雪公主》。"

"都行。你看起来脸色很差。"

他又笑了起来,想改换姿势让自己在床头板上靠得更舒服些,随后他的微笑渐渐消失了。"它们都消失了吗?"他问,他的声音轻如低语,带着担忧和焦虑。

"有两个镇民上山去看过大屋是否还剩下点什么。他们告诉我们说,那儿只剩一片阴燃的废墟。上高地已经没了,那种真菌想必也随之消失了。"

"嗯,我想也是。不过……菌丝可能会防火。我曾经听说有些蘑菇……比如……比如羊肚菌,在山火之后它们反而会长得更容易。"

"它不是羊肚菌,这也不是山火,"她说,"如果那儿还有什么留下了,我们可以找到它,再把它烧掉。"

"我想是这样。"

这想法似乎让他放松下来,他原本紧紧地攥着被子,此刻终于松了手,叹了口气后,他的视线落在她身上。

"那么,明天你父亲来了之后,会发生什么样的事?"他问。

"你这鬼鬼祟祟的家伙。你刚才一直在听我们说话?"

他似乎很困窘,摇了摇头道:"没有。我想是你把我唤醒的,又或者我当时已经处于半睡半醒的状态了。不管怎么说,我听到你的堂姐说,你的父亲明天一早就到了。"

"没错,他很快就来了。我想你会喜欢他的。你也会爱上墨西哥城。"

"我要和你一起去?"

"我们不能把你留在这儿。另外,我可是拖着你下了一座高山。我想在这样类似的情况下,我现在得守着你。肯定有哪条法律规定过这一点。"她说话时用的是她平时那种开朗的语气。她已经有一阵子没用上这种语气说话了。这番话很老套,而且要让它听上去透出无忧无虑的调子来并不容易,几乎让她咬到舌头,但她还是设法挤出微笑,他看起来也很高兴。

她得多加练习,她想。一切都得练习。她得学会在生活时不忧虑,不恐惧,不觉得有任何黑暗之物在追逐她。

"那就去墨西哥城,"他说,"那可是个很大的城市。"

"你会习惯它的。"她回答道,同时用受伤的手挡住了呵欠。

他的视线落在娜奥米用夹板固定的手指上。"很疼吗?"他静静地问。

"有点疼。可能有一阵没法弹奏鸣曲了。或许我们可以来场联弹,你来帮我弹左手的部分。"

"严肃点,娜奥米。"

"严肃点?我全身上下到处都疼,不过会好起来的。"

或许不会,或许她再也没法像从前那样在钢琴上弹出调子来了,或许她再也无法克服这场遭遇带来的创伤,但她不想说出口。说这些没有意义。

"我听到你的堂姐让你去睡觉。这听起来是个好主意。"

"呸。睡觉好无聊。"她说着,焦躁地摆弄手里那包烟。

"你会做噩梦?"

她耸耸肩,没有回答,只是用食指轻点烟盒。

"我还没有做到过有我母亲的噩梦。或许以后我会梦到她的。"弗朗西斯说道,"但我确实梦到那座屋子将它自己缝合在一起,而我置身其中,没法离开。只有我一个人在那座屋子里,所有门都被封上了。"

她压扁了烟盒。"都过去了。我告诉过你,那一切都过去了。"

"它比从前更壮丽。那是这座屋子在陷入无人修缮境地之前的模样,色彩鲜明,玻璃暖房里种着花,但屋子里也长着花,还有蘑菇的森林在楼梯和房间里生长,"他说,声音极其平静,"当我行走时,蘑菇会从我的脚印里长出来。"

"求你,别说了。"她希望他梦到的是谋杀,是鲜血和内脏。他现在述说的这个梦比那些更让人不安。

她手里的烟盒掉落了。他俩都看着地面,它落在了她的椅子与他的床之间。

"要是它完全没有消失怎么办?要是它就在我的身体里?"他

结结巴巴地问。

"我不知道。"她说。他们已经做了他们能做的一切。烧了所有蘑菇,毁了幽暗地,服用了玛塔的酊剂。它应该已经消失了。但是,它在血液里。

弗朗西斯长吁一口气,摇了摇头。"如果它在我身体里,那我应该把它了结,你也不该和我这么靠近,它不——"

"那不过是个梦。"

"娜奥米——"

"你根本没在听我说话。"

"不!这是个梦。梦境不会伤害你。"

"那你为什么不去睡觉?"

"我不想睡,而且我睡不睡和我们说的事没关系。噩梦也不能说明什么。"

他想表示反对,但她靠近了他,坐在床上,最后又钻进被子里,让他闭嘴时抱住了他。娜奥米感觉到他的手在她的发丝间游走,听到他的心脏怦怦乱跳,最后又变得平顺而稳定。

娜奥米抬头看他。弗朗西斯的双眼因为饱含的泪水而闪闪发光。

"我不想像他一样,"他轻声说道,"或许我很快就会死了。或许你可以把我烧了。"

"你不会的。"

"你没法保证。"

"我们会住在一起,"她坚定地说道,"我们会住在一起,你不会孤单一人的。我可以向你保证这一点。"

"你怎么能做这样的允诺?"

娜奥米悄声说起城市是多么奇妙而明亮,有些地区的建筑极为高耸新奇,还有些地方曾经是空地,没有什么隐秘的历史。这个世界上还有些别的城市,在那儿阳光猛烈得能焦灼大地,让他的脸颊带上色彩。他们可以住在海边,住在装有大窗子的建筑里,不安窗帘。

"你在说童话。"他喃喃道,但还是搂住了她。

卡塔莉娜才是那个创造故事的人。在那些故事里,有骑着黑色母马的珠宝骑士,有高塔里的公主,还有忽必烈汗的信使。但弗朗西斯需要一个故事,而娜奥米需要讲述,于是她便这么做了,直到他再也不关心她是在说谎,还是在说真事。

弗朗西斯抱紧了她,将脸埋进她的肩窝里。

最后她终于睡着了,没有做梦。等她醒来,已是天光蒙蒙亮的清晨,弗朗西斯将他那张苍白的脸转向娜奥米,用那双蓝色的眼睛望着她。她不知道有朝一日当她仔细端详,是否能在这双眼睛里注意到一片金色的光泽。又或者有哪一天她会在镜子里看到自己的双眼带着熔化般的金色。这个世界可能确实就是个被诅咒的轮回,蛇衔尾没有终结,只有永恒的毁灭和无穷无尽的吞食。

"我想我梦到了你。"弗朗西斯带着一点睡意说道。

"我是真实的。"她低声回道。

他俩都安静下来。娜奥米慢慢凑近,吻在他的嘴上,于是他知道她确实存在于此,而后他轻叹一声,与她的手指交握,闭上了眼睛。

未来无法预测,她想,万事万物的形成也无法占卜。不这么想就太荒谬了。但在这个清晨,他们还很年轻,可以抓住希望。希望这个世界能够被重塑,变得更友好,更甜美。于是她又吻了他,这一次是为了求得好运。当弗朗西斯再次看她时,他的脸上极为快乐,于是她第三次吻了他,这一次,是为了爱。

后 记

感谢我的经纪人埃迪·施耐德,我的编辑特里西娅·纳瓦尼及 Del Rey 出版社的编辑团队。感谢我的母亲,允许我在童年时观看恐怖电影,阅读恐怖小说。另外,如往常一样,感谢我的丈夫,他读了我写下的每一个字。